高校事変19

角川文庫
24135

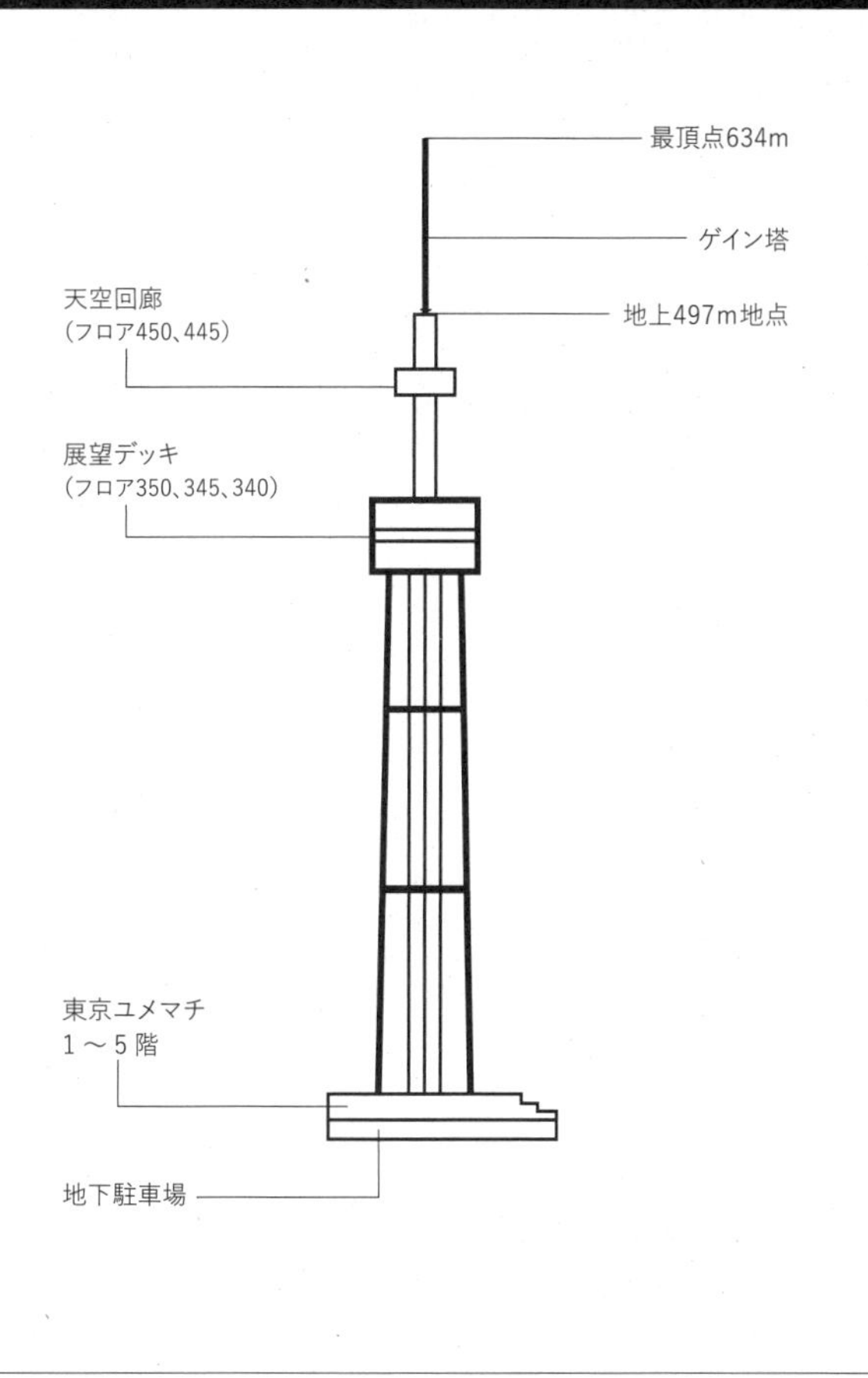
東京スカイタワー TOKYO SKY TOWER
最頂点634m
ゲイン塔
天空回廊
（フロア450、445）
地上497m地点
展望デッキ
（フロア350、345、340）
東京ユメマチ
1～5階
地下駐車場

1

日暮里高校二年Ｄ組の鈴山耕貴は、一時限目の授業にでているはずだった。ところがいま二十分ほど都営バスに揺られたのち、こうして見上げる曇り空には東京スカイタワーがそびえ立っている。

授業より部活動のほうが優先されるとは意外だった。けれども考えてみれば運動部も大会当日、出場のため学校を休んだりする。校長が最終判断を下すらしいが、新聞部の鈴山たちにまで適用されるとは思わなかった。顧問の植淺先生によれば、四コ上の先輩が全国高校新聞コンクールで文部科学大臣賞を受賞して以来、新聞部の活動は重視されているらしい。

学校から東京スカイタワーまで、直線距離で五キロ足らずのため、ふだん校舎の窓からよく見える。六三四メートルもある塔が、国や東京都の所有物でなく、じつは民間企業の建物にすぎないというのが驚き、鈴山は学校新聞にそう書いた。すると植淺先生が話題を膨らまそうとしたのか、東京スカイタワーに取材の申しこみをし、きょう責任者が会ってくれることになった。

　だからといって授業を欠席するほどのことなのかと、鈴山にとっては疑問でしかない。職員室前の廊下に飾るトロフィーや盾を、校長が増やしたいと望んでいるようだ。制服をデザイナーに依頼し、お洒落(しゃれ)さで話題になって以降、学校名のブランド化にも熱心になった。少子化の折、私立校だけでなく公立校も生徒集めは急務となっている。そちらを取材したほうが、記事の価値があるような気もするが、とにかくきょうは二時限目まで授業にでられない。

　一緒に出向いてきた新聞部の仲間、二年B組の有沢兼人(ありさわけんと)とA組の寺園夏美(てらそのなつみ)も、揃って浮かない顔だった。なにもありがたいことはない。正直なところ東京スカイタワーの裏話がきけたとしても、それでコンクール上位を狙える気はしない。きょう飛ばす授業について後日、それぞれ補習を受けることになっているのも、ただ迷惑でしかなかった。

　三十八歳の男性教師、顧問の植淺だけが高めのテンションだった。灰いろのタイル張りの広場で、上空を仰ぎ見ると植淺がいった。「雲が多いが、てっぺんまでよく見えるなぁ」

植淺が同意を求めるように振りかえった。仕方がない。鈴山は頭上に目を向けてみせた。有沢や夏美も同じ素振りをする。それぞれ口々に、そうですねと小声で応じる。周りは観光客でいっぱいなのに、あまり教師に声を張ってほしくない。

部員は三人とも制服姿だった。エンジとグレーのツートンカラーは、群衆のなかでもかなりめだつ。日陰者の新聞部だけに、あまり人目を引きたい性格ではない。

東京スカイタワーのメインエントランスは、規模の大きな商業施設という印象で、郊外にあるショッピングモールの入口と変わらない。巨大な建物を根元に鉄塔が天を衝く。縦横に組まれたパイプが塔の外郭を形成する。真下からは、すり鉢状の展望デッキが邪魔をし、それより上は見えない。つまり植淺先生のさっきの感慨は、すでに事実に反している。

自動ドアを入った。内部はいっそうショッピングモールっぽい。東京ミッドタウン日比谷の内装にも似ている。ここを訪ねるのは鈴山にとって初めてではなかった。有沢や夏美もそうだろう。日暮里高校の生徒ならいちどは足を運んでいる。浅草寺や花やしきしかない下町で、この周辺だけが新しく、それなりにファッショナブルな雰囲気を漂わせる。

とはいえ放課後の高校生はふつう、この東京ユメマチと呼ばれる一帯を、ただうろつくに留まる。連なるショップをめぐり、内外を練り歩くだけで、特に買い物はしない。展望台にも上らない。入場料二三五〇円は高い。

植淺先生がロビーの券売機でチケットを購入している。鈴山はひそかにがっかりした。関係者に話が通っているというから、特別待遇かと思いきや、どうやら一般客と同じあつかいのようだ。

通常は午前十時からだが、けさは九時から営業しているらしい。東京ユメマチの四階まで上った。金属探知機をくぐり、屋内通路の列にしばらく並んだのち、高速エレベーターに乗る。エレベーターはどれも容積が大きく、ひとつの部屋のようだ。定員四十名と記してあった。天井近くに和風の装飾が施されているが、すし詰めではなにも見えない。鈴山は背が高いほうではなかった。

上昇するエレベーター内で、ひとりスマホをタップする。点灯した待受画面に、ある女子生徒が映っていた。周りから見られないよう、画面を顔にくっつけんばかりにして眺める。

黒髪の美少女が日暮里高校の制服に瘦身を包んでいる。小顔には中学生のようなあどけなさと、クールで大人びた印象が混在していた。二重まぶたの大きな瞳を見つめるうち、いつも吸いこまれそうな気がしてくる。肌は輝かんばかりに白く艶やかだった。全体としては華奢ながら、抜群のプロポーションを誇り、随所に丸みを帯びている。当初はおとなしそうに見えたが、じつは運動が得意らしい。体育祭のときのすらりと長く伸びた両脚。いまでも忘れられない。

聡明さにも疑いの余地がない。一年のころは同じクラスだったため、彼女が勉強を教えてくれることもあったが、とんでもなく難しい数学の問題をすらすらと解いていた。学年トップの成績でない理由がわからない。もしかしてわざとテストで満点をとらないようにしているのではないか。

杠葉瑠那は謎めいている。入学直後は病弱をうったえていたのに、いまでは健康そのものなのも不可解だ。とらえどころのなさを気味悪がるクラスメイトも多く、友達はあまりいなそうだった。粗暴で知られる優莉凜香と一緒に登下校しているのも、周りを遠ざける理由のひとつに挙げられる。家は小さな神社だったはずが、いまは別の場所から通学しているようだ。なにか事情があったのだろうか。

隣に立つ有沢が画面をのぞいていることに気づいた。いつしかスマホが有沢の目に触れる角度になっていた。鈴山はあわてててスマホの電源をオフにした。

有沢がささやいた。「杠葉さんかよ」

かよ、という語尾が胸にひっかかる。揶揄したようにも、特に意味もない発言だったようにも思える。

高二だけに曖昧さを無視できない。まわりくどい問いかけも得意ではない。鈴山はストレートにきいた。「かよって？」

鈴山と同じぐらい童顔で内気な有沢が、戸惑いのいろをしめした。「べつに……」

その反応になんとなく、有沢も杠葉瑠那に気があるのでは、鈴山は直感的にそう思った。なぜかこれまではいちどたりとも、そんな考えにとらわれたことがなかった。突然浮上した可能性に、ひとりひそかに動揺をおぼえる。

二年になって新聞部に入る前まで、鈴山ら三人と瑠那は、一緒にいることが多かった。クラスメイトだったうえ、四人ともほかに友達が少なく、しかも揃って帰宅部だった。有沢も瑠那に心惹かれないとどうしていえるだろう。

なんにせよ瑠那は演劇部の顧問にみいだされてしまった。ここには瑠那を除く三人だけがいる。

だいぶ時間が経ったように思えたが、本当は一分足らずかもしれない。エレベーターが減速する感覚があった。ほどなく静止した。扉が開くや眩いばかりの明るさが視野を覆う。地上三五〇メートルのいわゆるフロア３５０、展望デッキに着いた。

全面ガラス張りの壁が弧を描く。ガラスは斜めになっていて、ミニチュアのような東京全域を見下ろせる。手すりがあるためガラスに直接寄りかかることはできない。そんな展望仕様の壁面が、円形のフロアをぐるりと取り巻く。ここ展望デッキの天井の直径は約六十メートル。塔の芯となる円筒部分の〝心柱〟に、複数のエレベーターの扉があるが、そこを中心にする展望デッキ内を、入場者は自由に周回できる。

当然のごとく賑わいがあった。ほかの学校の制服が大勢入り乱れている。地方からの修学旅行生もいるだろうし、都内における社会科見学の定番でもある。平日の午前中だけに、一般客より制服の中高生が圧倒的に多そうだった。

植淺先生がいった。「ちょっとここでまってろ」

離れていった植淺が女性スタッフに声をかける。女性スタッフは笑顔で応じた。淡い水いろのコスチュームが客室乗務員っぽい。鈴山は不安な気持ちで見守った。本当に話が伝わっているのかどうか怪しい。だいいち学校新聞の取材といって相手にされるのだろうか。

三人で手持ち無沙汰にたたずんでいると、寺園夏美がぼそりと問いかけた。「鈴山君って杠葉さんが好きなの?」

「え?」鈴山は困惑をおぼえた。「いや。あのう……」

地味系女子の夏美が、はっきりものをたずねること自体がめずらしい。夏美は有沢に視線を移した。「紅葉さんが好き？」

　有沢も口ごもりながら目を逸(そ)らした。夏美がなおも疑い深そうに、鈴山と有沢をかわるがわる見てくる。

　なんだろう、この微妙な空気は。夏美はなにを主張したいのか。しかしたずねかえそうにも、夏美と顔を見合わせる勇気がない。視界の端にとらえる夏美は仏頂面のようだ。不機嫌の理由がよくわからない。そんなに親しい三人でもないはずだ。人見知りしがちで、クラスに馴染(なじ)めなかった四人が自然につるみだし、のちに瑠那を除く三人が新聞部に入った。たったそれだけの腐れ縁でしかない。

　植淺先生がおろおろしながら女性スタッフを追いまわしている。「いえ、たしかに沢村(さわむら)さんという課長さんに、話を通してあったことでして……。すみません、生徒を連れてきてるんですよ。どうかちょっとでもお時間を……」

　夏美のため息がきこえた。有沢が後頭部に手をやりうつむく。鈴山もげんなりした。学校新聞の権威のなさなら自覚している。それでも顧問がどうしてもというから来ただけなのに。

　そのうち夏美がひとりごとのようにつぶやいた。「また防災訓練ドッキリじゃなくて？」

有沢がやる気なさそうに同調した。「この三人だしな」

日暮里高校の防災訓練の日、やたらリアルなテロ攻撃の実演があった。蓮實先生が学校の近くに借りたアパートに、鈴山ら三人は避難させられた。最初は事情がわからず怯えきっていた。ところがあとで話をきくと、ほかの全校生徒はみな有明総合体育館に移動し、そこでネタバラシがあったらしい。テロ攻撃はすべて外部業者による芝居だったという。

蓮實先生はなぜ鈴山たちだけを隔離したのだろう。優莉凜香もいた音楽室で、武装勢力が発砲していたのは、モデルガンを用いた演技だったのか？　なんだか鬼気迫るものがあったのだが……。優莉匡太の生存が判明し、富士の裾野のジャンボリーで武力攻撃事件の発生が報じられてから数か月。あの防災訓練の日を思いだすたび、どうにも心穏やかではいられない。

植淺先生がひとりで駆け戻ってきた。「いま段取りをつけてもらってるから、そのあいだにここを見学しとこう」

段取りをつけてもらっているというより、さっきの女性スタッフが上に掛けあってくれているのだろう。鈴山はやれやれと植淺のあとにつづいた。有沢と夏美も同じような表情をしている。学校の方角を指ししめす植淺に、生徒三人で相槌を打ってみせる。顧問の機嫌取りは部活動の一要素だ。こうして社会というものをおぼえていくのかもしれない。

2

酒井鮎美は都立池袋高校の二年生だった。いま東京スカイタワーの展望デッキには、鮎美と同じ制服姿があふれている。

胸に校章の入った紺のブレザー、リボンとチェック柄スカートも同色。男子はネクタイにズボン。いちおうスクールカラーのオレンジいろの絹糸が、ブレザーに織りこんであるため、光の加減によっては鮮やかさが増すという。ただしガラス張りの展望デッキで、薄日を全身に浴びようとも、他校の紺いろとたいして区別がつかない。

さまざまな学校の制服がひしめきあうなか、エンジとグレーのツートンカラーが目を引く。お洒落で可愛くかっこいいと評判の、日暮里高校の制服を纏う、女子ひとりと男子ふたりが歩いている。奇抜なデザイナーズ制服に身を包む三人だが、いずれも残念ながら似合ってはいない。女子がおかっぱ頭で没個性的、男子のふたりはおとなしそうで背が低かった。とりわけ男子はどちらも色白で女っぽく、遠目にはズボンを選択した女子生徒にさえ見える。

鮎美と同じクラスの秋田貴昭がそちらを眺めた。バスケットボール部所属の男子、一九〇センチの長身を誇る秋田は、雰囲気イケメンで妙な自信家でもある。そういう男子の多くに当てはまるように、やんちゃに振る舞うのを好む。いまも秋田はさも嫌そうにつぶやいた。「日暮里高校じゃねえか。優莉匡太の娘が通ってる……」

秋田の連れはクラスメイトで、野球部を辞めたばかりの魚崎紀次だった。丸顔で黒目がち、少年っぽさと中年っぽさが交ざった面立ちで、やや太っている。魚崎が秋田に同調しだした。「あー。優莉凛香の学校だっけ」

「こんなとこでなにしてやがるんだろ」

社会科見学に来ただけの池袋高校の生徒が、日暮里高校を見下せる理由などない。それでも秋田の鼻息の荒さは、いまの世のなかを象徴していた。

優莉匡太が生きていて、国家の敵として常にテロを画策している、そんな状況があきらかになった。匡太の子供たちも一味であると報道されたが、いまでは事実に反するとされている。とはいえ長男の架禱斗は生前、シビック政変の首謀者だった。次女の結衣も、過去に何度となく凶悪犯の疑惑があるといわれてきた。再編された〝死ね死ね隊〟などの武装勢力は、匡太の血縁ではない若者たち。それが現在の正式な見解だといわれる。とはいえまたいつ真相がひっくりかえるかわかったものではない。

匡太の子供のうち未成年者について、四女の凜香が日暮里高校の生徒なのは広く知られている。当然ながら畏怖と忌避の対象となっていた。

秋田は肩を怒らせ歩きだした。「絡んでやるか」

魚崎が秋田につづく。鮎美はうんざりした。いまどきいちいち他校に喧嘩を売る不良など絶滅危惧種だろう。けれども秋田や魚崎はここぞとばかりに向かっていく。日暮里高校の三人がひ弱そうだからだ。優莉凜香と同じ学校の生徒を懲らしめることは、大義名分が立つうえ、憂さも晴らせると思っていそうだ。

鮎美はその場に留まりたかったが、二年二組のなかで秋田のグループに属しているため、同調しないと孤立してしまう。グループ内のもうひとりの女子、髪を明るく染めた飯島沙富が、ためらうようすもなくついていく。鮎美も追いかけざるをえなくなった。

秋田が日暮里高校の三人を呼びとめた。「おい」

三人が揃って立ちどまる。長身の秋田を前に、臆した態度がのぞく。魚崎も凄んでいるが、三人はあきらかに秋田に対し怯えていた。

「名前は?」秋田がぞんざいに問いかけた。

男子のひとりが気弱に応じた。「えっと……あの、鈴山です」

「優莉凜香と友達か？」

鈴山はもうひとりの男子と困惑顔を見合わせてから、及び腰にいった。「優莉さんとは……知り合いですけど……」

「ふうん。そうすると同じ穴の狢(むじな)やな」

無理やりな絡み方。なぜ大阪弁なのか意味もわからない。鮎美はすっかり嫌気がさしていたが、沙富はまんざらでもなさそうだった。

尻馬(しりうま)に乗っかるように、沙富が鈴山に声を荒らげた。「優莉とつるんでる奴が、こんなとこに来るなってんだよ。みんなに迷惑だろが」

理不尽な物言いでねじ伏せることが、不良にとってはかえって強さの証明になるとか、そういう馬鹿げた価値観なのだろうか。つきあいきれないと鮎美は内心思った。

すると日暮里高校の地味系女子がふいに嚙(か)みついてきた。「優莉さんと知り合いだったら、なんだっていうんですか」

いきなりの反論に秋田がわずかにたじろいだ。「なんだって……なにがだよ」

「きいてるのはこっちです。学年が一緒なんだからみんな知ってて当然でしょ。それがなんなの？」

相手をびびらせることしか考えていなかった秋田や魚崎、沙富が戸惑いのいろをしめす。こうなるともうムキになって罵倒するしかなくなる。秋田は単細胞ぶりを発揮しだした。「日暮里高校のくせに刃向かってんじゃねえぞコラ！」

すると引率の教師らしき中年男性が振りかえった。「おいおい。なんだねきみたちは？　うちの生徒になにか粗相が？」

辺りがそれなりに混んでいたせいで、教師が一緒にいたとはわからなかった。存在感のあまりない、どこか頼りなさそうな外見の教師ではあるが、いちおう大人が介入してきたとなると状況は変わってくる。沙富はさっさと池袋高校の集団へと逃亡していった。魚崎は腰が引けつつも、どうするべきか秋田に目でたずねている。秋田はきまり悪そうに顔をそむけ、ただ頭を掻いていた。

すると別の学校の制服が声をかけてきた。「秋田じゃねえか！」

モスグリーンのブレザーを着た男子生徒は、背丈が秋田に匹敵していた。角刈りのせいか妙に貫禄がある。体格からしてバスケ部だと想像がつく。

秋田が声を弾ませた。「薬師！　マジかよ。こんなとこで会うとはな。中野南高校も社会科見学か？」

やたら親しげに盛りあがるのは、部活の大会で友達になったからかもしれないが、秋田の言動はどこかしらじらしい。面子が潰れかけたときに仲間と出会えて、救われた気分なのだろう。

日暮里高校の男性教師は、醒めた顔で秋田を眺めていたが、やがて生徒らに顎をしゃくった。鈴山ら三人が歩きだした。

鮎美はおかっぱ頭の女子生徒に近づき、小声で話しかけた。「ごめんね。わたし二年の酒井鮎美」

なぜ自己紹介したのかわからない。けれども秋田に動じなかった女子に感銘を受け、つながりたいと漠然と思った。池袋高校での日々に閉塞感をおぼえているせいだろうか。

地味系女子が表情を和ませた。「寺園夏美。わたしも二年生……」

「そうなんだ。よかった、同い年で。きょうは見学？」

「学校新聞の取材」夏美は先に立ち去る男子ふたりの背を指さした。「鈴山君と有沢君。三人とも新聞部」

名前を呼んだのがきこえたらしく、ふたりが振りかえった。夏美と一緒にいる鮎美を見て、鈴山と有沢が当惑ぎみに頭をさげる。鮎美もおじぎをかえした。

新聞部顧問とおぼしき教師が、じれったそうにうながした。「行くぞ。勝手な行動をとるな」

夏美は礼儀正しく鮎美に会釈してから歩き去った。同じ高二でありながら、レベルが数段上の生徒だと鮎美は思った。優莉匡太の娘がいる日暮里高校より、池袋高校のほうがガラが悪いとは洒落にならない。

向こうの教師がいなくなったせいか、秋田は薬師なる知人とひとしきり笑いあったのち、ぶらりと池袋高校の集団へと戻っていった。なにも気にしていないといいたげな態度の秋田に、魚崎がこそこそとついてまわる。

鮎美はあきれた気分で、少し遅れて歩きだした。自分と同じ制服の群れにふたたび紛れる。

沙富が近づいてきて眉をひそめた。「いま日暮里高校と喋ってなかった？　なに話してたの？」

これだからうちの学校は嫌だ。本当の意味での友達もいない。鮎美はぶっきらぼうに応じた。「優莉凜香が来るって」

「マジで⁉」沙富が目を丸くした。

「来ない」鮎美はため息をついてみせた。誰もが不満やストレスの捌け口を求めるばかりの学校生活。校舎を離れてまで人に迷惑をかけたくない。もう帰りたくなった。

3

紅葉瑠那は二Cの教室で窓際の席だった。一限目の授業中、瑠那は窓ガラスの向こうを眺めた。南向きの窓の端に、東京スカイタワーがぽつんと建っている。

現代文Bの授業はまだ終わらない。季節が春のせいか、うたた寝する生徒が多い。教科書を音読する教師がときおり声を張る。そのたび項垂(うなだ)れていた生徒が、びくっと顔をあげる。

瑠那は斜め前の席に目を転じた。教室内でそこだけが空席だった。

せっかく凜香とクラスメイトになったのに、いちども一緒に授業を受けていない。いちおうこの時間、凜香も現代文Bの授業中ではある。ただし場所がちがう。ひとりだけ特別教室に隔離されている。そちらでは担当学年の異なる国語の教師が、マンツーマンで凜香に教えている。ほかの授業もすべてそうだった。二Cと同じ時間割を、凜香はひとりでこなしつづける。

優莉匡太が梅沢(うめざわ)政権の閣僚らを皆殺しにした、その衝撃的な音声がリアルタイムで流出した結果、国民の誰もが真実を知った。匡太は自身の罪を、結衣ら子供たちにかぶせるといった。その発言から子供たちは、父に濡れ衣を着せられた被害者だとみなされるようになった。

とはいえこれまでの経緯を考えれば、あの架禱斗の妹や弟たちが無罪だと、世間が信じてくれるはずもない。総理に復帰した矢幡の力説もあり、匡太の子供たちは人権派団体から支援を受けることになったものの、かつてほどの同情を集めてはいない。疑惑が払拭しきれないのは前提としたうえで、いちおう世間で手厚く見守る、そんな方針のようだ。厄介者あつかいを受けていることはあきらかだった。

優莉匡太の六女、瑠那にとっては辛い状況だった。伊桜里も一Aの教室で胸を痛めているだろう。日暮里高校で優莉の苗字は凜香ひとりだけだ。匡太の子供であることを公にしているのは凜香のみだった。伊桜里は弁護士レベルで、瑠那は公安レベルで秘密が守られている。凜香の住む児童養護施設が、死ね死ね隊の武力攻撃を受けた以上、登校させるべきではないとの声が多くあがった。わが子の安全を願う保護者らの心情としては当然だろう。

校庭の外、フェンスの向こうに、警察の大型輸送車が列をなし停まっている。矢幡総理による命令を受け、荒川署が日暮里高校を守る。そのうえで学校とPTA、人権派団体が協議し、凜香の通学を認めることになった。条件は凜香をひとり別の教室に隔離すること。

チャイムが鳴った。教室内がざわめきだす。教師はまだ授業をつづけていたが、生徒らは早く終われとばかりに、盛大に物音を立てながら文房具をしまいこむ。苦い顔の教師が折れて、ほどなく授業は終了した。

瑠那は教室をでると、ひとり階段を上っていった。瑠那と凜香が同じクラスに振り分けられた理由が、いまになってぼんやりとわかってくる。もしクラスがちがっていれば、凜香は本当に孤独な立場に置かれてしまう。蓮實がほかの教員を説得したのかもしれない。瑠那が実の妹だとバラしはしないまでも、仲のいい友達ゆえ、クラスメイトにすべきだと。

階段を上りきった。屋上の階段塔のなかだった。校則で屋上にでるのは禁止されている。鍵(かぎ)もかかっているが、瑠那はいつものようにヘアピンでピッキングした。ほかに邪魔が入らないのはありがたい。授業の合間の休み時間は、ここで凜香と落ちあうのが常だ。

ドアを開けると微風が吹きこんできた。瑠那は屋上にでた。大空を雨雲が低く覆い、陽射しが半ば遮断されている。春の暖かさにはほど遠い。校則の縛りがなかったとしても、きょうはここに誰も寄りつかないと思われる。

金網フェンスに囲まれた空間にひとけはない。凜香はまだ来ていないのだろうか。階段塔から少し歩みでたとき、ふいに上から人影が降ってきた。

抱きつかれると同時に凜香の笑い声を耳にした。瑠那も悲鳴をあげつつ笑った。押し倒されたものの、コンクリートの上を転がり、凜香の手から脱しようとした。しかしそれでも凜香は柔道の寝技を解かず、しっかり絡みついてくる。

瑠那はじたばたしながら叫んだ。「まってまって！　降参ですって、凜香お姉ちゃん」

凜香が上半身を起きあがらせた。「なんだよ。本気じゃなかったんだろ？　手抜かずに反撃しろよ」

「喧嘩(けんか)なんかしたくないですよ」瑠那はその場に座った。「どうして反撃を求めるんですか？」

「そりゃさ」凜香が瑠那の隣に腰を下ろした。「興味あんだろが。瑠那の対抗手段に。阿呆(あほ)な男も退けられるだろうし」

「凜香お姉ちゃんは阿呆でも男でもないじゃないですか」

「だからって気遣いなんかすんなよ。いきなり襲いかかってくるわたしに油断なんかすんな。また乱心してるかもしれねえんだからさ」

ふいに沈黙が下りてきた。凜香は意気消沈したように真顔で視線を落とした。瑠那のなかに戸惑いが生じた。「もうそんなことにはならないです」

「なんでそんなことがいえる?」

「凜香お姉ちゃんはいつもまともだし」

「まとも?」凜香が力なく鼻を鳴らした。「学校でひとりだけ除け者になってる変人だろ。狂犬呼ばわりは慣れてるけどさ。次は首輪でつながれるかな」

「……わたしも優莉匡太の娘だって告白すれば、一緒に授業が受けられるかも」

「よせよ。秘密にしときゃいいって。こんなのはわたしだけで充分だし」

明るく染めたショートボブに丸顔、つぶらな瞳。同い年の姉は前と変わらず可愛らしい。けれどもいま凜香の表情に翳がさしている。二年生になってからずっとそうだ。

凜香がぼそぼそといった。「お互い住むとこがなくなったよな」

「でも結衣お姉ちゃんが保護者代わりに……」

「あんな暴力姉が保護者とかぞっとする。いっそ包丁をひっつかんで切りつけてやろうかと思う。それで返り討ちに遭えば御の字だし」

「やめてください……。命を粗末にするべきじゃありません」

「命ねぇ」凜香がため息をついた。「スイカゲームにも飽きちまったし、ストリートスナップ撮っていいかきかれるのもダルいし、フルーツジッパーをティックトックで踊ってアップするわけにもいかねえし」

「やればいいじゃないですか」

「馬鹿いえ。優莉匡太の娘がなにやってやがるって罵倒されるだけだろ」

笑う気にはなれず、ただ胸が詰まってくる。凜香の感じる虚しさと窮屈さが手にとるようにわかる。瑠那はささやいた。「きっとそのうち変わりますよ」

「どうやって？　クソ親父はどっかで好き勝手やりながら生きつづけてる。わたしたちは翻弄されてばっかり」

優莉匡太を殺せばすべてが終わる……。そんな思いが脳裏をよぎるたび、すぐにまた途方に暮れる。父という存在は絶対だった。常にこちらの動きを読み、絶えず飄々と立ちまわりつづける。匡太は死んだことになっていたため、長年にわたり法の制限をまったく受けなかった。それゆえやりたい放題で、とんでもない規模の財産を築き、新たな家族を構成した。

もし匡太がほかに子供を作っていたとしても、いずれ鵠酸塩菌に感染し、遅かれ早かれ死亡するだけでしかない。問題は匡太が血のつながりのない若者たちを、数多く教育していることだ。そういう精鋭メンバーは閻魔棒と呼ばれ、死ね死ね隊の上位組織を形成している。うち少なくともひとりは、瑠那と同じく胎児のころ脳にレーザーメスをいれられ、ステロイド注射を受けた〝変種〟だ。恩河日登美は若くして死ぬはずが、将来を得た点で瑠那と共通する。だからこそどちらかが死ぬまで争うしかない。

凜香がスマホをいじった。「自撮りでもすっかな」

瑠那は隣に並んだ。「ツーショットいきます?」

「悪くねえ。ええと、そろそろルダハートより新しいポーズってある?」

「まだギリギリいけるんじゃないでしょうか、ルダハート」

「ふうん。ならこれで」

リンゴを握るように片手を丸め、自分の片頰に指先をくっつける。半分ハートとも、ほっぺハートとも呼ばれる。片手でできるから自撮りに便利だった。凜香はこのポーズを好んでいるようだ。ふたりともルダハートで静止画におさまった。

凜香がスマホをしまいこむと物憂げにつぶやいた。「児童養護施設、どこも受けいれてくれなかったよな……」

仕方のないことだと瑠那は思った。「死ね死ね隊が襲ってきて、警察官まで蜂の巣にされましたから……。人権派団体ですら、もうわたしたちに直接会ってはくれないですし」

「いちおう登校を許されてるだけでも奇跡かもな。ふしぎなもんだ。学校なんか行きたくねえと思ってたのに、いまはただ教室に戻りてえ」

凜香がすなおに思いを告げた。これまでありえなかったことだ。瑠那は凜香の肩を抱いた。「辛抱のときです。きっと希望は見えてきます」

「どんなふうに見えてくるんだよ」凜香の声が震えだした。「どこにも住めねえ。結衣姉が保護者の申請をだしてくれたけど、あのマンションにもいられねえじゃん。いつ死ね死ね隊が襲ってくるかわからねえし……」

心が深く沈みこんでいく。十九歳で成人の結衣は凜香を同居させられるし、表向き他人の瑠那も、こっそり一緒に住んでいた。ほかに行く当てがないのだから、結衣の世話になる以外にない。ただし凜香のいうとおり、結衣の自宅マンションには絶えず危険がつきまとう。マンションのほかの住民からも心配の声があがりだした。優莉姓の子供たちは、安住の地を追われるしかなかった。

いまはディエン・チ・ナムや反社の協力を得て、非合法に粗末な家を借りては、転々と移り住んでいる。無事に児童養護施設という住処(すみか)を得た伊桜里以外、三姉妹が住所不定の隠れ家に暮らす。まるで逃亡者の一味だった。

EL(エル)累次体が消滅した現在、父はいつでも瑠那や伊桜里が、じつは娘だと暴露できる。それをしないのは瑠那たちを泳がせているからだ。社会的に葬るような小細工はせず、絶えず混乱の波風を立てる。わが子の命を奪いたくなったら死ね死ね隊を差し向ける。なんの野心も目的も持たず、ただ世のなかを搔きまわす凶悪犯罪者、優莉匡太という父親。その父親の血を引いてしまった。どうすれば自由と平安を得られるのだろう。

凜香が遠くに目を向けた。「スカイタワーがかすれてきたな」

たしかにそうだ。雲のせいで東京スカイタワーが薄らぎ、灰いろの空に溶けこみつつある。

瑠那はいった。「鈴山君たち、いまスカイタワーに行ってます」

「あー。新聞部だっけ」

「そうです。有沢君と夏美さんも。新聞部でも鈴山班の三人だけが、スカイタワーの取材担当らしくて」

「あの展望台って、いつもあちこちの学校からの見学者でいっぱいだよな。でもわたしは入れねえ。下のゲートで弾かれちまうし」

武力襲撃事件を受け、優莉匡太の子供として知られる者はみな、行ける施設を制限された。結衣や凜香は上野動物園や東京スカイタワーに入れない。伊桜里も家裁が素性を把握している以上は、勝手に立ち入れば問題視される。瑠那はとりあえずそのかぎりではないが、公安が事実を知っているがゆえ、いつでも門前払いを受ける可能性がある。

凜香が両手を後ろにつき、曇り空を仰いだ。「こんな状況だってのに、伊桜里はほんとに優莉姓を取り戻すつもりかねぇ」

「あの子は芯が強いです。結衣お姉ちゃんを尊敬してるし、家裁の判断が下りしだい、きっと優莉姓を名乗るでしょう」

「クラスから孤立させられてもかよ」

瑠那は凜香の肩を抱いたまま身を寄せた。「わたしだっていつでも告白する勇気はあります。凜香お姉ちゃんをひとりっきりにしたくない」

以前の凜香なら突き放してきただろう。いまはちがった。凜香は力なく応じた。「そんなふうにいうなよ。瑠那まで身動きがとれなくなったんじゃ、かえって迷惑だろが」

凜香は瑠那に真実を公表させまいとする。姉のやさしさ以外のなにものでもない。瑠那は悲嘆に暮れた。静寂にチャイムが響く。休み時間の終了が恨めしい。まだ教室に戻りたくない。

「心配すんなよ」凜香は微笑とともに、また東京スカイタワーを眺めた。「あそこへ行きたいなんて微塵も思ってねえし」

「……わたしもですよ。凜香お姉ちゃん」瑠那は控えめに笑ってみせた。「東京ユメマチのマックぐらいしか行かないです。スカイタワーに上るなんて、どう見ても危険じゃないですか、死ね死ね隊が狙ってきたら」

4

優莉結衣は、十二坪しかない狭小住宅のダイニングキッチンにいた。

二階建てで小綺麗ではあるが、このうえなくシンプルな造りのローコスト建売だった。住宅街の空きがでた土地に無理やり建てたのだろう。周りを古びた家屋ばかりが囲んでいる。

狭いわりに価格が高く、未入居のまま売れなかった物件らしい。実質反社のディエン不動産が引き取った以上、もとの業者もなんらかの問題を抱えていたにちがいない。欠陥住宅ではなさそうだった。水道もガスも問題なく使えている。

もうすぐ午前十時になる。外出の予定はなくとも、結衣はボリューム袖ブラウスにジャンパースカートを纏い、長い黒髪にも櫛を通してあった。

身だしなみは大学のリモート授業のためだった。ダイニングテーブルのノートパソコンの前に座る。モニターには論教大学千代田キャンパスの小教室、教壇のみが映っていた。講師がひとり黙々と授業の準備を進めている。

大学の一限目は午前九時から十時四十分だが、リモート授業の時間割は少々異なる。間もなく一限目が始まる。先方の教壇をとらえるのもパソコンのウェブカメラだろう。分割された画面の、うちひとつに結衣の顔が映っているらしい。

ほかの学生たちがリモート授業を選ぶ理由は知らない。各々に事情があると思われる。結衣の場合は、単純に今後そうなると通達を受けたからだ。ひところ大学を除籍されそうになったものの、人権派団体の働きかけもあり、なんとか二年に進級できた。ただし大学へ足を運ぶのは許されなかった。学生たちの安全を考慮しての判断だという。

行く先々でいつでも父の武装勢力が襲ってくる可能性がある。こんなあつかいを受けるのは当然かもしれない。凛香も日暮里高校でひとり隔離されている。

ダイニングテーブルの上で教科書とノートを開く。ふとキッチンが目に入った。調理台には三人ぶんの食器が重ねてある。朝食を済ませた跡だった。

瑠那や凜香と同居するとは思わなかった。いまも無事に児童養護施設に住みつづけているのは、四姉妹のなかで伊桜里ひとりだけだ。その伊桜里も家裁が優莉姓を認めしだい、親が誰なのか公になってしまう。たぶん住む場所を失うだろう。そうなれば四人とも、ひとつ屋根の下で暮らす羽目になる。

結衣の正式な住所は、千代田区の外れのマンションだが、死ね死ね隊がいつ襲撃してくるかもしれない状況で、呑気に定住できるはずがない。向かいのマンションから公安が監視しているのも気に食わない。

おかげで秘密の隠れ家に暮らさざるをえない。瑠那も凜香も、通学時間が長くなったことに不満顔だが、ふたりとも声にだして嘆いたりはしない。追いだされたらネットカフェに泊まるしかないからだ。電車の定期券も買えない。隠れ家の場所を誰にも悟られるわけにいかない。

モニターのなかで講師がこちらを向いた。「おはよう」

ほかのオンライン出席者らの声が重なる。それぞれがおはようございますといった。結衣は黙っておじぎをした。

全員の出席が確認できたらしい。講師が教科書に目を落とした。「では前回のつづきから。ボルン＝オッペンハイマー近似により、分子の電子波動関数や、振動と回転の波動関数を分離して求められるので……」

気持ちが逸れがちになる。朝食時の凛香の顔をぼんやりと思い起こした。伏し目がちに無言で箸を進めていた。この隠れ家に移ってから、凛香はひどくおとなしい。覇気を完全に失っている。

結衣もあまり凛香に声をかけなかった。妹への気遣いというより、警戒心こそが強く働くからだ。凛香はいちど父に捕られわれ洗脳された。理性を喪失し、結衣や瑠那を殺害すべく牙を剝いてきた。

あの種の洗脳は幼少のころさかんに目にした。父に関わった大人たちが常軌を逸した行動をとる、そんなさまもごく日常的な光景だった。情をもって受けとめれば我にかえる、のちに警察の捜査関係者がそう分析した。だがことはそこまで単純ではない。いちど異常が生じた者には再発の危険がついてまわる。

妹をあくまで信じてやるべき、そんな綺麗ごとには染まれない。凛香とはかつて何度か本気で殺しあった。油断すれば寝首を搔かれる。どうあっても結衣を殺そうとしてきた場合には、返り討ちにしてやるのが、姉としての愛情といえば愛情だろう。凛香もそのときには運命を受けいれるはずだ。この感覚は優莉家の人間でなければ理解できない。

講師がホワイトボードに数式を書き連ねていた。「これらの微分方程式が、意味のある解を持つための条件として、全エネルギーの固有量がまず決定したうえで、関数としては……基底状態……多項式……た……」

動画がさかんにフリーズする。講師の動きがカクカクとぎこちなくなり、音声も途絶えがちになった。やがて映像が完全に凍りつき、ほどなくブラックアウトした。真っ暗になった画面に、結衣の眉をひそめる顔が映っている。

白抜きの文字列が表示された。「優莉結衣、これからはわたしの授業につきあえ」

文章を合成音声が機械的に読みあげる。ゆっくり霊夢の声にそっくりだった。

「問題」ゆっくりボイス風の音声が告げてきた。「近所で連続殺人事件が発生、犯人はまだ捕まっていない。物騒な状況下で、結衣の家のインターホンが鳴った。ふつう警戒するはずが、結衣はかまわず外にでて訪問者と会った。なぜ恐れなかったか？」

結衣はモニターの問題文を眺めた。入力窓などはない。口頭での返答が先方に届く仕組みなのだろうか。なにも喋る気はなかった。あえて無言で反応をまつ。

音声が抑揚なく淡々といった。「答えない気か、愚鈍め。では次の問題。結衣の住む家に、何者かが侵入する気配があった。物音からすると侵入者は強力な武器を持っている。結衣は素手に等しい。結衣はまずどこに隠れる？」

ため息が漏れる。きいたことのある問題ばかりだ。十五歳以降、担当する精神科医やカウンセラーが、さかんにこういう問いかけをしてきた。いわゆるサイコパスチェックだった。

最初の問題について、インターホンの声が知り合いだったから迎えたとか、腕っぷしに自信があったからドアを開けたとか、そんな答ならまともな人間とみなされる。だが、近所で連続殺人が発生しているのなら、いまこそ人を殺してもバレないチャンスと考えた、そういう答の場合はサイコパスだという。

馬鹿げていると結衣は思った。グルメが店や料理にこだわりを持つように、凶悪なサイコパスも誰彼かまわず殺したがっているわけではない。シチュエーションが好みでなければその気にならない。たとえば優莉匡太は幸せの絶頂を迎えた集団が、一転して絶望と死におちいるのを楽しみたがる。こんな心理テストもどきの設問では、サイコパス殺人者の素質などあきらかにならない。

ゆっくり霊夢っぽい音声が急かした。「早く答えろ」

結衣はつぶやいた。「ずんだもんが悲惨な目に遭う動画は可哀想で頭にくる」

「なんの話をしてんだコラ。問題文をちゃんと読め」

相手がＡＩなのか、何者かによる音声入力か、いまのところ判断がつきかねる。結衣はそっとスマホを手にとった。ノートパソコンのウェブカメラの画角から外れていれば、結衣の手の動きは見えないはずだ。

音声が繰りかえした。「問題。結衣の住む家に、何者かが侵入する気配があった。物音からすると侵入者は強力な武器を……」

「あのさ」結衣はひそかにスマホを操作しながら遮った。「ドアの陰に隠れるって答えたらサイコパスって診断、まちがってるから」

「なぜそう思う」

ＡＩでなく人間の可能性が高まった。結衣はスマホに視線を落とさず、指先でタップしつづけた。「侵入者がプロなら、半開きのドアを蹴って壁に叩きつける。そんなとこに隠れるなんてド素人」

起動させた改造アプリのボタンをタップした。ふいにブザーがどこかで鳴った。家の外、勝手口近くの裏庭からきこえる。何者かが息を呑む気配があった。

結衣は猛然と勝手口に突進した。解錠するやドアを蹴り開ける。ドアの陰に潜んでいた人影が、外壁とのあいだに挟まれ、呻き声とともに悶絶した。

無線ＬＡＮ親機に接続した機器すべてに、同時に警告音を鳴らす改造アプリだが、宅内の全端末は警告音をオフにしておいた。無線が届く範囲内に何者かが近づき、不正に接続していれば、そのデバイスだけが鳴る。

人影がドアの陰で圧死したようすはなかった。半身になることでダメージを最小限に留めたらしい。すでにドアの向こう側から抜けだし、傍らの小窓のガラスを割るや、家のなかに転がりこんだ。

結衣は油断なくダイニングキッチンに駆け戻った。全身黒タイツの男が、キッチンの包丁をつかみとり、逆手に握った。年齢は二十代ぐらい、長髪の男だった。濃い顔の鋭い目つきが結衣を睨みつける。半身に構えた姿勢に隙はない。

短剣術を応用したすばやい突きが襲ってくる。小太刀術の発展形、この戦い方には馴染みがあった。結衣は縦横に躱しつつ、キッチンの蛇口をひねり、タオルを濡らした。水分を含んだタオルは重く硬くなる。結衣は踏みこむと同時に腕を跳ねあげ、濡れタオルを鞭のごとくしならせ、敵の顔面をしたたかに打った。男が鼻血を噴きながらのけぞった。

ふつうなら敵は体勢を崩す。ところが男の右手は不自然に調理台の上を滑った。包丁がホットプレートの電源コードを切断した。

なにをする気なのか、結衣は一瞬早く想像がついた。男がコードを振りまわし、切断部分を濡れタオルの先に接触させる。青白い火花とともに電気が走った。結衣は寸前にタオルを手放していた。

危なかった。〇・一秒遅れていれば感電していた。この応用力と体術、まぎれもなく父の教育にちがいない。ただし閻魔棒のなかでは最下位レベルだろう。反射神経が漉磯や芦鷹、猟子には及ばなかった。まして恩河日登美にはほど遠い。せいぜい凜香以上、智沙子未満といったところか。

男の顔は鼻血にまみれていた。だが男は冷凍庫を開けると、ポリ袋に氷を無数に流しこみ、ブラックジャックのごとく遠心力で振りまわした。ロープ状に絞ったポリ袋の先端に硬い氷。この破壊力は馬鹿にならない。激突するたび木製家具が割れ、食器は粉々に飛び散った。男は左手でブラックジャックを操り、右手は包丁で突きを放ってくる。両腕のコンビネーションは卓越していた。結衣は縦横の手刀で敵の手首を打ち、かろうじて攻撃を阻みながら後退した。

強い殺意が感じられる。集中力が途切れないのは、常に命が危険に晒される訓練の賜だろう。応用の速さも結衣のきょうだいに負けていない。無駄に暴力の才能を開花させられたこの男を、結衣は気の毒に思った。もうすっかり歩むべき道をまちがっている。人生に終止符を打ったほうが幸せだろう。

敵は健闘しているが、ここは結衣の住処だった。むろん結衣のほうが有利になる。

後退した結衣はリビングとのあいだの戸口に達した。開放された引き戸に挿さったゴム製ドアストッパーを、結衣はすばやく引き抜いた。ドアの奥には金型プレス機用の強力バネが仕込んであった。瞬時に飛びだした引き戸が男を側面から直撃した。

苦痛に顔を歪める男に隙が生じた。結衣は片脚をあげ、膝の裏側で敵の包丁を持った手首を挟み、関節と反対方向へひねった。スカートの下の素足はグリップ力を生じる。梃子の原理で骨を折るほどの圧力をも加えられる。男が絶叫とともに身をよじり、包丁を握る力が弱まった。結衣は技を解きながら包丁を奪った。身を翻すと同時に、包丁を男の首筋に深々と突き刺した。

痙攣した男が白目を剝き、騒々しい音とともにつんのめった。食器棚が倒れ、落下したグラスが床で砕け散った。

この家を特定しておきながら、ただちに火を放ったりせず、なぜサイコパスチェックなど出題してきたのか。こいつが自分の意思で行動していたとは思えない。父がこんなまわりくどいことを好むとも考えにくい。また意味不明の厄介ごとが増えた。

結衣はやれやれと思いつつ、まずスリッパを履いた。死体をまたぎ、ガラスの破片だらけのキッチンへ向かい、蛇口から水を放出させた。部屋じゅうに水が撒かれるようにしておく。ＥＬ累次体が消滅したいま、警察に殺人容疑で追われたくない。自分の汗や皮膚片は洗い流しておくにかぎる。

用意してあったスポーツバッグにノートパソコンを捻じこむ。着替えは置き去りにするしかないが、デザインが洒落てはいても、しまむらで買った廉価品が多い。またほかのチェーン店で手に入る。瑠那や凜香も重要な物は、いっさい部屋に置いていない。

いまは返り血を洗えない。父は無茶をやる。いつ武装兵どもが突入してくるかわからない。身綺麗にするのはどこか別の場所へ移ってからだ。結衣は肩にスポーツバッグをかけ、スリッパを靴に履き替えると、足ばやに外へでた。曇り空の下、路地を抜けながら、結衣はスマホをいじった。ディエン・チ・ナムに電話をかける。

呼びだし音が途切れるや、応答の声をきく前に結衣はいった。「お世話になっといて悪いですけど、隠れ家がバレたのでまたほかを探します」

高齢のナムがきびきびと問いかけてきた。「こちらで手配しましょうか」

「いいです。念のため」

ナムの沈黙は了解と同義だった。結衣は通話を切った。念のためと結衣はいった。どこから情報が漏れたかわからないからだ。父は結衣の隠れ家のみならず、無線LAN親機のSSIDとパスワードまで知っていた。居場所さえ特定できれば、付随するデータを調べあげるのは、父の教育を受けた連中にとって造作もないことだ。なんにせよ当面はディエン・ファミリーを頼れない。

ラインアプリをタップする。日暮里高校は授業中だろう。ひとりきりの凜香はすぐにメッセージを見られない。急ぎ瑠那に伝えるべきだ。帰る場所を失ったことを。

5

瑠那は二時限目、英語表現Ⅱの授業中だった。

四十過ぎの藤間という男性教師が、ノートパソコンを操作し、リスニング用の音声を流している。生徒らはみな耳を傾け、小テストの解答用紙に訳文を書く。

正直なところ瑠那にとって、これほど退屈な授業はほかになかった。日本語はむしろ興味深いが、英語をわざわざ学校で習う必要がない。この時間を生かすには、さっさと解答用紙を提出し、古文の参考書でも読み進めるにかぎる。

そう思っているとスマホが短く振動した。こっそり画面をのぞき見る。結衣からのメッセージだった。

記号と絵文字の羅列がある。けれども意味不明ではない。結衣や凜香が幼少期から用いていた、きょうだいだけが読める第三言語表記だった。五十音の一文字ずつが、ほかの記号や絵文字に置き換えられている。

　もともと優莉家には、父親が子供に押しつけた第二言語表記があった。物心ついたときから教わっていれば、第一言語たる日本語表記と同じく難なく読みこなせる。のちに篤志(あつし)の発案で、子供たちだけが意思を通じ合える第三言語表記が作られた。中東に育った瑠那は、第二も第三も知らなかったが、最近になって結衣から習った。瑠那の目にはもはや記号や絵文字が、すべてふつうの日本語表記として映る。

　第三言語表記で綴(つづ)られたメッセージを読む。〝家がなくなった　新居はきまりしだい連絡する　凛香にも伝えておいて〟

　にわかに緊張が走る。瑠那は返信を打った。〝攻撃ですか〟

　すぐに結衣が応じた。〝そう〟

〝誰からの？〟

〝お父さんの教育を受けてる閻魔棒で謎かけ野郎〟

〝お父さんじゃなくクソ親父といってください　謎かけ野郎って？〟

〝サイモン・リドラーってこと〟

　ああ……。サイモン・リドラー。犯罪学の研究書で読んだことがある。二〇〇〇年代の初めにFBIが分類を定義した、サイコパスの一タイプだ。

語源は映画『ダイ・ハード3』でジェレミー・アイアンズが演じたサイモンという悪人と、『バットマン』にでてくるリドラーの組み合わせだという。犯行とともにクイズやパズルめいた文面を、被害者や警察に送りつけ、知的優位性を誇示したがる、そんな行動をしめす犯罪者の総称でもある。インターネットが普及するにつれ、類似するケースも急増していったため、FBIも正式にカテゴリを発足させた。

サイモン・リドラー・タイプのサイコパスは通常、自己愛性パーソナリティ障害と演技性パーソナリティ障害を兼ね備える。どちらの症状も優莉匡太の診断書に含まれる。犯行はたいてい自己顕示欲と快楽の追求、あるいはなんらかの攪乱を目的とするらしいが、詳細はまだ研究途上のようだ。

瑠那はラインで結衣に問いかけた。〝どんな謎かけでしたか〟

〝サイコパスチェック〟

〝なぜそんなものを？〟

〝わからない　とにかく注意して〟

優莉匡太か手先の誰かが、サイモン・リドラー的な犯行を画策しているとすれば、今後も謎かけがつづくかもしれない。それがよからぬ事態の発生を告げるシグナルになる。

憂鬱な社会だと瑠那は思った。女子高生が授業中にこんな心配をしなければならないとは、いよいよ世のなかも終わってきている。

瑠那はリスニングの音声を聞き流していた。"What would you like to drink?" "I'd like to drink your flesh juice."

ふいに注意を喚起された。ぎょっとせざるをえない。flesh juice……? fresh juiceではなくて?

藤間先生がノートパソコンを操作した。「もういちど最初から全問を再生するぞ。よく聴くように。できたら提出しろ。席に戻っても私語は慎めよ。黙って次章を予習すること」

瑠那は解答用紙を埋めると席を立った。真っ先に教壇へと向かい、教卓の上に解答用紙を置いた。

ため息とともに藤間がいった。「杠葉はあいかわらず早いな」

「先生」瑠那は問いかけた。「いまのリスニング問題、flesh juiceって……」

「ああ。フレッシュ・ジュースな」藤間は瑠那の解答用紙をちらと見た。声をひそめ藤間が笑った。「合ってるよ。新鮮なジュースと書いてるじゃないか。こりゃ中学英語レベルのサービス問題だぞ」

「さっきの音声は fresh でなく flesh といってたかと」

「どうちがう？」

瑠那は困惑した。英語の教師であっても日本人の耳に、LとRの発音は聞き分けにくい。しかしネイティブであきらかにLといっていた。〝あなたの肉汁が飲みたい〟という意味になる。まるで猟奇的なジョークではないか。

「失礼ですが」瑠那は小声できいた。「どこの教材でしょうか？」

「あん？きのう業者からメールが届いたんだ。URLにリンクが貼ってあった」

藤間がノートパソコンを操作し、モニター上に新たなウィンドウを開いた。メールの見出しに〝フリー素材のリスニング問題集〟とある。文中のリンクを藤間がクリックした。

ブラウザが立ちあがった。〝英語教材のティーチ・ブレイン〟なる企業のサイトが表示された。音声ファイルのダウンロードボタンが複数並んでいる。

またしても息を吞まざるをえなかった。画面の下方に日本語でも英語でもない、記号と絵文字が並んでいる。瑠那は指さした。「これは……」

モニターを一瞥した藤間が、なんら気にしたようすもなくいった。「文字化けしてるな」

文字化けではない。優莉きょうだいしか知らない第三言語表記だった。文章自体はごく短かった。〝サイモン・リドラーって誰？〟とある。

ほかの生徒らが教卓に解答用紙を提出しだした。瑠那は深刻な気分とともに自分の席へ引きかえした。

着席するや瑠那はスマホを操作した。ラインアプリに結衣へのメッセージを入力する。〝第三言語は解読されました　傍受されてるから電源を切ってください〟

メッセージの送信が完了するや、瑠那も即座にスマホの電源をオフにした。脈拍の亢進を抑えきれない。瑠那は窓の外を眺めた。雲がいっそう厚みを増し、東京スカイタワーが消えかかっている。

結衣は新たな隠れ家を見つけるため、ひとり隠密行動をとらざるをえなくなった。授業の静寂のなか、途方もないできごとが進行中だった。このほんの数分間で、巧みに結衣と切り離されてしまった。

6

日暮里高校新聞部の鈴山は、途方に暮れながらたたずむしかなかった。展望デッキ内をほかの学校の制服が自由に歩きまわる。そうしたくてもできない。顧問の植淺先生が戻ってくるのをまたねばならないからだ。

同じく部員の有沢もうんざり顔で立ち尽くしている。夏美のほうは一眼レフのデジカメをとりだし、さかんに設定をいじっていた。いちおう取材の準備を進めている点で、夏美の態度こそ賞賛に値する。そこまで頑張れないと鈴山は思った。

植淺先生が戻ってきた。「またせたな。こちら広報の絹本璋さん。それに案内係の沢井絵里香さんだ」

なにもフルネームで紹介してくれなくても、鈴山はそう感じつつ、部員三人でおじぎをした。広報の絹本は四十代ぐらいの温厚そうな男性でスーツ姿だった。髪をきちんと七三に分け、黒縁眼鏡をかけている。案内係の沢井絵里香は、例の客室乗務員のような水いろのジャケットに、ロングスカートを纏っていた。絵里香はおそらく三十代、目鼻立ちが整った美人顔でメイク映えがする。すらりとした痩身で鈴山よりも背が高かった。学校新聞の取材への対応であっても、いちおう広報の人選だろうか。

絹本が眼鏡の眉間を指で押さえた。「ではまず各フロアをざっと見てまわりましょう。詳しい説明や質問は、またそのあとで」

一行は歩きだした。周りにたむろする池袋高校の生徒たちが、じろじろとこちらを見てくる。広報や案内係と行動をともにすることで、ようやく新聞部の取材という体裁が保たれる。単なる社会科見学とはちがう、軽い優越感に胸を張れる。

絵里香が壁に描かれた塔のシルエットを指ししめした。「ご覧のように東京スカイタワーには、上のほうに二か所の展望台があります。いずれもすり鉢状ですが、下に位置するここが展望デッキ、上が天空回廊といいます。まずこの展望デッキは三層に分かれています。フロア340、345、350です」

いま立っているのは最下層のフロア340だという。地上から三四〇メートルの高さという意味だ。塔の周りに張りだした展望デッキの底に位置するため、床にガラス窓が嵌めてある場所があり、上に立って街並みを見下ろせる。高いところが怖い鈴山は試す気になれなかった。

絵里香の説明がつづいた。外壁のガラスはカーテンウォールといって、耐荷重性や耐火性を充分に考慮した設計らしい。心柱と、それを取り巻くパイプ状のシャフト鉄骨は、相互に揺れを吸収しあう制震設計。揺れを最大五十パーセントまで低減できる……。鈴山の集中力は落ちてきた。前に学校新聞の記事を書いたときに文献をあたった。だいたいのことは知っている。

歩いていった先にカフェスペースがあった。のんびり茶でもしばくほうが気楽だが、どうやらそうもいかないようだ。賑わうフロア340からエスカレーターで上の階へ移動する。周りが展望仕様になっているだけで、基本的にショッピングモールと変わらなく思える。フロア345にはレストランやショップがあるため、いっそうそんな印象を強くする。

さらにエスカレーターを上ってフロア350に戻る。ここが展望デッキの最上階だった。またガラスが周りを囲み、カフェスペースも設けられている。だが下のふたつの階よりは地味な印象があった。ここには天空回廊へ上るためのチケットブースがある。展望デッキのチケットだけしか購入していない見学客は、ここであらためてもう一枚チケットを買わねばならない。

絹本が植淺先生にきいた。「天空回廊へのチケットはお持ちですか」

「はい。下で共通チケットを買ってあります」植淺が笑った。なぜそんなに得意げなのかと、鈴山はひそかに気恥ずかしく思った。

天空回廊へのエレベーターには待機列ができていて、まるでテーマパークのアトラクションの入口だった。列の先にまたエレベーターの扉がある。

エレベーターに乗りこむやぐんぐん上昇した。ふと気づくと、夏美が一眼レフを真上に向けている。天井もガラスだった。極太パイプ状の梁や支柱が縦横に張り巡らされている。延々とつづくエレベーターシャフトのなかを、はるか上の終点まで一直線に向かっていく。鈴山は怖くなり視線を落とした。

やがてエレベーターが静止し、扉が厳かに開いた。フロア４４５の第一印象は、展望デッキと変わらないように思えた。正面に展望仕様のガラスが見えているあたり、まるで同じだった。ただし歩を進めてみると、さっきよりはずいぶん狭いことがわかった。展望デッキのガラスは斜めになっていたが、行く手はドーナツの内部を刳り貫いたようなチューブ状だった。天空回廊の名のとおり、幅二メートルほどの通路が、円柱の周りを囲むように延びている。ガラスの外にひろがる眼下の景色を眺めながら、通路をめぐっていく以外にない。緩やかな上り坂になっていて、このままフロア４５０に達するらしい。

そういえばスカイタワー全体のシルエットでも、展望デッキより天空回廊のほうが、ひとまわりもふたまわりも小さくなっていた。ここにあるのはガラス張りの周回通路だけだ。鈴山はたちまち下りたくなった。なんだか心許ない。

天空回廊には、セーラー服にリュックを背負った女子中学生らがいて、手すりを前に鈴なりになっていた。身を乗りだしてもその向こうにガラスはあるのだが、見ているだけでひやりとする。

植淺先生が振りかえった。「わが校はあっちだぞ」

鈴山はそちらに目を向けなかった。いちいち学校の場所をどうして確認せねばならない。

すると案内係の絵里香もにこやかに告げてきた。「あちらは隅田川です。綺麗でしょう？」

今度は無反応というわけにいかない。顔をガラスに向けたものの、焦点を合わせないまま、鈴山はうなずいてみせた。「そうですね」

ぼんやりと景色がとらえられる。まるで航空写真のような高度だった。なにもかもちっぽけに見える。超高層ビルさえただのミニチュアに矮小化されている。鈴山はすくみあがった。この天空回廊はどこまでつづくのだろう。

やがて鈴山が待ち望んだとおり、ふつうのフロアへ入った。ここがフロア４５０だった。斜めになったガラスは展望デッキと同じだが、やはりフロア全体がかなり狭くなっている。商品棚や展示物などは点在するものの、ショップと呼べるほどの規模の施設はない。

絵里香がいった。「ここが四五一・二メートル、お客様の最高到達点になります」

東京タワーは三三三メートル。なんとそれより一〇〇メートルも上ではないか。しかもスカイタワー自体は六三四メートルもある。ここから上は立入禁止のゲイン塔と呼ばれる細長い部分で、各放送用のアンテナが設置されているという。それにしてもとんでもない高さだ。

ガラスの外が目に入ってしまった。ところがあまりの高度のためか、かえって怖くなくなった。地上全体の眺めは非現実的すぎて、大きな絵のようにも見えてくる。もう人やクルマなど、細かい動きが視認できないからかもしれない。

状況を深く考えないようにしながら、そそくさとガラスに背を向け、帰りのエレベーターへ向かおうとした。しかし一同の歩は緩んだ。

絹本と絵里香が立ちどまる。絵里香が微笑とともにいった。「ひととおりご覧いただきましたが、ここからは本格的に、東京スカイタワーの魅力をご説明したいと思います」

いやもう充分……。鈴山は内心抵抗したが、有沢は平気なようすだった。

絹本が新聞部員三人に問いかけた。「いまのところどんなことが印象に残りましたか？」

三人は顔を見合わせた。有沢がおずおずといった。「エレベーターが……速かったですね」

絵里香がうなずいた。「展望デッキまでのエレベーターはわずか五十秒で、約三五〇メートルの高さに達します。国内のエレベーターとしては最速級になります。展望デッキから天空回廊へのエレベーターも、所要時間は三十秒です」

鈴山は有沢を横目に見た。エレベーターの速さなどに、本当に興味があったのだろうか。

ズンと地鳴りに似た音が響いた。フロアが横に大きく揺れた。女子中学生らが短い悲鳴をあげたが、すぐに静かになった。誰もが不安げに辺りを見まわす。なぜか薄暗くなったようにも思える。

植淺が心配そうに目を泳がせた。「なんだ？　地震か？」

「いえ」絵里香が表情をこわばらせた。「地震発生なら自動アナウンスが入りますので」

絹本も真顔で周囲に視線を向けた。「……もう揺れてないな。地震じゃありません。

どうかご安心を」

　それでもフロア内にざわめきがひろがる。そういえばさっきまでBGMが流れていたようだが、いまは無音だった。女性の声が飛んだ。「エレベーターが動かない」

　誰もが声のしたほうを振りかえった。展望デッキに下るためのエレベーターに、ごく短い列ができていた。閉じたままの扉のわきに、水いろのコスチュームの女性スタッフがいる。女性スタッフは身を屈め、必死にボタンを何度も押していた。

　絹本と絵里香がそちらへ向かった。たたずむ見学客らに対し、すみません通してくださいと、繰りかえし頭をさげつつエレベーターへ近づく。

　鈴山らもふたりを追った。エレベーターの異変は一見してわかった。扉周辺の壁にあるランプ類が、ひとつも点灯していない。

　絹本もボタンを試したが、押してみても点灯がなかった。天井を仰ぎ絹本がつぶやいた。「停電かな？」

　いわれてみればダウンライトがすべて消灯している。壁面がほぼ全面窓のため、曇り空ながら薄日が広範囲にフロアを照らす。そのせいで明かりが消えたことがわからなかった。

　周囲の人々はスマホをいじっている。高齢の女性が嘆いた。「電波が入らない」

喧噪（けんそう）がひろがりだした。エレベーターのわきにある別のドアを、スタッフらが開けようとしている。非常階段との表記があった。ところがどういうわけかそこも開かないらしい。スタッフがドアを叩（たた）きだした。その音が強まるにつれ、見学客らの動揺も顕著になってくる。

絹本が声を張った。「みなさま、どうかご静粛に。これから状況を確認いたします。スカイタワーは強風や地震など、あらゆる事態に備え、万全の設計がなされています。落ち着いてお待ちくださいますようお願いします」

絵里香は絹本とともに、パーティションで仕切られた狭い区画へ駆けこんでいった。隙間から見るかぎり、奥は関係者専用のオフィスらしいが、下り階段などの脱出経路はなさそうだった。絹本が声をひそめ、ほかのスタッフたちと協議している。なにを喋（しゃべ）っているかさだかではないが、緊迫した声の響きだった。

有沢や夏美と目が合う。どちらも不安のいろを濃くしていた。もちろん鈴山も似たような顔をしているにちがいない。鈴山はうろたえざるをえなかった。またドッキリまがいの防災訓練だというのなら勘弁してほしい。危機に備える心構えなら、もう充分にわかっている。対処法がないのがなにより問題なのに。

7

池袋高校の酒井鮎美は凍りついていた。明かりが消えた展望デッキ、フロア340のなかでは、さまざまな学校の中高生らがざわめきあっている。流れていた音楽も途絶えた。ときおり女性スタッフのコスチュームや警備員の制服が、人を掻き分け走っていく。どこでなにが起きたのかまったくわからない。

同じクラスの飯島沙富が身を寄せてきた。「なに……？　鮎美。いったいなにが起きたの？」

鮎美は伸びあがり、エレベーターのほうへ目を向けた。しかしそちらには人の群れが殺到していて、まったく状況が見通せない。エレベーターの稼働音自体が途絶えていた。非常階段の表記はあちこちで目にしたが、避難誘導もまだ始まっていないようだ。

小太りで丸顔の魚崎紀次が、女子のようにびくつきだした。「やべえよ。なにか起きるんじゃね？」

高身長の秋田貴昭は、他校のバスケ部の薬師とともに、さして動じない態度をしめしていた。秋田が腕組みをした。「なにか起きるって、なにがだよ。武力襲撃とか？」

連日のニュースで武力襲撃というワードは、すっかりポピュラーになっていた。いまこの場で耳にすると地震以上に不安が募る。それぞれの学校には引率の教師がいたが、どの顔もこわばっていた。女性スタッフらにも微笑はない。

薬師が笑った。「こんな高えばっかりの場所を襲って、なんのメリットがあるか知らねえけどよ。エレベーターが停まったんじゃレストランの食い逃げもできねえ」

秋田がいつもの調子で笑い声をあげ、薬師とどつきあった。鮎美は軽蔑とともに眺めた。ふたりがどれぐらいの仲なのかは知らない。だが本気でじゃれあうほど親しいのだろうか。秋田の笑い声はどこかそらぞらしくきこえる。虚勢を張っているだけでじつは怖いのではないか。

現に周りの女子たちは一様に深刻な顔で、友達どうし抱き合ったりしている。沙富もさすがにいまの秋田には同調しない。つまり秋田と薬師のノリは軽くスベっている。こういうときの男子は、すなおさに欠けるから嫌だ。

いきなり男の怒号が響き渡った。「跪け！」

ざわっとした驚きがひろがる。誰もがいっせいに一方向を振りかえった。爆竹に似た大音量が耳をつんざく。落雷に等しい音圧だった。同時に群衆の向こうで赤い閃光(せんこう)が走った。ニュースで観る外国の内戦と同じ、銃火と銃声に思えてならない。

悲鳴と絶叫が展望デッキにこだました。周りの生徒らがいっせいに駆けだす。誰もが雪崩を打つように逃走を始めた。だがフロアは円形で、エレベーターのある芯(しん)部を取り巻くにすぎない。周回してまたもとの場所へ戻るだけだ。人の動きがばらばらになり、右往左往し駆けまわりだした。あちこちで衝突と転倒が生じた。フロア３４０はパニック状態だった。しかもどんどん混乱がひどくなる。

鮎美は沙富と手をつなぎ逃げ惑った。そこかしこで棚が倒れ、展示物がぶちまけられる。目の前で別の学校の女子生徒が、手すりの向こうに転落していった。鮎美はあわてて駆け寄った。斜めになったガラスの下方に落ちこんだだけで済んでいる。女子生徒が泣きじゃくりながら両手を振りかざす。鮎美は手を差し伸べた。ほかにも助けようとする男女生徒らが群がる。全員が力を合わせ、女子生徒を引っぱりあげる。なんとか大事に至らずに済んだ。女子生徒が乗ったぐらいで割れるガラスではないのかもしれない。しかし銃を発砲する人間がいる以上、安泰でいられるはずがない。

なにやら白煙が漂いだした。目が痛くなってきた。息苦しくもある。沙富が激しく咳(せ)きこんだ。異臭が鼻をつく。呼吸困難におちいる。この煙はいったいなんだ。

近くの女子たちが悲鳴をあげた。煙が視界を灰いろに染めつつある。そんななか異様な人影が四つ、人を突き飛ばしながら前進してくる。跪けとひっきりなしに怒鳴っていた。発声のイントネーションがどこかおかしい。

鮎美は鳥肌が立つのをおぼえた。まず四人のかぶるヘルメットが目にとまる。金属製で、野球部の打者用に似た形状だが、迷彩柄に塗装されていた。ゴーグルとマスクで顔を覆っている。全身を迷彩塗装の防具で固めていた。手にしているのは銃。昨今の報道でよく耳にする、アサルトライフルというしろものにちがいなかった。

「跪け！」男の声はマスクのせいでくぐもっていた。「跪け！」

四人の進路に水いろのコスチュームの女性スタッフが立っていた。女性スタッフはわきにどかず、目を剝き男たちに抗議した。だが先頭の武装兵が女性スタッフを殴打した。女性スタッフがばったりと倒れると、周りで悲痛な悲鳴があがった。

男たちの怒声はさらに激しくなった。「跪け！　跪け！」

警備員の制服が躍りでて武装兵につかみかかった。だが武装兵のひとりがすばやく向き直り、こぶしで警備員の顎を突きあげた。鼻血とともに警備員は宙に浮き、群衆のなかに落下した。

指図されたとおり跪く者もいたが、ほとんどは恐怖に固まったまま動けなくなっていた。武装兵らは容赦なく銃尻で殴りつけ、次々に叩き伏せていった。

そのときグリーンのブレザーの薬師が、武装兵のひとりに背後から飛びかかった。抱きつくと身長は薬師のほうが高かった。だがそれまでだった。武装兵は難なく薬師の腹に銃身で突きを浴びせた。縦横に銃尻を振り、たちまち薬師を滅多打ちにする。顔が血だらけになった薬師に、もうひと蹴りを浴びせた。よろめいた薬師が仰向けに転倒しかけ、秋田が必死に抱きとめた。もはや秋田はすっかり及び腰だった。へたりこんだ秋田の怯える顔が武装兵を見上げる。抵抗の意思などまったくしめさない。

ここには男女生徒らのほかに大人の一般客もいる。そのほとんどが武装兵らにスマホを向けていた。そうだ、通報だ。鮎美は震える手でスマホをとりだした。操作したくても指先が動かない。画面を灯すだけでも至難のわざだ。顔認証によるロック解除が思うようにいかない。PINコード入力など難しすぎる。

緊急通報。サイドボタンを五回連打すれば一一〇番につながる。その特殊な操作方法を思いだした。鮎美は無我夢中でボタンを押しつづけた。画面が切り替わり、通話モードで110と表示された。これで警察に連絡できる。

スマホを耳にあてた。ところがなにもきこえない。おかしい。鮎美は画面をたしかめた。なんと圏外の表示になっていた。周りにもスマホを片手におろおろする女子生徒らがいる。大人たちの反応も同様だった。いきなり電波が入らなくなってしまった。

「跪け！」男の怒号とともに銃声が何発か轟いた。「跪け！　跪け！」

ひときわ大きな悲鳴とともに、群衆がいっせいに座りこんだ。両手を高々とあげる者も少なからずいる。武装兵は銃を頭上に向け発砲したらしい。天井板に穴が開き、破片が付近の人質たちに降り注ぐ。

四人の武装兵のうち、ひとりがマスクとゴーグルを外した。黒い目に太い眉、たくわえた口髭、やたら濃い顔つき。あきらかにアジア人だが、日本人とはどこかちがう。年齢は三十代だろうか。男が訛りの顕著な声で怒鳴った。「跪け！　俺は中華革命戦線のライだ。小日本を打倒しにきた。貴様ら全員、俺にしたがえ！」

沙富が泣き叫んだ。「こんなとこを襲ってなんになるの！」

ライなる男と武装兵ふたりが、同時にアサルトライフルを沙富に向けてきた。沙富はぎょっとし、両手で自分の口を塞いだ。すぐ隣にいる鮎美にとって、自分が狙い澄まされたのと変わらなかった。全身の血管が凍りつきそうだ。

「まって」鮎美は両手を突きだし、震える声でうったえた。「まって。撃たないで。どうか撃たないでください。もう喋りません。友達もなにもいいません。撃たないで」

だがライは執拗な性格の持ち主のようだった。怒りに燃えあがる目が沙富を睨みつづける。銃口はいっこうに逸れない。

ほかの武装兵三人のうち、ひとりがまたゴーグルとマスクを外す。やはりアジア人で、ライより何歳か若そうだが、よりいっそう獰猛に見える。黒々とした髭が顎まで覆っているせいかもしれない。血走った眼球はいまにも飛びだしそうなほど見開かれている。その男が身を乗りだし、銃口を沙富の額に突きつける。沙富が真っ赤な顔でむせび泣きながら目を閉じた。男がいまにも発砲しそうだ。周りに戦慄の悲鳴があがった。

鮎美は涙ながらに懇願した。「どうかお願いです。撃たないでください。なにもしません。したがいます。だから撃たないでください」

どれだけの時間、武装兵らに命乞いをつづけているか、自分でも判然としなかった。やがてようやくライが、渋々といったようすで身を引いた。ライはもうひとりの肩に手をやり、トン、そう呼びかけた。おそらくそれが名前なのだろう。顎まで髭が覆うトンは、なおも殺意に満ちた目を沙富に向けながらも、ようやく銃を下げた。

ため息とともに脱力しそうになる。沙富が抱きついてきた。鮎美は震えがおさまらなかった。視界が波打ち、涙がとめどなく頬を流れ落ちる。沙富と抱きあい、声を殺しながら泣くしかなかった。

武力襲撃のニュースは何度も目にした。まさか自分の身に起きるとは思わなかった。東京スカイタワーは厳重な警備に守られているはずではなかったのか。母にラインのメッセージを送りたい。いまはそれも叶わない。このうえなく怖い。ただ生きて帰りたい。

8

瑠那は二時限目の終了とともに教室を飛びだした。

まだ廊下には生徒の姿がない。両隣の教室からざわめきだけはきこえる。引き戸がまばらに開きだしたころ、瑠那はすでに階段にまで達していた。

数段ずつ跳躍しながら階段を駆け上る。屋上の階段塔に着いた。いちいちピッキングで開けるのがもどかしい。瑠那と凜香のどちらが先に来ようとも、ほかの生徒を寄せつけないために施錠しておく、互いにそんなきまりがあった。いまはただ煩わしく感じる。

ドアを開け放ち、瑠那は小走りに屋上へでた。凜香の姿はまだない。だがそうみせかけて階段塔の上に潜むのが常だ。瑠那は階段塔を振りかえった。

「凜香お姉ちゃん！」瑠那は呼びかけた。

静寂だけがかえってくる。なんとなく不安にとらわれる。瑠那は階段塔の周りをたしかめるべくうろついた。

すると靴音がきこえた。凜香が妙な顔をしてドアからでてきた。「なんだよ、瑠那。わたしもそんなに早くは来れねえって」

瑠那はただちにドアを閉めた。屋上で凜香とふたりきり、この状況でなければ話せないことがある。瑠那は声をひそめていった。「家が襲撃されました」

凜香が目を瞠った。「隠れ家が？　結衣姉は？」

「また別の隠れ家を探すって。結衣お姉ちゃんのほうから連絡があるまでは音信不通でしょう」

「住所を突きとめられたのかよ。いったい誰が……？」

「ラインのやりとりを傍受されたみたいです。第三言語表記も解読されました。サイモン・リドラー気どりの謎かけをしてくる相手で」

「サイモン……誰？　磯貝サイモンじゃねえよな？」

「クイズめかした挑発を仕掛けてくる愉快犯のことです。結衣お姉ちゃんによれば、襲撃者は閻魔棒だったとか」

凛香はなにかをいいかけたが、ふいに自信を失ったような表情に転じ、黙って視線を落とした。

戸惑いをおぼえる。瑠那は凛香を見つめた。「どうかしたんですか」

「悪い……」凛香は背を向け、瑠那から離れていった。ひとり手すりに寄りかかり、黙って遠方の景色を眺める。

瑠那は歩み寄った。どう声をかけるべきか迷う。凛香がどんな心境かは考えるまでもない。優莉匡太に捕らえられ洗脳を受け、自我を失った。どれほどの恐怖を感じただろう。

凛香がささやいた。「またおかしくなっちまったら……」

「だいじょうぶです。わたしがいます。結衣お姉ちゃんも」

「結衣姉とは連絡とれねえんだろ？」凛香が切実なまなざしを向けてきた。「瑠那。やべえよ。自分が自分じゃなくなっちまうかもしれねえ。また瑠那を殺そうとしちまうかも」

「そんなことにはなりません。優莉匡太の洗脳は、薬物で脳の扁桃体の働きを弱めるんです。友里佐知子の知識でしょう。感情の処理が困難になるから暴走につながり…

……」

「理屈ならわかってる。小せえころ何度も見たし、このあいだは身をもって経験したし。怖(こえ)えよ。もうあんなふうになりたくねえ」

目を伏せた凜香はいつになく弱気に見えた。ここまで不安に駆られる凜香の姿を、瑠那は初めて見た。

血で血を洗う日々を、ごくふつうに生きてきた。感覚が麻痺(まひ)して久しいのは、優莉家のきょうだいに共通する特徴だった。凜香はそんななかでも極端に暴力的だったはずが、いまではまともな人間になりつつあるのかもしれない。

瑠那は微笑みかけた。「心配しないでください。わたしが結衣お姉ちゃんから情報を得ます。凜香お姉ちゃん、わたしにぜんぶまかせてください。きょうの下校時間には、新しい隠れ家へ帰れますよ」

凜香は瑠那を見かえそうとはせず、また遠方へと目を向けた。ぼそぼそとささやくような声を漏らす。「ほんとにすまねえ……」

こんなに謝ってばかりとは、凜香がまるで別人のように思えてくる。やむをえないことにちがいない。幼少期に父親から刷りこまれた恐怖が、凜香にとっても想像以上だったのだろう。洗脳に抗(あらが)えなかった事実も、いまだ凜香の心に暗い影を落としている。

サイモン・リドラー的な挑発の意図がどこにあるにせよ、凜香が標的になる事態は、なんとしても防がねばならない。すなわち凜香ひとりが授業で隔離される状況は好ましくない。

どうすればいいのだろう。瑠那は新学期当初、凜香とふたりで授業を受けたいと申しでたが、担任から却下された。蓮實を除く教師陣は、瑠那と凜香が姉妹なのを知らない。いっそのこと真実を打ち明けてしまったほうが、事態を大きく変えられるだろうか。

そう思ったとき、かすかな異変に気づいた。遠くでサイレンが湧くのが耳に届いた。凜香が顔をあげた。瑠那も聴覚を研ぎ澄ました。複数のサイレンが交ざりあっている。ほとんどがパトカーだとわかる。だが十台や二十台ではない。ドップラー効果で変化する音いろから察するに、数キロ先でさかんに鳴り響いているようだ。

爆音が重なりだした。曇り空をヘリコプターが横切っていく。水いろの機体だった。警視庁航空隊のエアバスEC225LP型らしい。同色の機体が後方に二機、三機とつづく。ヘリの編隊がめざす行く手に、東京スカイタワーがそびえ立っていた。

サイレンが徐々に音量を増す。こちらに近づいているのではない。パトカーが数を増やしながら、都内のあらゆる方向から押し寄せる。進路はすべて東京スカイタワーにちがいない。

凜香が憂いのいろを浮かべた。「新聞部の鈴山たちって、もう帰ってきたのかな……?」

胸のうちに暗雲が垂れこめてくる。瑠那は唇を嚙んだ。結衣への襲撃の直後、またしても不穏な事態が発生したようだ。単なる偶然とは思えない。

9

総理官邸の洗面室は無駄に豪華だ。やたら広いうえ壁と床は大理石、なんの意味があるのか備前焼の調度品が飾ってある。そのわりに洗面ボウルは小さめだった。水が周りに飛び散るのを防ぐには、大きく前方に屈まなければならない。

六十六歳の矢幡嘉寿郎総理は顔を洗っていた。スーツとワイシャツの襟もとを濡らさないためにも、ごく少量ずつの水を両手ですくう。妻という存在を失ってからは、身だしなみもすべて自分の仕事だ。もっとも、夫婦ふたり暮らしのころから美咲は、うわべだけの手助けしかしてくれなかった。

いまかいがいしく斜め後ろに控えるのは、美咲とは似ても似つかない、角刈りにいかつい顔つきの男だった。アラフォーの錦織は無駄口を叩かない。タオルを持ったりもしない。SPはいざというときに備え、両手を空けておかねばならないからだ。

矢幡は顔をあげた。鏡に自分の濡れた顔が映っている。皺がまた増えたが、退院直後よりは血色がよくなっていた。とはいえ心労は絶えない。戦後最悪といわれる国難を乗りきるには、体力がいくらあっても足りない。

思わずつぶやきが漏れる。「厄介なことばかりだ」

錦織の低い声が厳かに反響した。「国連のほうからは、またなにか……?」

「ああ」矢幡はふたたび水をすくった手を顔にこすりつけた。「総会のたびに吊るしあげだよ。テロ勢力を抑えきれないのなら、大使を引き揚げると主張する国さえある」

「外国からみれば、武蔵小杉高校事変から絶え間なくテロが起きているように思えるんでしょう。特に大きな痛手がふたつあります。シビック政変と……」

「優莉匡太の生存だ。よくわかってる」

シビックの三日天下とはいえ国政を奪われてしまった。その主犯格、優莉架禱斗の父親でもある匡太は、死刑に処せられたはずだった。それがいまも脅威でありつづけることから、憲法の機能性さえ疑われている。

最新の疑惑はＥＬ累次体についてだったが、梅沢内閣や経済界の重鎮らの集団死という、痛ましい悲劇により追及は滞った。それでもファシズムへの暴走があったのではないかと危惧する声も大きい。日本は内戦状態に等しいのではとの指摘も相次いだ。すべては優莉匡太のせいだ。あの悪魔に憑かれて以来、全国民が地獄をさまようばかりになっている。

矢幡は前屈姿勢のままため息をついた。「いまでも武蔵小杉高校のあの日を夢に見る。多くの生徒たちが目の前で死んでいった。私は若い命を救えなかった。思えばあれが始まりだったんだろう」

「ちがいますよ」錦織が静かに否定した。「総理のせいではありません。テロとの戦いは世界共通の課題です。どの国にもあることです。ただ日本では銃刀法が厳格だったため、長いあいだ凶悪化が防がれてきました。最近は歯止めがかからなくなってきたのですが」

優莉匡太のような異常者が跋扈していれば、平和を保つ危ういバランスは、いとも簡単に崩れる。矢幡は唸った。「銃がスーパーマーケットで買える国と、無数の空路や海路で結ばれてる。むかしから暴力団も銃器を溜めこんでた。表にでてくるのは時間の問題だったかもしれん。いったん武力攻撃が始まったら、ナイフさえ持てない国民は無力だ」

「だからといって銃所持の合法化された国が、テロを防げているかといえば疑問です。銃犯罪が多発するうえ、規制も遅々として進んでいません。わが国の法はまちがっていないと思います」

「テロを許してしまった私たちのふがいなさが際立つばかりだ。国民の命をないがしろにしている」

「総理。能登半島地震への迅速な対応は、矢幡政権だからこそ可能だったんです。梅沢政権ではおそらく発生後ひと月経っても、限界集落の数々が孤立したまま救出が遅れたり、インフラが断絶したままだったり、悲惨な状況だったでしょう」

「梅沢もああなる前は尊敬できる友人だった。彼にも少なからず良心があったと思いたい」

「そうでしょうか……。異常な計画で国民の多くを犠牲にしてきたんです。私の立場で意見するのは控えるべきかもしれませんが、因果応報かと」

矢幡はタオルで顔を拭いた。忌まわしいことばかりが起きる。確たる事実であっても、まだすべてを受けとめられない。やはりこの国は危うかった。戦後は民主主義を育ててきたと信じたかったが、成熟にはまだほど遠い。

着信音が鳴った。錦織がスマホをとりだし応答した。「はい」

鏡に映る錦織の顔が硬くなる。どうやらのんびりとはしていられないらしい。矢幡は手早くネクタイの結び目を整えた。

洗面室をでてから、執務室に寄る暇もなく、矢幡と錦織は地階へ直行した。危機管理センターの対策本部会議室はすっかり馴染みになっている。頻繁に足を運びすぎて、もうここに詰めることが日課のようだ。強化ガラス越しにオペレーションルームと情報集約室が見える。いずれも職員の動きが慌ただしい。

円卓を囲むのは顔ぶれを一新した官僚たちだった。大臣らはまだ到着していない。なんにせよ梅沢内閣から人事はひとり残らず改められた。官僚らが緊張の面持ちでいっせいに立ちあがる。

矢幡は席につきながらいった。「座ってくれ。東京スカイタワーで事件だと?」

一同がふたたび椅子に腰かける。警察庁長官官房の今脇参事官が発言した。「武装兵数名が展望デッキに侵入。展望デッキ内の三フロアを占拠。上の天空回廊の状況は不明ですが、エレベーターがいずれも停止し操作不能です」

「どうやって侵入してきたんだ?」

「スカイタワーの根元は東京ユメマチですが、その地下一階の駐車場ではないかと……。侵入の数分前からすべての防犯カメラが機能を失い、警備のほうでは状況を把握できません」

「するとなかのようすはまったく不明か？」

「いえ」今脇は壁のモニターを見上げながら、手もとのマウスを滑らせた。「展望デッキの見学客がＳＮＳにアップした動画に、襲撃時のもようが……」

壁を埋め尽くす複数のモニターのうち、画面のひとつが切り替わった。縦長の映像はスマホを縦にして撮ったからだ。まだ平和な状況だった。大勢の制服が見える。中高生がほとんどだった。ガラス張りの壁面の向こう、眼下に都心がひろがる。ガラス床の上に立ち、怖々とうつむく女子高生もいる。展望デッキ三層のいちばん下、フロア３４０だった。

だしぬけに銃声が鳴り響いた。悲鳴がこだまし、見学客がパニックを起こす。右へ左へと必死に逃げ惑うさまは、矢幡の脳裏に武蔵小杉高校の悪夢をフラッシュバックさせる。白煙が立ちこめだした。発煙筒が投げこまれたらしい。男子中学生とおぼしき数人がむせながら這いだす。催涙弾かもしれない。

濃霧のような煙のせいで人影が見えづらくなった。そんななか、ずんぐりとしたシルエットが四つ現れた。矢幡は肝を冷やした。やはりトラウマとなっている光景の再現に思える。重装備の兵士たち。ヘルメットにゴーグル、マスク、迷彩柄のボディアーマー。アサルトライフルを水平に構え、周囲を威圧する。跪けと怒鳴っている。中高生の制服がおろおろしながら、そこかしこで床にへたりこむ。

矢幡は椅子を回した。背後に錦織が立っていた。錦織の険しい表情が見下ろす。同感だと矢幡は思った。またしてもこんな災難が起きてしまった。

別の官僚が苦々しげにきいた。「東京スカイタワーはテロ特別重点警戒区画のひとつだったろう」

今脇が応じた。「そうです。皇居や新宿駅と同様に、所轄警察が直接警備にあたる仕組みでした。しかし現地の警察官と連絡がとれないありさまで……」

わりと高齢の事務次官が今脇に向き直った。「警視庁に対策本部はできたんだろうな？」

「はい。現場に急行させた捜査員や機動隊員から、対策本部に逐一連絡が入り、こちらにも情報があがってきます。ただ現在は東京ユメマチの客を避難させるのに忙しく、地上三五〇メートルの展望台にどうアプローチすべきか、まったく手段をみいだせない状況です」

警察組織からＥＬ累次体の関与者が一掃され、健全化が図られているが、人員の不足は否めない。補充が進むものの、指揮系統に経験豊富な人材が不充分だと、錦織からきかされたばかりだ。

矢幡は今脇を見つめた。「人質のスマホはまだつながるのか？」

「いいえ……。電波を遮断されました。展望デッキのワイファイが停波しただけでなく、ケータイ電波に対してもジャミングがかけられているようです」

またしてもジャマーか。制圧の手際のよさは武蔵小杉高校と同じだ。わりと開放的な校舎に対し、東京スカイタワーの展望デッキは地上三五〇メートルの密室になる。天空回廊はさらにその上、四五〇メートルの高さだ。

都内に当たり前のように建っていて、いつしか日常的な景色に溶けこみ、目にも馴染んでいた。だがあらためて考えてみれば、テロ攻撃を受けた場合、これほど恐ろしい舞台はほかにない。航空機で四方のどこから接近しようとも、制圧者から視認されてしまう。よじ登ろうとしても、展望デッキの最下層すら、東京タワーの高さを超えている。

官僚のなかから声があがった。「前に対テロ訓練がおこなわれたとき、見学者たちは階段を下りたと思うが……」

今脇が浮かない顔でうなずいた。「心柱の内部は、螺旋階段が延々と天空回廊までつづきます。しかし現場に到着した警察官によると、東京ユメマチから階段に入るすべてのドアが、内部から溶接されたらしく開かないと」

「爆破すべきだろう」

「それが」今脇はまたマウスをクリックした。「階段入口のドアの外側にこの張り紙が」

別のモニターに動画が映った。今度は警察官のヘルメットに装着されたカメラの録画映像らしい。ドアがズームアップされる。ステッカーが貼ってあった。中国語とおぼしき表記で大書してある。

如果你打开门　东京就会消失

意味を理解できるらしい官僚のひとりが、震える声で翻訳した。「ドアを開ければ東京が消滅する……」

矢幡はまた錦織を仰ぎ見た。錦織の険しい表情が見かえす。ふたりともモニターのひとつに目を転じた。さっきの展望デッキ内の映像が繰りかえし再生されている。煙のなかから武装兵四人が出現する、その瞬間の反復だった。

錦織がささやいた。「小柄で引き締まった身体つき、動きが機敏です。死ね死ね隊とも装備一式が異なります。あれは〇三式自動歩槍（ほそう）です。中国人民解放軍の武装ですよ」

「人民解放軍……」

あからさますぎる。矢幡は即座にそう思った。簡体字の警告文に人民解放軍のアサルトライフル、いかにも中国のしわざといわんばかりだ。だが事実として映像を観るかぎり、武装兵はアジア人っぽい体形で、よく訓練された動きも中国の正規軍に似ている。

円卓から抗議の声があがった。「ドアを開けたとたん、東京のどこかを別働隊が攻撃するという脅しか？　仲間がいるかどうかもわからんのに、手をこまねく必要がどこにある」

今脇が硬い表情になった。「ことはそう簡単ではありません。この映像をご覧ください。昨夜の防犯カメラ録画に残っていたものです」

壁のモニターに定点カメラ映像が現れた。モノクロなのは暗視カメラだからだろう。斜め上方からとらえるのは、地下駐車場のエレベーター前のようだ。スーパーインポーズされた時刻は午前二時十三分。むろん東京スカイタワーも東京ユメマチも営業時間外だった。

人影が四つフレームインしてきた。なんとさっき展望デッキを制圧した武装兵と同じ装備だとわかる。深夜の時点で地下駐車場に侵入済みだったらしい。台車の上に大きめの木箱を載せ、エレベーターのなかに搬入している。今脇がマウスをクリックした。動画が静止する。

今脇はいった。「この時間には業者の出入りもありません。きょうの制圧を受け、警備会社が映像記録を観かえし、ついさっき発見した映像です。武装勢力は故意にこれを残したとも考えられます」

モニターのなかで木箱が拡大された。"U.S.NAVY DNF－Z999" の刻印がある。

矢幡は今脇にたずねた。「米海軍の装備か？　なんだ？」

「不明です。現在、防衛省から横須賀基地に問い合わせています」

「そうか。私からも米大統領にきいてみるが……」

官僚らが言葉を交わし合った。「地下駐車場のエレベーターは、東京ユメマチの五階どまりのはずだろう？　スカイタワーに搬入したとはかぎらんな」

「いや。ふだんの運行状態はそうなってるが、非常時にはエレベーターのうち一基が、地下駐車場から展望デッキまで直通できるようになってる。設定を変えれば難なく上れる」

国際世論は現状をどのていど把握しているのだろう。矢幡はモニター群を見渡した。

「テレビの報道はどうなってる？」

別の官僚が真顔で応じた。「映ってません。東京スカイタワーからのすべてのテレビ放送が停波中です」

円卓が静寂に包まれた。矢幡は居住まいを正した。そうだった。NHKと民放各局、あらゆるテレビ局からの放送は、東京スカイタワーで中継され、電波が関東全域に届けられる。中継の拠点が占領されたからには、すべてのテレビ放送も制圧下に置かれる。

矢幡は物憂げに視線を落とした。「この歳になると十年が若いころの一年のようだ。アナログ放送がデジタル放送に切り替わったのも最近に思える。地デジも初期には東京タワーから放送されていたと思ったが、そっちは使えないのか」

今脇が首を横に振った。「東京タワーのデジタル放送用アンテナは、二〇一八年に関連機器ごと取り外されました。地上波の放送免許が同年十月に失効したので、撤去せざるをえなかったと」

「ではマスコミはリアルタイム情報を伝えられずにいるのか？」

「関東以外でのテレビ放送は無事ですし、新聞各社もインターネットで報じています。ただし東京周辺では、テレビがいっさい観られなくなったせいもあり、光回線が過去に例のないほどの混みようで、著しくつながりにくくなっています。各地で通信速度の異常低下が発生しているんです」

情報の伝達に困難が生じ始めている。矢幡はガラス越しに情報集約室を眺めた。

「こっちはだいじょうぶか?」

「政府機関の回線は何重にもバックアップを設けてあり、別系統も用意がありますので、圧迫されることはないかと」

ふいに女らしき声が抑揚なく告げた。「東京スカイタワーからお送りする日本存亡チャレンジクイズ！」

円卓の一同が息を呑んだ。わりと若い眼鏡の官僚が目を瞬かせた。「ゆっくり霊夢の声だ」

「なに?」矢幡は動揺とともにたずねた。「誰だって? 知ってるのか。何者の声だ?」

錦織が前屈みになり耳打ちした。「私の息子がよく観ているユーチューブ動画で聴く声です。アプリで作成した合成音声ですよ」

そうなのか。矢幡は円卓に向き直った。妙な音楽が流れている。打ちこみででためにに作ったようなメロディーだが、ラジオ番組のオープニングを気どっているのかもしれない。

矢幡はつぶやいた。「この音声はどこから……?」

複数の官僚が手もとのマウスを必死にクリックしている。うちひとりがモニターを観ながらいった。「警視庁対策本部との常時接続に割りこんできたようです。オフラインにすれば締めだせますが……」

「いや。このまま聴こう」

音楽がフェードアウトしていった。さっきと同じ音声が淡々と響いた。「第一問。3・05より円周率が大きいことを証明してみろ、矢幡政権のボケナス官僚ども」

列席者らの眉間に深い縦皺が刻まれる。ほぼ同時に画面のひとつが切り替わった。"60:00"からカウントダウンが始まる。"59:59"、"59:58"、"59:57"……。

音声がつづけた。「持ち時間は一時間。もう切ってるけどね。一流大学を幼稚舎からエスカレーター式にあがってきただけのしょうもない官僚ども、問題を外に持ちだすなよ。広く国民に問いかけるのも駄目。答えりゃ人質のうち四十人を解放してやる。答えないと東京は破滅。日本存亡チャレンジクイズ！」

ふいに静かになった。モニター上の秒読みだけが一秒ずつ残り時間を削っていく。

官僚のひとりが怯えた顔で報告した。「官邸宛てにメールが届きました。〝第一問の解答を書きこんで返信しろ〟とあります」

矢幡はたずねた。「メールの文面はそれだけか？」

「……つづきを読みますか？　〝親に恵まれてたってだけのゴミみたいな官僚ども……〟」

「わかった。もういい」矢幡は今脇に向き直った。「警視庁のほうでは対策を進めてるな？」

「制圧側からはなんの要求もなく、膠着状態ですが……。全力を挙げ人質救出のすべを探っています」

「よし。ではいまの問題だが、誰か解答がわかるか？」

みな当惑ぎみに顔を見合わせた。ぼそぼそと告げる声がきこえる。「円周率は3・14だから、当然3・05よりは大きいんじゃ……」

たちまち異論の声があがった。「証明問題だ。あらかじめ定義された数字を持ちだすのは駄目だ」

「だいいち円周率は3・14じゃない。とりあえず小学校では3・14として教えろというだけだ」

「文科大臣は？　まだ到着なさらないのか……？」

「まってください」ひとりの声がほかを制した。「これが武装勢力からのメッセージかどうかはわからない。ネットで騒動を知った誰かの悪戯かも……」

錦織が否定的な見解を口にした。「高度なハッキングで割りこんできたのにか？」

しんと静寂がひろがるなか、別のひとりがマウスをいじりながら応じた。「さきほどのメールのＩＰですが、東京スカイタワー内のサーバーから送信されています」

円卓の上を視線が交錯するばかりになった。矢幡はため息まじりに指示をだした。

「信頼の置ける数学の権威を複数、大至急呼びだせ。問題は外に持ちだせない。専門家をここへ来させろ。それから警視庁対策本部に、スカイタワーの入場者数や犠牲者の有無をたずねたい。警察庁長官を呼べ。防衛大臣もだ」

官僚らがいっせいに立ちあがり、せわしなく動きだした。一部はエレベーターへと急ぎ、ほかは隣の情報集約室へ駆けこんでいく。

矢幡は重苦しい気分とともに椅子を回した。深刻な表情の錦織に矢幡は問いかけた。

「優莉匡太じゃないな？」

「少なくとも展望デッキを占拠した連中は、死ね死ね隊の装備とは異なり、動作にも軍隊的な統率を感じます。人民解放軍だなんて思いたくもありませんが……」

それが本当ならいきなりの宣戦布告だ。まずありえないが、いまやなにが起きてもふしぎではない、異常の極みのような世のなかだった。矢幡は立ちあがった。「習近平国家主席に対話を申しいれてみる」

モニター上のカウントダウンは"56:15"、なおも一秒ずつときが刻まれていく。矢幡は焦燥に駆られていた。日本存亡チャレンジクイズだと。酔狂にもほどがある。またしても最悪の事態だが、なんとしても乗りきらねばならない。人命を無駄に失わせるわけにいかない。国際社会の目も無視はできなかった。テロに打ち勝てる国家だと世界に証明せねば。

10

瑠那は二年C組の教室で窓辺の席についていた。クラスメイトたちも全員が教室内にいるものの、休み時間のような賑やかさだった。教師がまだ来ないせいだ。

スマホの時計は午前十時五十七分。本来ならもう三時限目の授業が始まったのち、十七分が経過していることになる。女子生徒が職員室に先生を呼びに行こうとするたび、男子生徒らがブーイングして引き留める。日本史Bの教師が授業を忘れているのならほうっておけばいい、誰もが笑いながらそういった。緩めの同調圧力に、わざわざ逆らおうとする者はでてこない。みなこのまま授業が潰れるのを期待しているようだ。

とはいえクラスメイトらも浮かれ騒ぐばかりではない。いまは少しばかり不穏な空気が漂っている。スマホのインターネット接続が遅い、という不満の声が飛び交う。

瑠那は自分のスマホの電源をオフにしていた。ラインを傍受された疑いが濃い以上、呑気に使いつづけてはいられない。そのため接続状況をたしかめようがなかった。隣の席にいるおとなしめのクラスメイト、雪村穂乃華がスマホをいじる姿を目にとめる。

「あのう……」瑠那は穂乃華に話しかけた。「スマホつながりませんか?」

穂乃華がうなずいた。「杠葉さんは?」

「バッテリーが切れちゃって」瑠那は嘘をついた。「見せてもらっていいですか」

身を乗りだし、穂乃華のスマホをのぞきこんだ。電波は問題なく強いはずが、SNSやサイトの表示がやたら重かった。メールサーバーにもつながらないまま、タイムアウトのエラーになってしまう。

なんとかヤフーニュースの見出しだけは表示された。瑠那は緊張とともに読みあげた。「〝スカイタワーが武力制圧下に〟って……」

「そう。だけど記事ページが見れないの」穂乃華が見出しをタップしたが、リンク先がいっこうに開かず、やがて画面が真っ白になった。「ずっとこんな調子で」

「……新聞部の三人、東京スカイタワーへ行ったままですよね。無事でしょうか」

「新聞部って？」

　瑠那は戸惑いとともに口をつぐんだ。そういえば三人ともほかのクラスだ。去年、穂乃華は瑠那と異なるクラスだったため、あの三人を知らない。

　男子生徒のひとりが半開きの引き戸のそばに立ち、絶えず廊下のようすをうかがっている。その男子生徒が自分の席へ駆け戻った。「来た！」

　立っていた生徒らがいっせいに着席する。廊下から靴音がきこえ、ほどなく引き戸が開いた。

　入ってきたのは日本史Ｂの教師ではなく、くたびれたスーツの四十代男性、すなわち担任の邦永先生だった。ＳＨＲの時間でもないのに邦永が教壇に立った。

　深刻な面持ちの邦永がいった。「きょう三時限目以降は急遽切りあげることになった。下校は各自ばらばらでなく、帰る方向や地域ごとに、先生の付き添いのもと集団でおこなう。勝手な行動はとらないように」

ざわめきがひろがる。集団下校って小学生かよ、そんな男子生徒のぼやきもきこえる。

「静かに」邦永がつづけた。「なお押上(おしあげ)駅は閉鎖されていて、都営浅草(あさくさ)線や京成(けいせい)線など、隣の駅で折りかえし運転中だそうだ。そっち方面へ帰る生徒には別ルートの指示がある。東京スカイタワー付近には近づけない。家に帰ったあとも見に行ったりしないこと」

女子生徒のひとりが発言した。「先生。スマホがつながりにくいんですけど」

「先生にも詳しいことはわからん。テレビも映らない。ただ警察からの指示で、この辺りの小中高校の児童生徒には、自宅待機命令がでてる。勧告じゃなく命令だからしたがわなきゃいかん。外出は控えるように」

引き戸がわずかに開き、別のクラスの担任が顔をのぞかせた。邦永がそちらに近づく。ふたりの教師がぼそぼそと言葉を交わす。

やがて邦永が廊下へでながら教室内に呼びかけた。「下校の準備をしとけ」

それっきり邦永はもうひとりの教師とともに、せわしない足どりで立ち去っていった。

教室内がにわかに騒々しくなった。教科書をカバンにしまいこむさまも慌ただしい。

友達どうし数名ずつが寄り集まり、つながらないスマホを手に、さかんに不安をうったえあう。一部が引き戸から駆けだしていき、廊下のロッカーを開け、荷物をまとめにかかる。部活の道具やユニフォームは、そちらに収めている生徒が多いからだ。教室と廊下の行き来が増えたのは幸いだった。こっそり抜けだすのにも支障がなくなる。瑠那はカバンを手に引き戸へ向かった。

廊下は喧噪に包まれていた。休み時間の騒がしさとはちがう。どのクラスの生徒も一心不乱に動きまわっていた。内戦状態の国で学校に避難命令が下ると、こんな光景がみられる。去年の防災訓練の教訓が生きているのかもしれない。あれは訓練ではなく実戦だったのだが。

「瑠那」凜香の声が呼んだ。

はっとして振りかえると、凜香がスポーツバッグを肩にかけ、廊下に立っていた。授業が中止になり、本来の教室へ戻れたらしい。

凜香が硬い顔でいった。「鈴山たち、戻ってないってよ」

やはり。瑠那は凜香を見つめた。「スカイタワーが武力制圧下にあるみたいです」

「マジか。死ね死ね隊が大挙して入りこんだとか？」

「いえ……。テロ特別重点警戒区画ですから、東京ユメマチや地下駐車場で不審な動きがあるだけでも、エレベーターが停止するでしょう。すべての防犯カメラを壊しても、映らなくなった時点でやはり展望デッキへは上れなくなるんです」

「でも現に武力制圧されてんだろ？」

「昨晩のうちに、ごく少人数が地下駐車場あたりから侵入し、ずっと潜んでいたとしか……。大勢じゃ無理です。多くても四人ってとこでしょう」

「展望デッキやら天空回廊やらの制圧には、銃を持った三人ぐらいで充分かぁ」凛香が頭を掻いた。「まいったな。結衣姉と連絡がとれねえってときに」

瑠那は声をひそめた。「わたしたち、スカイタワーが見えるぐらい近くにいるんですよ。手をこまねく必要はないかも」

「だな。行くか」

「ええ。行きましょう」

ふたりは揃って階段へと向かいかけた。ところがふいにジャージ姿の巨漢が立ち塞がった。凛香が苦い顔で踏みとどまる。瑠那も凛香に倣わざるをえなかった。

蓮實先生が鬼の形相で警告した。「スカイタワーへは行かせん」

「先生」凛香はへらへらと笑った。「勘ちがいすんなよ。わたしもC組だしさ。瑠那と一緒に帰るだけだって」

だが蓮實の表情は和らがなかった。「下校のグループ分けがある。それまで教室内でまて」

「ひとりだけ隔離されて授業受けてるから、荷物がそっちにあるんだよ。取りに行かねえと」

「もともと教科書もノートも持ってこずに、いつも各教科の先生に借りてるだろ」

瑠那は口をはさんだ。「先生。鈴山君と有沢君、夏美さんがスカイタワーから帰ってません。たぶん人質になってます」

蓮實が忌々しげに距離を詰め、小声で告げてきた。「把握してる。三人のクラスの各担任が対応に追われてる。そういったことはぜんぶ学校や警察にまかせとけ」

凜香が声高にいった。「あいかわらずだなハスミン。わたしたちがカイリジュメイのリップにしか興味のねえ女子高生じゃねえことぐらい、いい加減わかれよ。スカイタワーに侵入した武装勢力なんてせいぜい数人らしいぜ？」

「それが優莉匡太の闇魔棒だったら？　おまえはすくみあがって一歩も動けない」

「……ふ」凜香が言葉を詰まらせた。「ふざけんじゃねえ。わたしがあんな奴らに手も足もでねえって？」

「ああ。あの父親の娘である以上はな」

「先生」瑠那は私見を口にした。「凜香お姉ちゃんや結衣お姉ちゃんには、父に愛憎相半ばする感情があるかもしれませんが、わたしには憎悪しかありません。母の姿を思いかえすだけでも……」

蓮實が遮った。「感情は問題にしてない。おまえと結衣が一緒にいても、先生の住んでたマンションは壊滅した。無人気球ひとつに苦戦を強いられるうち、俺と詩乃は新居を失った」

これにはぐうの音もでなかった。バローン一機の襲撃だけで圧倒されてしまったのは事実だ。

凜香が抗議した。「先生、ジャンボリーでなにがあったか忘れたのかよ。わたしたちは死ね死ね隊相手にかなりやったぜ?」

「優莉匡太が鵠酸塩菌への感染を避けるため、側近を出向させなかったからだ。恩河日登美が来てたら、おまえたちはガリバー王国跡地で死なないまでも、鵠酸塩菌に冒されてた。治療薬など手に入らない状態でな」

また凜香が口ごもった。現場にも来た蓮實の指摘はいちいち正確だった。日登美なら雲英亜樹凪のようなヘマはしない。瑠那たちが治療薬の保管場所にたどり着けたかどうかさえ怪しい。

少しずつ頭が冷えてきた。蓮實がけっして住まいを失った怒りにとらわれるばかりでないことも、ようやく理解できた。瑠那は申しわけなく思った。「先生……。詩乃さんもショックを受けたでしょうね。あんなに素敵な部屋だったのに」

蓮實がため息をついた。「自衛隊官舎の一室が分けあたえられた。立地は前よりよくなった。いまのところ詩乃は元気だ。だが問題は先生よりおまえたちの住居だろう。どこで暮らしてる？」

「あの……。凜香お姉ちゃんは結衣お姉ちゃんが一時保護者になっていて、わたしもそこに一緒に……」

「千代田区のマンションへは帰っていない。そうだな？　反社の世話で隠れ家を転々としてるんだろ」

さすが一年以上のつきあいになると、教師の勘も冴えてくる。瑠那は声をひそめた。

「先生。特殊作戦群はＥＬ累次体絡みの人材が一掃されて、いま頭数が不足してますよね。予備役だった蓮實先生も、ほとんど復帰したようなものでしょう。だから官舎住まいの待遇を受けてるんですよね」

「だとしたらなんだ」

「スカイタワーへは特殊作戦群の出動が要請されてるでしょう。このあと現地へ行くんじゃないですか？」

「あいにくおまえたちを引率する気はない」

凛香が顔をしかめた。「先生の権限でわたしたちを連れてけよ。ちゃちゃっと片をつけてみせるって」

「駄目だ。諸々の理由でこれまでのことを不問に付さざるをえないとしても、今後は生徒の暴力行為を容認できるはずがない。どんな事情があっても人を殺めるなどもってのほかだ」蓮實が踵をかえした。「ついてこい。官舎へ行く。詩乃とおとなしくしてろ」

瑠那はもやもやした気分で蓮實につづいた。「そこからまたスカイタワーへ出動するんですよね？」

「連れては行かんぞ」

凛香も歩調を合わせた。「なら装備を貸してよ。特殊作戦群のＭＰ５Ｋとか」

「ふざけるな」蓮實が階段を下りだした。「官舎でも勝手な真似は控えろ。警察沙汰になるぞ」

瑠那は凛香と目配せしあった。階段に向かうとみせかけ、ふたり同時に身を翻し、廊下の窓へと駆けていった。ここは二階だが、壁づたいに下りるなど造作もないことだ。

　サッシを開け放つや、瑠那と凜香は空中に飛びだすべく跳躍した。ところがそのとき、巨漢が突風のごとく迫った。蓮實の左右の手が、瑠那と凜香の足首をそれぞれつかみ、強く引き戻した。瞬時にふたりとも廊下の床に叩きつけられた。

　周りの生徒が驚き、目をぱちくりさせながらこちらを眺める。瑠那は痛みに耐えながら床の上に横たわっていた。凜香も同じありさまだった。

　なんという俊敏な反応だ。蓮實は階段を下りかけていたはずなのに、そこから瑠那たちを追いかけてきて捕まえた。そういえば蓮實は特殊作戦群でも、エリート中のエリートだったのを忘れていた。

　凜香が俯せに這ったまま歯ぎしりした。「畜生。手荒じゃねえか。教師の暴行だぜ」

　蓮實は悠然と見下ろしてきた。「先生はおまえらに容赦しないときめた。血筋の運命に抗いたければ、みずからそっちへ行こうとするのはよせ。高二らしくまともに進路だけを考えてろ」

　瑠那は上半身をわずかに起こした。「先生。先に謝っときます。ごめんなさい」

「ようやくわかったか」

「新学期に入って、学校の備品から除光液や瞬間冷却剤、洗浄剤や消毒剤がなくなりましたよね」

「ああ。それがどうした」蓮實の顔がこわばった。「まさか……」

硝酸アンモニウムやアセトン、塩酸、過酸化水素水を入手するためだ。それらの混合物は、いざというときに備え、校内のあちこちに仕掛けてある。うち一か所はまさしくこの廊下の床だった。

瑠那は床に嵌まったタイルのひとつを強く押しこんだ。とたんに爆発音が轟き、身体が浮くほどの熱風が噴きあげる。悲鳴は二階廊下のみならず、一階からもきこえてきた。タイル一枚分の穴が正方形にぽっかり開き、一階廊下の床に破片が散らばっているのが、真下に眺められる。遮音を重視したコンクリート敷の床も、適切な威力の爆発物により、こうして突き破れる。

ただちに瑠那は穴のなかに両脚からするりと入り、両手で凜香を引っぱりこんだ。蛇のようにつながったふたりが一階へと落下する。蓮實が猛然とつかみかかってきたが、間一髪難を逃れた。

瓦礫だらけの一階廊下に、ふたり揃って身を投げだし転がった。天井の狭い穴から蓮實の顔がのぞく。あの巨体では穴を抜けられない。顔面を紅潮させ蓮實が怒鳴った。

「杠葉！　優莉！」

　瑠那は痛みを堪えつつ、凜香とともに跳ね起きた。蓮實は階段を駆け下りたりせず、二階の窓から飛び下りるだろう。つまり廊下側の窓からは距離を置かねばならない。ふたりは教室に駆けこんだ。唖然とする一年生たちを尻目に、校庭側の窓を飛び蹴りで割った。柔道の受け身の姿勢で地面に転がり、また立ちあがるや走りつづける。

　ふたりとも砂埃にまみれていた。全力疾走しながら凜香が吐き捨てた。「靴を取りに戻ってる余裕はねえよな」

　上履きなのは恥ずかしいが、どうせ人目など気にかけていられない。瑠那も猛然と駆けつづけた。「自転車に乗ってもそれなりに時間がかかるでしょう。でもやむをえないですね。電車が押上駅まで行かないので」

11

　総理官邸地下の危機管理センターは混み合っていた。外部から招いた数学者らがひとつのテーブルを囲み、侃々諤々の議論を繰りひろげている。

　矢幡は落ち着かない気分で、それとは別の円卓についていた。閣僚たちのほとんど分を切った。

が列席している。どの顔も緊張に満ちていた。矢幡はモニター群を仰ぎ見た。画面のひとつにカウントダウンがつづく。“09:57”とある。“09:56”、“09:55”……。残り十分を切った。

情報集約室の職員が書類を手に入室してきた。「失礼します。チケットカウンターからの情報で、スカイタワー内にいる見学客の人数が判明しました。展望デッキに一〇一八名、天空回廊に三一五名。ほとんどが修学旅行か社会科見学の中高生です。これに加え従業員と警備員が一〇四名」

一四三七名が人質にとられている。またしても未成年が多く含まれていた。矢幡のなかで苛立ちが募った。まったく予断を許さない状況だ。しかも危機はそのレベルに留まらない。

円卓の上に大きな図面が広げられる。円錐形の物体が描かれていた。記載の数字によれば、高さ二フィート、底面の直径二・六フィート。それぞれ約六十センチと八十センチにあたる。

濱野秀作防衛大臣が低い声を響かせた。「第七艦隊司令部から極秘の返答がありました。これがDNF－Z999です。横須賀海軍施設に停泊中の空母ロナルド・レーガンから消えた物だと……」

「消えた？」溝部哲外務大臣が眉をひそめた。「盗みだされたのなら、そのように明言するべきだろう」

瀬野敏広警察庁長官が仏頂面でつぶやいた。「空母からの盗難となれば微妙な問題です。日本国内における窃盗とするのも難しく、米軍の管理責任が問われます。濱野防衛大臣も極秘とおっしゃったし、事実を伏せる方針かと」

濱野が咳ばらいをした。「より深刻な状況です。図面を精査していただければわかりますが……。これは核弾頭です」

一同が息を呑んだ。矢幡も身震いを禁じえなかった。「核爆弾なのか？」

「はい」濱野防衛大臣がうなずいた。

後方に控える秘書官が説明した。「巡航ミサイルや戦術核兵器のレベルではありません。大陸間弾道ミサイルのミニットマンⅢに搭載される核弾頭で、威力は広島型原爆の百二十倍にあたります」

恒川雄馬財務大臣が吐き捨てた。「時代錯誤だ。ミニットマンといえば冷戦時代に開発されたＩＣＢＭだろう。後続のピースキーパーさえ退役したはずだ」

「いえ」防衛大臣秘書官が真顔で否定した。「つい最近もバンデンバーグ宇宙基地で、核非搭載のミニットマンによる発射実験がおこなわれています。ロシアや北朝鮮など、長距離核ミサイルの威力を誇示したがる共産勢力への、威嚇および対抗手段です。耐用年数を二〇三〇年まで延ばし、配備を継続中とか」

矢幡は思わず唸った。「ミニットマンの配備といえばワイオミングやモンタナ、ノースダコタ州あたりの空軍基地だろう。そんな物を積んだ空母が、なぜ横須賀に寄港したんだ？」

「米軍が極東に極秘配備する予定だったとしか……」

「わが国にも明かさずにか？」

「ええ。米軍基地内に」

重苦しい空気が円卓を包みこむ。日米地位協定に空母の自由な出入り。非核三原則など実際には破られて久しい。この国の総理大臣なら承知済みだ。しかし日本政府を無視したうえでのＩＣＢＭの極秘配備となると、まったく捨て置けない。米軍側のトップシークレットで片付けられるレベルではない。きわめて不快だった。

とはいえ理不尽とまでは思わない。わが国の戦後復興をアメリカが後押ししたのは、日本列島が中露北に対抗する最前線として、戦略的に重要な地点だったからだ。そのことを日本国民に意識させまいとしながら、現代史は刻まれてきた。けれども昨今、世界は物騒になり、徐々に事実を隠し通せなくなった。かつてソ連がキューバにミサイルを配備し、アメリカ本土を至近距離から脅かしたのと同じだ。いまアメリカが共産圏の喉もとに刃を突きつけようとしている。日本が戦争に巻きこまれたくないと望んでも、安保同盟あるかぎり回避はできない。

　なんにせよよくだんの核弾頭が盗まれてしまったのでは、共産圏との戦略バランスどころではない。矢幡はきいた。「核弾頭が東京スカイタワーに搬入されたとして、武装制圧者らが起爆させる可能性は？」

　防衛大臣秘書官が応じた。「そもそも米空母に核弾頭があること自体、わが国では把握できていなかったのです。内部の協力者の存在が疑われます」

　恒川財務大臣が表情を険しくした。「米軍内に裏切り者がいると？」

「のみならず、得た情報を正確に活用しうる知識や機動力を有していなければ、今回のようなテロを実行できません。映像でも中国の人民解放軍と同等の装備、油断のない制圧行動が確認できました。核弾頭の起爆方法を、武装兵らが心得ているかどうかについては、おおいにありうるといわざるをえません……」

　最悪という言葉の基準が常に更新されていく。矢幡はじれったさを噛み締めた。

「核爆発が起きた場合、都内は全滅だろうな」

　濱野防衛大臣が壁の地図を指さした。「東京スカイタワーとは、じつに的確な位置をみいだしたものです。ここを中心とし、東京都と東京湾は全滅。神奈川の藤沢、茨城のつくば、千葉の成田や木更津、埼玉の川越までが被爆圏内に含まれます」

恒川財務大臣がうろたえた。「関東一円がごっそり消えるじゃないか！　神奈川でぎりぎり残るのは小田原から西？　埼玉は熊谷から北か？　わが国は終わりだ！」

「なお」防衛大臣秘書官が付け加えた。「この核弾頭が爆発した場合、都心部の大地は深く抉られます。ここ総理官邸の地下シェルターも安全とはいえません」

閣僚らが騒然となった。誰もが血相を変えている。矢幡は卓上の図面に目を落とした。またも国家の存続に関わる非常事態を迎えた。しかも今度は首都消失の重大危機に直面している。

飯泉宏典文科大臣が席を立ち、もうひとつのテーブルに向かった。「あと三分じゃないか！　解答のほうはどうなった？」

数学者らが顔をあげる。うちひとり、数理解析研究所の椿原弘道教授が応じた。

「いま解答をメールに入力中です」

「答がわかったのか」

「はい」椿原がモニターを仰いだ。「あれをご覧ください。円のなかにぴたりと収まる正十二角形を考慮します。これは合同の二等辺三角形十二個の結合体とみることができます。三角形一個の円の中心につながる角は三十度。余弦定理を当てはめると……」

√記号を数多く含む複雑な数式が画面を埋め尽くす。

「ゆえに」椿原が飯泉文科大臣を見つめた。「円周率が3・05より大きいと証明されます。いかがでしょうか」

飯泉が狼狽をしめしながら声を荒らげた。「早く送信を!」

数学者らがふたたびテーブルに顔を伏せる。ノートパソコンのキーが叩かれた。モニター上のメールが閉じられ、送信が完了した。

カウントダウンは残り一分を切っていた。"00:59"、"00:58"、"00:57"……。そこで止まった。残り五十七秒で画面の表示はフリーズした。

正解が認められたのか。しばし静寂があった。

テーブルで声があがった。「返信がありました」

官僚がテーブルに駆け寄り、ノートパソコンを見つめた。「制圧側からの返信です。〝十五分以内に、株式会社首都交通の四十人乗りバスを、地下駐車場のエレベーター前に横付けしろ。車内は運転手一名のみにし、地下駐車場からすべての警察・自衛隊関係者を排除。カメラでの監視も許さん。守らねば人質は死ぬ〟」

瀬野警察庁長官がため息まじりにつぶやいた。「人質の解放か」

矢幡はきいた。「四十人という人数にはなにか意味があるのか」

官僚が応じた。「展望デッキと往復する高速エレベーターの定員が四十名です」

「ならエレベーターが下りてくるのか」

濱野防衛大臣がいろめき立った。「やはり直通に設定を変えたんでしょう。特殊作戦群を乗せれば展望デッキに突入できます」

「危険じゃないのか？」

防衛大臣秘書官が補足してきた。「スカイタワーのエレベーターには、テロ対策用に仕掛けがあります。内壁が二重になっていて、十人が横並びに潜めるスペースがあるのです。敵はたった四人です。まず見つかりません」

そうなのか。エレベーターの天井はアクション映画でも定番の隠れ場所だが、壁は盲点になりうるのだろうか。制圧側がその構造を知らないことを祈るのみだった。

なんにせよもう時間がない。矢幡は警察庁長官に目を移した。「連中がバス会社を指定してきた理由は？」

次長が代わって答えた。「株式会社首都交通はスカイタワー近くに本社ビルがあって、車庫にも常時、清掃中や整備中のバスが停まってます。制圧側もそのことを知っていたのではないかと」

「バスの車内には運転手以外に誰も乗せるな。特殊作戦群を突入させるにしろ、バスに潜伏させちゃいかん。制圧側がいつどのようにチェックするかわからんからな。要求にはすべてしたがえ」

いきなりあの合成音声が告げた。「第二問。これを証明してみろクソハゲ」

より複雑な数式と、見たこともない図形が複数出現し、モニターのひとつを埋め尽くした。今度の秒読みは残り五十分から始まった。"50:00"、"49:59"、"49:58"……。

数学の権威らが一様に動揺をしめした。椿原教授がつぶやいた。「これは私たちでは……」

飯泉文科大臣が急かした。「どうしたんですか。早く計算に入ってください」

「ほかの専門家の知識が必要です。これは大学の建築学部の試験にでそうな、構造力学の数式問題です。解くのは可能ですが難題の部類に入ると思います。自然風の乱流状態を、高レイノルズ数で求めることで、理論を証明せねばなりません」

別の数学者がぼそぼそといった。「空間平均流に対し、非線形効果を関数として基礎方程式を用いれば……」

椿原教授がテーブルを振りかえった。「レイノルズ応力項に空間平均流速や渦動粘性係数を当てはめようにも、各物理法則が私たちにはわからない」

矢幡は腰を浮かせた。「どういう専門家の知恵が必要なんですか」

「気流と風圧力に詳しく、数値的解析にもあるていど馴染(なじ)んだ人であれば……」

「どこをあたれば見つかるでしょうか」

「ビルの設計関連なら最も適しているかと」

金平英也(かねひらひでや)国土交通大臣が離席した。「ただちに適任者をリストアップさせます」

設計関連、しかもビル。ふと気になったことを矢幡は口にした。「制圧側がその解答内容を利用し、スカイタワーでのなんらかの行動に役立てようとしている可能性は?」

「いえ」数学の権威が首を横に振った。「それはないでしょう。あくまで証明問題ですし、なんらかの新しい発見があるものでもなく、とにかく解きにくさと難しさを追求して作ったという印象です。だから大学の試験っぽくも思えるのです。問題を作り慣れている人のしわざかも」

「総理」飯泉文科大臣が歩み寄ってきて耳打ちした。「一問ごとに専門家を呼んでいては、いずれ限界が生じます。スパコンを頼ってみるべきかと」

「富岳(ふがく)をか?」矢幡は飯泉を見かえした。「わかった。手配できそうなら頼む」

飯泉が一礼し立ち去った。入れ替わりに瀬野警察庁長官が足ばやに近づいてきた。

瀬野は渋い顔でささやいた。「スカイタワー制圧勢力の意図がなんであれ、ＦＢＩの分析するサイモン・リドラー・タイプの犯罪者と思われます」

矢幡も小声で瀬野にたずねた。「それはどういう区分の犯罪者だ？」

「身代金の要求などの代わりに、難問を解くことを強制し、それによって己の知性を誇示し、承認欲求を満たしたがるという……。心理としては幼稚です。自己愛性パーソナリティ障害と演技性パーソナリティ障害のなせるわざだとか」

「優莉匡太か？」

瀬野が首を横に振った。「たしかに優莉匡太はそういう症状の診断を受けていますが……。あの男はもっと直情的です。こんな面倒でまわりくどい手段をとるとは思えません」

官僚と話していた溝部外務大臣が矢幡に向き直った。「総理。国連が今回の事件報道を受け、どのような事態なのか報告を求めてきています」

矢幡は無言でふたたび席についた。詳細は明かせない。米軍による核兵器の持ちこみ自体が非核三原則に違反している。アメリカも否定するだろう。同盟関係に亀裂が生じてしまう。対共産圏の最前線としては致命的だ。

米大統領なら核弾頭を無効化するため、東京スカイタワーへの攻撃命令を下すかもしれない。9・11でも、ユナイテッド航空93便がワシントンに接近しだい撃墜するよう、軍への命令が発せられていた。乗客の命よりも国家存続を優先する判断だった。

わが国の場合は事情がちがう。核弾頭の存在を伏せたまま、スカイタワーへの攻撃に踏みきれば、人質の命を無視したと国連から非難されてしまう。ＥＬ累次体の崩壊後、少しずつ取り戻してきた信頼を、ここでまた一気に失う危険がある。

矢幡は瀬野警察庁長官を見上げた。「サイモン・リドラー・タイプの犯罪者が、知性を誇示して満足するのなら……。問題を解けなかった屈辱を私たちに味わわせるためにも、核爆発を起こさないのでは？」

「そう考えたいところですが」瀬野が神妙にいった。「約束どおり東京を吹き飛ばし、諸外国を慄然とさせることで、世界的規模の満足を得る気かもしれません。それが犯人の目的だとすれば、私たちの命など風前の灯火でしょう」

日本はただの嚙ませ犬か。矢幡は両手の指を組み合わせた。いずれ問題が解けなくなるときがくる。運命はもう定まったままなのか。

12

鈴山は騒々しいノイズに立ちすくんだ。

突然の停電。スマホも圏外になった。天空回廊のフロア450にたたずむ人々はみな凍りついている。新聞部の有沢と夏美も恐怖にすくみあがっている。奇妙な既視感があった。日暮里高校の防災訓練、音楽室でのできごとと同じだ。あのときは本格的なコスプレの兵士が乗りこんできた。いまもまた階下のフロア445から、銃声に似た音が断続的に響いてくる。悲鳴らしき声もあがっていた。

なにより不安にさせるのは、水いろのコスチュームが一様に怯えるさまだった。案内役の絵里香も、いまや目を瞠ったまま静止し、ひたすら震えるばかりになっている。女性にかぎらない。広報の絹本も狼狽をあらわにしている。植淺先生はあたふたしながらも、鈴山たちを庇う素振りをしめしていた。本当に銃撃を受けそうになったときにも逃げずにいてくれるだろうか。

白煙が充満しだした。悲鳴がごく近くでこだまする。階下から天空回廊のチューブを通り、物騒な人影がひとつ、このフロア450へ侵入してきた。

ぞっとする寒気にとらわれる。鈴山は声ひとつ発せられなかった。ヘルメット、ゴーグル、マスク、迷彩柄のプロテクター。物々しく全身を固めた武装兵がひとり、アサルトライフルを天井に向け、乱射しながら迫ってくる。狭い円形のフロア内を女子中学生らが死にものぐるいに逃げ惑った。警備の制服が及び腰に躍りでるが、武装兵の容赦ない殴打を受け、人形のように弾き飛ばされた。

近くでばたばたと人が倒れた。一般客の高齢女性たちだった。撃たれたのかと思ったがちがうようだ。衝撃のあまり気を失ったらしい。

鈴山は自分が正気を保っていられることに驚いていた。有沢や夏美も失神してはいない。あのやたら本格的な防災訓練が功を奏したのか。だとすれば恨めしい。気絶すれば撃たれる痛みも感じずに済むかもしれないのに。

武装兵がエレベーターわきの鉄扉を蹴り開けた。その向こうは非常階段のようだ。訛りぎみの日本語で怒鳴る。「下りろ!」

誰もが恐怖に固まり一歩も動けずにいる。武装兵がまた天井に向け発砲した。けたたましいノイズにみないっせいにびくつく。扉近くの大人たちが階段へと駆けこんでいった。

フロア内の客たちが続々と動きだす。みな我先にと押し寄せるせいで、扉の周辺がさっきとは一転し、にわかに混雑しだした。女性スタッフらは誘導に追われている。絵里香もそのひとりだった。鈴山たちをうながし絵里香がいった。「植淺先生。生徒さんたちから離れないでください」

「わ」植淺がうわずった声で応じた。「わかりました。おまかせを」

絹本がフロア全体に大声で呼びかけた。「みなさま、こちらへお急ぐください。非常階段を下るよう指示がありました。お急ぎを」

後ろから群衆の波が強烈に圧迫してくる。気づけば鈴山は満員電車の車内のように、押し合いへし合いの渦中に身を置いていた。開口部が狭いため前進が滞らざるをえないが、背中を何度も突き飛ばされる。有沢の姿が見えなくなった。夏美とも離れてしまっている。武装兵による怒鳴り声と銃声のたび、周りの大人たちがとっさに身を退かせる。そのためいちいち集団転倒の危険に晒される。四方八方から潰されそうになった。息苦しくてたまらない。

扉を抜けると環境が一変した。ほぼ真っ暗な円筒状の内部を、螺旋階段が下へ下へと延びる。群衆の靴音がせわしなくこだましていた。手すりをつかむゆとりはない。鈴山は必死に歩調を合わせ、ひたすら階段を下っていった。フロア445の扉からも人々が階段へ駆けこんでくる。またも凄まじいまでの混みようになったが、足をとめてはいられない。暗闇のなかを集団が下るさまは、夜間の雪崩に似ていた。実のところ転がり落ちてでも退避を急ぎたい心境だった。無差別銃撃の餌食になりたくない。

螺旋階段は永遠のようにつづいた。このまま地上まで達するのだろうか、そう思えるほどだった。だがそんなはずはない。天空回廊から百メートル下に展望デッキがある。まだそこに至る気配すらない。直線距離でたった百メートルが、螺旋階段ではこんなに遠く感じるのか。靴音に交ざり誰かの嗚咽がきこえる。内耳には絶え間なく鼓動の音も反響していた。息があがる。体力が尽きそうになる。それでも立ちどまれない。文字どおり地獄への一本道に思えてくる。

どれだけ螺旋階段を下りつづけただろう。やがてまた訛りの強い声が、入れ、入れと繰りかえし命じている。しだいにその声が大きくなってきた。

前方で群衆の動きが急変した。階段を下るのをやめ、水平方向へと駆けこんでいく。さっきと同じように鉄扉が開け放たれていた。

この先の階段を下らせまいと、さっきとは別の武装兵が立ち塞がっている。鈴山は恐ろしさに身震いした。ヘルメットを脱ぎ、ゴーグルもマスクも外し、素顔を晒している。ぼさぼさ頭で鼻から下は髭が伸びほうだい、眼光だけはやたら鋭い男だった。入れと繰りかえす発声は、それ自体が銃声のようにやかましい。銃口を天井に向けず、絶えずこちらを狙っていた。いまにも発砲しそうなほど殺意を剝きだしにしている。誰もが逃げるように鉄扉の向こうへ駆けこむ。鈴山もそのひとりだった。

息を切らしながら展望デッキに入った。展望デッキ三層のうちの最上階、フロア３５０だとわかる。チケットブース近くの床に、中高生の制服や一般客の大人たち、男女スタッフらが整然と座っている。みな恐怖に表情をこわばらせていた。

展望デッキに着いた人々に、もうひとりの武装兵が片っ端から指示をだす。「座れ。そっちから隙間を空けずに座れ」

今度の武装兵も顔を覆ってはいなかった。階段にいた男と印象が似ているが、髪はこざっぱりしていて、髭も口の上だけに留めている。しかし敵愾心に満ちた目は変わらない。銃口も油断なく周りに向けつづける。

フロア３５０にいる武装兵は、このふたりだけのようだ。だがどちらも銃を持っている。それだけで人質は無抵抗になるしかない。武装兵が背を向けたからといって、飛びかかる勇気など誰にもあろうはずがない。

混乱ばかりが視界にひろがった。なにがどうなっているのか、正確には把握できない。気づけば間近で植淺先生が切実に声をかけていた。「みんな揃ってるな。一緒に座ろう」

日暮里高校の三人がふたたび集まっていた。それ自体が奇跡のように思えた。鈴山は有沢や夏美と手をつなぎ、その場に腰を下ろした。隙間もないほどの過密ぶりだが、天空回廊から下りてきた人々がさらに駆けこんでくる。

少し離れた場所に、フロア340で見かけた他校の制服も、寄り集まり座っていた。どうやら展望デッキの三層すべての人質が、ここに押しこめられているらしい。

足の踏み場もなくなったころ、顔を隠した武装兵ふたりが、新たに鉄扉を入ってきた。うちひとりはフロア450で鈴山たちを追い立てた男のようだ。天空回廊ではフロア450と445に、ひとりずつ武装兵がいたのだろう。いまここに制圧者たちが勢揃いした。顔を晒すふたりと、隠したままのふたり、四人だけだった。

だが圧倒的多数の人質は誰ひとり、捨て身で挑みかかったりはしない。犠牲を承知でいっせいに襲撃すれば、なんとか引き倒せるかもしれないが、もちろん大勢が撃たれてしまうだろう。みな自分はそうなりたくない。だから手はだせない。

口髭の男がいった。「俺は中華革命戦線のライ。そいつはトンだ」

鳥の巣のような頭髪の男はトンというらしい。どちらも日本人ではなかった。中華革命戦線というのがなんなのか知らないが、国籍はどうでもいい。思想にも関心がない。巻きこまないでほしかった。それが鈴山の純粋な願いだった。ここにいる全員が同じ思いだろう。

　ライがつづけた。「いまから四十名のみ解放する。小学生以下の子供と女を優先する。だが女だけでも大勢いる。だからこっちで指名させてもらう」

　ざわっとした驚きがひろがる。過密状態の人質たちだが、ライが歩きだすと、みな尻（しり）をわずかに浮かせ後ずさった。まだ多少は詰められる空間があったとわかる。平日のためか子連れ客は少なく、小学生以下となると数えるほどしかいない。

　うろつきながらライが女を指さしていった。「おまえ。それからおまえ。おまえも。選ばれた奴は頭の上に手を乗せとけ。おまえもだ」

　女子中高生もいれば一般客の婦人らもいた。悲喜こもごもの反応がある。ライは隣りあう者を指名しない。そのため友達どうしが引き離されていく。女子生徒らがそこかしこで抱き合いながら泣きだした。

　池袋高校がひとかたまりになっている場所に、ライが差しかかった。ひとりだけ指さし、すぐに遠ざかった。酒井鮎美という女子生徒は選ばれなかった。鮎美の連れとおぼしき、髪を明るく染めたギャル風の女子も同じ境遇だった。いずれも暗い顔で視線を落とす。

　近くにあの長身の乱暴者、秋田という男子生徒が座っている。ふてくされたようすもなく、ただ怯えて小さくなっている。その連れの丸顔で小太りの男子が、ふいに立ちあがるとライに追いすがった。

秋田がびくっとした。「おい!?　魚崎……」

ライが振りかえった。魚崎という男子生徒と間近に向き合う。ライは警戒心をあらわにした。「なんだ。座ってろ」

「わ」魚崎がうわずった声を響かせた。「わたしも四十人に加えてください!」

「なに?」

「こう見えて心は女なんです」

「座れ」

「診察も受けてます。身体は男だけど心は女……」

「座れというんだ!」ライが銃尻で魚崎を殴りつけた。魚崎は一撃で床に叩き伏せられた。

上半身を起こしたとき、魚崎の頬に青い痣ができていた。泣きそうな顔の魚崎が四つん這いに逃げだし、さっき座っていた場所に舞い戻る。まだ痛そうに両手で頬を覆っていた。

隣の秋田が苦々しげにつぶやいた。「馬鹿が」

ライは円形のフロアをひとまわりした。四十人の指名を終えたらしい。ライが怒鳴った。「指名された女子供はエレベーターへ向かえ。ぐずぐずするな」

あちこちで腰を浮かせる姿がある。残る者との別離を惜しみながらも、誰もがエレベーターへと急かされていく。エレベーターのわきには、顔を隠したままの武装兵が立っていた。

鈴山の近くにはトンがいて、油断なく周囲の人質を見下ろしてくる。トンがアサルトライフルのマガジンを外した。とりだした新たなマガジンの上端には、赤い紙製の封印が貼ってある。それを指先でひっかいて剝がし、マガジンを銃に叩きこんだ。赤い封印は小さなゴミとなり床に落ちた。

ぼんやりとそのゴミを目で追ったのち、鈴山がふたたび顔をあげると、夏美と視線が合った。血の気が引いてはいるものの、勇気づけるようなまなざしを投げかけてくる。鈴山は意外に思った。夏美は案外、度胸が据わっているようだ。そういえばフロア全体、女より男のほうが、怯えのいろも顕著に見える。

エレベーター前に女たちが立つ。まだエレベーターの扉は閉じていた。武装兵らの中国語が飛び交う。天井の照明は消えたままだが、どうやらエレベーターのみ電源を戻したようだ。扉の傍らにあるボタンを押そうとする。

ところが選抜された四十人のなかで、ふいに女子中学生のひとりが叫んだ。

「嫌！」

女子中学生は身を翻し、ひとりその場から離脱した。大声で泣きながら仲間のいる場所へ駆け戻っていく。

空気が一気に張り詰めた。武装兵らはいっせいに銃を構えた。トンが女子中学生を狙い澄ました。「おい、おまえ！　勝手に動くな。戻れ！　戻らないと撃つ！」

近くにいた大人たちが、いっせいに半ば腰を浮かせ、両手を振りかざしトンに自制を求める。撃たないでください、誰もが必死にそううったえた。トンが逆上し銃を向けると、大人たちは恐怖にへたりこんだ。

だがそのあいだに女子中学生は、同じセーラー服の集団のもとへ舞い戻った。友達と抱き合い泣きじゃくった。

トンが銃口を向けた。「おまえ！　立て。エレベーターへ行け！」

するとライがうんざりしたように、中国語でなにか喋（しゃべ）った。もういいからほかの奴を選べ、たぶんそんなところだろう。

血走った目のトンが付近を見下ろしてくる。いきなり鈴山の隣を指さした。「おまえ。行け」

鈴山は息を呑んだ。なんと指名されたのは夏美だった。

有沢が震えながら顔を伏せた。植淺先生が夏美を目でうながす。夏美は鈴山をちらと見た。鈴山はうなずいてみせた。ためらいをのぞかせつつも夏美が立ちあがった。

トンが急かした。「早く行け」

夏美がエレベーター前の女性たちに合流する。フロアに座りこんだ人質たちが恨めしそうに見守る。羨望を通り越し憎悪の念さえ渦巻いているように思えた。トンさながらに殺意の籠もったまなざしを、解放組に向ける者もいる。選ばれた四十人は、ひたすら恐縮したようすで視線を落としていた。

有沢がささやいた。「鈴山」

話しかけてほしくない。喋っているのに気づかれたら命が危ない。鈴山は小声でいた。「なんだよ」

「俺、じつは女装が趣味なんだよ。わりと可愛いっていわれる」

「だから?」

「きょう女になってくればよかった」

さっきの魚崎という男と同じ発想だ。鈴山は目を閉じた。なにもかも思考から閉めだしたい。異常な状況のすべてをとても受容できない。気がおかしくなってしまいそうだ。

13

矢幡は危機管理センターにいた。

壁のモニターの大半は機能していない。ふだんこの地階を用いるときには、どのテレビ局も臨時報道特番を組んでいる。それらの番組をすべて表示するだけでも、かなりの画面が占有される。いまはそのかぎりではなかった。ワンセグ電波すらも東京スカイタワーの管轄だという。テレビ放送の電波は完全に途絶えている。

大臣や官僚らが円卓を離れては、ガラスの向こうの情報集約室とのあいだを、さかんに行き来する。喧噪(けんそう)のなか瀬野警察庁長官が近づいてきた。「総理。警視庁対策本部から報告を受けました。スカイタワーを中心に半径一キロ圏内を封鎖、エリア内の避難完了。東京ユメマチを五階まで、すべての捜索を完了。核弾頭は見つかっていません」

核爆発の及ぶ圏内全域に避難命令などだせない。あまりに広すぎる。事情も伝えられない。

地下駐車場でエレベーターに積んだはずの核弾頭が、東京ユメマチにはなかった。するとやはり東京スカイタワーのなかか。矢幡は瀬野に問いかけた。「バスのほうは？」

「株式会社首都交通に要請し、四十人乗りバスをだしてもらいました。時間がないのでとにかく急ぐよう求めています」

インターネットの混雑状態の影響を受け、街頭防犯カメラ網もほとんど機能を失っている。だがスカイタワー近くのいくつかの映像にかぎり、モニターに表示されていた。吾妻橋三丁目東の交差点を、一台のバスが走り抜ける。封鎖された路上のそこかしこに、警察車両が停まっているが、ほかにクルマの往来はない。バスは長距離観光用の中型だった。サイドウィンドウにはフィルムが貼ってあるが、フロントウィンドウから運転席は見通せる。たったひとり乗った運転手がハンドルを切る。緊張に硬くなっているようだ。

別のモニターは空撮だった。展望デッキをほぼ側面からとらえていた。警視庁のヘリがスカイタワーの周囲を遠巻きに旋回している。そこからの望遠映像だった。しかし展望デッキのガラス窓も、ミラータイプのフィルムが貼られているのか、日中のいまは鏡のようだ。内部はいっこうに見通せない。

近くのテーブルでは数学者らに加え、構造力学の専門家も合流し、大判の紙に計算を綴っている。東大の試験レベルではあるが、ＡＩに頼るより自分たちで解いたほうが早い、それが専門家の意見だった。サイモン・リドラー・タイプとの知恵くらべはもどかしい。問題を解けば犯人は憤慨し、さらなる難問で挑もうとしてくるだろう。いつまで経っても埒があかない。

だが一問の正答ごとに、四十名の人質が解放されるというのなら、知恵くらべに応じないわけにもいかない。首尾よく人質救出と核弾頭無力化が果たされればいいが、失敗した場合にも備えておく必要がある。

瀬野警察庁長官がいった。「バスがスロープから東京ユメマチの地下駐車場へ入ります。制圧側の要求どおり、車内は運転手一名のみにしておくよう、株式会社首都交通に伝えてあります。地下駐車場からも機動隊員をひとり残らず退去させました」

濱野防衛大臣が歩み寄ってきた。「特殊作戦群の十名は緊急避難用の通路を経て、ひそかに地下駐車場のエレベーター前に侵入します。解放される人質四十人がエレベーターで下ってきたら、入れ替わりに潜みます」

制圧側は無人になったはずのエレベーターを、ふたたび展望デッキの高さへ引き戻そうとするだろう。特殊作戦群が入りこむ手段はそれしかない。矢幡は腕組みをした。

「人質の救出はもちろんのこと、核弾頭を発見し、迅速に無力化せねばならない。できるか?」

「ええ」濱野がうなずいた。「そのために訓練を受けた精鋭たちですから」

瀬野が醒めた態度をしめした。「ジャンボリー事件ののちは人材不足だろう」

濱野は真顔で瀬野を見かえした。「それは警察も同じはずだ」

「よせ」矢幡は両者を制した。「いまは一致協力のときだ」

エレベーター内のカメラは、ただ接続が切れただけでなく、あきらかに破壊されたことをしめす信号がキャッチできている。制圧側にもエレベーター内は見えない。それが揺るぎない事実であってほしい。敵は四人だ。日ごろの訓練がものをいう。テロに屈しない強さを発揮し、この国に治安を回復せねば。

14

日暮里高校新聞部員、二年A組の寺園夏美は、すし詰めのエレベーターのなかにいた。

大容量のエレベーターとはいえ、学校のひとクラスぶんに等しい四十人が、ほぼ隙間なく乗っている。そのためかなり息苦しかった。小学生以下の男児数名を除けば、あとは女ばかりのせいか、香水のにおいが混ざりあう。なんとなく胸がむかむかしてくる。閉塞感もあった。武装兵の付き添いはないが、いまだ生きた心地がしない。

エレベーターは超高速で下降中だった。内部の天井付近に設置されたモニターは消えている。そのため現状がどれぐらいの高さに位置しているのか、詳しい状況はわからない。五十秒で下まで到達するはずが、もう何分も経った気がしてくる。

母の顔が目の前をちらつく。父や弟、それに従姉妹や親戚も思い浮かぶ。祖母は性悪なところがあって嫌いだったが、祖父はやさしくて好きだ。正月にはみな集まっておせちを食べた。なぜか昆布巻きと蟹の味が想起される。あんな日常に早く戻りたかった。

展望デッキに残してきた友達ふたり、鈴山と有沢のことも頭から離れない。無事に帰ってきてほしい。植淺先生も、少し言葉を交わしただけの池袋高校の酒井鮎美も。

エレベーター内にはすすり泣く声ばかりがある。ときおり誰かが卒倒しかけては周りが支える。夏美はなんとか平静を保っていた。あの防災訓練のおかげだろうか。一年のころは体育祭でも不穏なできごとを経験した。日暮里高校にいれば心身が鍛えられてくる。

と同時に疑念も湧きだす。きょう出現した武装兵たち、あの殺気に満ちた異常ぶり、銃声のけたたましさ。防災訓練における音楽室の銃撃戦にそっくりだ。あれは本当に演技だったのだろうか。空気の張り詰めぐあいがまったく同一だったと感じる。あれは実銃だったのではないか……？

ベルの音が短く鳴った。エレベーターが減速し、やがて停止する感覚があった。沈黙のなか扉が開く。

東京ユメマチの内部にでるかと思ったが、扉の向こうは薄暗かった。コンクリートの四角柱が立ち並ぶ殺風景な空間だった。地下駐車場に着いたらしい。扉付近にいた小学生以下の子供たち、次いで女子中高生らが飛びだしていく。夏美も脱出の波に加わった。

目の前にはバスが横付けされていた。展望デッキを離れる前、武装兵のライがいった。下でバスがまっているから乗りこめ。ほかに誰もいないが脇目を振るな。指示はそれだけだった。

思わずひやりとした。さっきとは別の種類の武装兵がそこかしこに立っていたからだ。だが迷彩服の男たちはみな、早く乗ってください、そう声を張りつつ誘導している。どうやら自衛官のようだ。

夏美は意外に思った。ライはここに誰もいないといっていた。この自衛官たちは犯人側の要求にしたがわなかったのだろうか。

疑問を感じている暇はない。背後から一般客の婦人らも押し寄せてくる。解放された四十人が続々とバスのステップを上っていく。夏美もほどなく車内に乗りこんだ。前のほうの座席は埋まっていた。通路を後方へと向かった。窓側に空席はない。夏美は通路わきの席に座った。

なおも乗車がつづく。席が窓側でなくとも車外は見える。夏美はエレベーターのほうに目を向けた。自衛官とおぼしき迷彩服の群れが十人ほどいた。エレベーターの開いた扉のなかへ駆けこむ。東京ユメマチの四階には、複数のエレベーターの扉が並んでいたが、ここにはひとつだけだ。地下駐車場まで通じているのは一基だけなのだろう。

驚きの光景があった。自衛官のひとりがエレベーターの内壁をまさぐったすえ、隠されたドアを開けた。奥行きはほとんどないようだが、十人が直立の姿勢で横移動しつつ、壁の向こうにおさまっていく。どうやらエレベーター内に潜めるスペースがあったらしい。ようやく自衛官らが地下駐車場にいた理由がわかった。展望デッキに潜入し急襲する気だ。

自衛官らが隠しドアの向こうに消えた。そのドアが閉じきると、エレベーター内は無人にしか見えなくなった。ほどなくエレベーターの扉も自動的に閉じた。これから展望デッキへと上昇していくのだろう。

　バスへの乗車が完了し、車体がゆっくりと動きだした。もう窓の外に見える地下駐車場には誰もいない。夏美はようやく希望を感じだした。無事に帰れる。車内の誰もが同じ心境だろうが、ひとりも歓声など発しない。まだ緊張が抜けるはずもなかった。安堵（あんど）のため息ひとつ漏らせない。みな祈りつづけている。夏美もそのひとりだった。なにごとも起きませんように、そのフレーズを心のなかで繰りかえす。

　緩やかなスロープをバスが上っていく。行く手に薄日が射していた。おかげで車内も明るくなった。外には無数の赤色灯が波打っている。辺り一帯にパトカーが停車し、機動隊員らが待機している。自衛官らしき迷彩服もいた。迷彩服が片手をあげ停車を呼びかける。バスが静かに停まった。

　夏美は疲労感とともにうつむいた。なんとか助かったようだ。

　その視線の先にはバスの床があった。通路に小さなゴミが落ちている。赤い紙の切れ端だった。妙な感触が夏美のなかに生じた。そっと手を伸ばし、それを指先につまみとる。

　同じ物を展望デッキでも目にした。武装兵が落としたゴミだ。女子高生の夏美は銃に詳しくないが、あの武装兵が銃をいじったとき、なにかを交換した。赤い封印を剝がして捨てた。

はっとして車内の通路を眺める。赤いゴミはひとつだけではなかった。そこかしこに点々と落ちているではないか。

停車中のバスの前方側面でドアが開いた。迷彩服の数人が乗りこんでくる。夏美はまたしても面食らった。先頭の迷彩服はほかならぬ蓮實先生だった。

蓮實が声を張った。「みなさんご無事ですか。もうだいじょうぶです。家に帰れますよ」

まだ驚きが覚めやらない。元自衛官の蓮實はこのところの人手不足から、予備役として復帰することもある、そうきいていた。だからといってここで出会えるとは思わなかった。

だが喜びを感じてはいられない。夏美は切羽詰まっていた。立ちあがるや夏美は怒鳴った。「先生！」

乗客がいっせいに振りかえる。この場で自衛官に対し先生呼ばわりとは、異常な精神状態だと思われただろう。けれども蓮實が目を瞠った。「寺園！　よかった、解放されたのか。鈴山や有沢はまだ……」

「先生。エレベーターのなかに秘密のドアがあって、先生と同じ装備の人たちが、十人ぐらい乗りました」

「ああ。そっちも心配ない。すぐ片がつく」

「片がつくって……?」

「展望デッキと天空回廊を奪回する。敵は四人だろう」

車内の婦人たちがうなずく。夏美は胸騒ぎをおぼえた。「駄目ですよ、先生!」

「なに?」蓮實が眉をひそめた。

「これを」夏美は蓮實に駆け寄り、赤い紙の切れ端を渡した。「床を見てください。ここにいっぱい……」

蓮實が衝撃のいろを浮かべた。ようやく気づいたらしい。落ちているゴミの数だけ武装兵がバスに乗っていた。ついさっき出撃準備を整え降車した。そうとしか思えない。

バスが地下駐車場に乗りいれたのち、武装兵らがどこへ消えたかは不明だ。地下駐車場には自衛官らがいたうえ、エレベーターは一基しかなかったのに、鉢合わせしなかった理由もわからない。

しかし素人の夏美にもおおまかな察しはつく。四十人の武装兵はバスに潜み、警察や自衛隊の目を逃れ、まんまと内部に侵入した。

蓮實がすばやく運転席を振りかえった。ほかふたりの自衛官が運転手を取り押さえにかかる。

ところが運転手が妙な呻き声を発した。「うぐ」

車内に女性たちの悲鳴があがった。運転手はぐったりと天井を仰ぎ、口から泡を吹いていた。瞬きはいっさいなく、ただ白目を剥いている。

「畜生」蓮實が悪態をついた。「青酸カリだ。すぐ運びだせ」

自衛官ふたりが、脱力しきった運転手を車外へと搬送していく。蓮實も外に飛びだした。

「大変だ」蓮實が吐き捨てた。「突入班が……」

バスから遠ざかる蓮實はヘッドセットのマイクに怒鳴っていた。緊急連絡、T5応答せよ。敵に増援あり。ただちに作戦中止。

バスは停まったまま放置された。周りの警察と自衛隊があわただしさを増している。無人になった運転席のわきで、夏美は茫然とたたずんだ。

市街地を埋め尽くす赤色灯の点滅。戦車らしき車両もあった。ここは戦場の真っ只なかだ。人命は吹けば飛ぶようなものにちがいない。いつでも人生が失われうる。

15

鈴山は展望デッキのフロア350で、ほかの人質たちとともに、床にひしめきあいながら座っていた。

四十人が減ったくらいでは、いっこうに空いた気がしない。酸素が少ないのか頭がぼうっとしてくる。それにひどく蒸し暑い。正午を過ぎてから窓の外がさらに明るくなっている。雲が多く、直射日光が射さなくても、ガラスに囲まれた展望デッキは温室のようだった。エアコンが停止しているせいもあるだろう。やはり電源が戻ったのはエレベーターにかぎられるようだ。

人質は一本ずつペットボトルを持っている。自販機の飲料が支給されたからだ。口にできるのはそれだけだと告げられた。暑さをしのぐには飲むべきかもしれないが、とても喉を通る気がしない。ただちに吐きだしてしまいそうだ。

短いベルの音がエレベーターの到着を知らせる。さっき下りていったエレベーターが戻ってきたらしい。

妙だと鈴山は思った。ランプの点滅は、複数並ぶエレベーターのうち、四十人を乗せて下っていった扉ではなかった。別の扉が開く。

フロア350を埋め尽くす人質から悲鳴があがった。エレベーターから武装兵らがぞろぞろと降りてくる。ヘルメットにゴーグル、マスクの完全装備で、全員がアサルトライフルを携えていた。定員の四十人近くが乗っていたようだ。

武装兵の群れがさっそくフロア全体に展開し、人質に目を配りだした。女子中学生らが恐れおののく声を発し、身を寄せ合いながらうずくまる。誰もが絶望的な恐怖にとらわれていた。四人だった武装兵がいまや約四十人。人質の全員が間近から銃口を向けられている。

ところが武装兵らは、各自が監視の配置につくでもなく、人質のなかをうろつきまわった。フロアを一周すると、なぜかまたエレベーター前に集った。

そのときエレベーターの扉わきのランプが点滅した。今度こそ四十人を解放したエレベーターだった。

扉が開いた。なかには誰もいなかった。無事に四十人を下ろし、無人のエレベーターだけが、展望デッキに戻ってきたようだ。鈴山は内心ほっとした。夏美がなにごともなく脱出できたのなら、それに越したことはない。

どういうわけか武装兵のうち数名がエレベーターに乗りこんでいく。また下へ向かうつもりだろうか。だがエレベーターの扉は開いたままだ。鈴山が訝しく思ったとき、だしぬけにエレベーター内に閃光が走った。鼓膜の破れそうな轟音が展望デッキを揺るがす。人質の悲鳴や絶叫を掻き消すほどのけたたましさだった。

鈴山は両手で耳をふさいだ。めまいに似た混乱をおぼえる。不可解だった。誰も乗っていないエレベーターのなかで一斉射撃を開始した。そこにいったいどんな意味があるのか。

また静寂が訪れた。火薬のにおいが濃厚に漂う。フロアじゅうに靄がかかったように、うっすらと白煙が充満した。

人質たちの一部が中腰になったり伸びあがったりしながら、エレベーターの内部をのぞこうとしている。鈴山もそれに倣った。

隣で有沢がうずくまったまままきいた。「なにがあったんだよ」

「さあ……。まだわからない」鈴山は目を凝らした。

エレベーターの内壁に弾痕がいくつもできている。武装兵のひとりが内壁を撫でまわすうち、なんと一か所がドア状に開いた。鈴山は息を呑んだ。あんなところにドアがあったのか。

さらなる驚愕をおぼえた。武装兵はドアの陰から血まみれの人体を引きずりだし、エレベーターの床に突き倒した。

　フロア内が慄然とした。武装兵たちとは別の装備、迷彩服に身を包んだ男たちが、次々と山積みにされていく。どれも死体と化しているようだ。エレベーターに近い人質らが動揺し、尻餅をついたまま後ずさった。四つん這いで逃げ惑う姿もある。女子中高生らが呻き声とともに両手で顔を覆った。気絶者もでている。有沢が鈴山に抱きついてきた。周囲でも大勢が隣と抱き合っている。教職にある大人たちはそれが叶わず、植淺先生が表情を凍りつかせる一方、他校の女性教師は卒倒していた。

　エレベーターに立ちいったトンが、ライを振りかえりなにか叫んだ。ライも中国語で応じた。

　死体ばかりがフロアに投げだされるなか、まだ生きているふたりが連行されてきた。どちらも重傷を負っているらしく足もとがおぼつかない。血まみれの迷彩服ふたりが、ふらつきながら連れだされ、床にひざまずいた。両手は後ろにまわっている。手錠で拘束されたらしい。

　ふたりともヘルメットを脱がされ、ゴーグルもマスクも取り払われた。どちらも日本人青年に見える。意識が朦朧としているようだ。腕章は日本の国旗だった。自衛官にちがいない。

トンが血走った目で奇声を発し、銃尻でふたりを強打した。ふたりが床に倒れないよう、ほかの武装兵らに支えさせ、なおも執拗に殴りつける。自衛官らは鼻血を噴き吐血した。さらに顔の肉が抉られ真っ赤に染まっていく。

人質らは号泣しだした。女子中高生ばかりか中年男性までが涙を流し、必死に慈悲を乞う。だがトンは聞く耳も持たず拷問を続行した。自衛官ふたりはあきらかに死にかかっている。

ライは近くに立っていた。自撮り棒の先にスマホを装着する。みずからを撮影しながらライが怒鳴った。「矢幡！　これが日本政府のやり方か。卑怯なクズどもめ。おまえら小日本は百年前となにも変わっていない！　今後はもう人質解放などしない。設問を時間内に解かないとおまえらは終わりだ！」

自撮りしたままライが拳銃を抜き、自衛官のひとりに向けた。アサルトライフルよりは軽い銃声が轟く。無抵抗の自衛官は眉間を撃ち抜かれた。銃声は二発つづいた。もうひとりも同じ憂き目に遭った。

断末魔に近い悲鳴を人質たちが発した。トンが銃口をあちこちに向けた。「黙れ！　静かにしろ！　殺すぞ」

女子高生らが手で口を押さえながらむせび泣く。おびただしい出血とともに絶命したふたりが、荷物のように引きずられていく。鈴山の視野も涙でぼやけだした。人の無残な死を初めてまのあたりにした。酷すぎる。こんなことが許されていいのか。

16

矢幡は立ちあがり、危機管理センターのモニターを見上げた。閣僚や官僚もみな円卓を離れ、モニターの前に群がっている。誰もが絶句しつつ戦慄の画面を注視していた。

政府の専用回線が受信した映像だ。口髭を生やした中国人らしき男が、鬼の形相でわめき散らした。「矢幡！　これが日本政府のやり方か。卑怯なクズどもめ。おまえら小日本は百年前となにも変わっていない！　今後はもう人質解放などしない。設問を時間内に解かないとおまえらは終わりだ！」

自撮りのようだがもう一方の手で拳銃を抜く。特殊作戦群の装備を身につけたふたりは、瀕死の状態でひざまずいていた。口髭の男は躊躇なくふたりの頭を撃ち抜いた。閣僚らがどよめいた。矢幡は憤りに身を震わせた。テロリストどもめ。どこまで傍若無人に振る舞えば気が済むのか。

周りに座りこんだ人質たちがパニック状態で悲鳴を発する。泣き叫ぶ声も無数に重なりあっていた。口髭の男のほかにもうひとり、髪も髭も伸ばしほうだいの男が顔を晒している。身勝手で野蛮そうな面構えは共通していた。

展望デッキ内は人質がひしめきあい、足の踏み場もないほどだが、そこかしこに武装兵が立っている。さっきのふたり以外はゴーグルとマスクで顔を隠していた。四人どころではない、確実に四十人前後いる。直前に現場から入った連絡は正しかったようだ。敵は大幅に増員した。

濱野防衛大臣は目を真っ赤にしていた。「畜生め」

株式会社首都交通は武装勢力に通じていたか、あるいは乗っ取られていた……。時間制限が厳しかったがゆえ、警察がバスの内部まで確認せず、会社側にまかせたのは失態だった。武装兵の群れが車中に潜んでいたにちがいない。バスがスロープを下ってから、地下駐車場のエレベーター前に横付けするまでに、武装兵らはひそかに降車した。特殊作戦群が地下駐車場に侵入するのを予測したうえで、それ以前に東京ユメマチ内へ移ったと考えられる。

やられた。敵は厳重な警戒を突破し、約四十人の武装兵をスカイタワーに送りこんだ。もう奇襲作戦は不可能だろう。突入を試みても敵を一掃しきれない。人質が皆殺しにされるリスクが飛躍的に高まってしまった。

矢幡は瀬野警察庁長官にいった。「武装兵ふたりの顔が映っていたな。中国語訛りがあったようだが」

「本庁のほうで調査中です。データベースにあれば、間もなく該当者が判明します」

画面のなかに妙な動きがあった。武装兵らが特殊作戦群の遺体を一体ずつ担ぎあげ、エレベーターわきのドアへ運びこんでいく。

「なんだ？」矢幡は疑問を口にした。「どこへ運んでいくつもりだ」

情報集約室の職員が応じた。「あのドアの向こうは非常階段です」

映像がフリーズし、数秒ののちブラックアウトした。配信は途絶えた。

矢幡は周りにきいた。「いまの男の映像はリアルタイムか？　スカイタワー内はジャミングで電波が通じないはずだろう」

技術職のひとりがただちに答えた。「リアルタイムではありません。十分ほど前のできごとです。現場からの連絡によれば、武装兵がひとりだけエレベーターで地下駐車場に下ってきて、スマホを投げ捨てたのち、また上へ戻っていったそうです」

「そのスマホに記録されていた動画か？」

「はい。それが警視庁対策本部経由でこちらに送られてきたんです」

その後の状況が気になる。矢幡はほかのモニターに目を移した。警視庁のヘリが、スカイタワーの周囲を旋回しつつ、搭載したカメラで展望デッキをとらえている。そのリアルタイム映像があった。

矢幡は要請した。「もっと寄れないか」

警察庁長官官房の今脇参事官が卓上の受話器をとった。「ズームを伝えます」

展望デッキが拡大された。画面の揺れぐあいが増したものの、フレーム内には常に展望デッキ全体がおさまっている。とはいえ外からはなんの動きも見てとれない。

そう思ったとき、すり鉢状の展望デッキの上に、複数の人影が現れた。フロア350の上、展望デッキの屋根にあたる部分に、武装兵が続々と繰りだしている。全員が肩に特殊作戦群の遺体を担いでいた。

悪い予感が矢幡の脳裏をよぎった。次の瞬間それが現実になった。武装兵らは遺体を投げ落とし始めた。ひとりまたひとりと、脱力しきった迷彩服が宙に舞い、スカイタワーから落下していく。

危機管理センターに悲鳴に似た叫びがひろがった。飯泉文科大臣が血相を変え吐き捨てた。「なんてことを！」

矢幡は唇を嚙んだ。どれだけ鬼畜な所業におよぶ気だ。この男たちは断じて軍人ではない。テロリストにもここまでの卑劣漢は滅多にいない。

十人の死体が投げ落とされたのち、最後に現れた武装兵は、肩に別の物体を担いでいた。円筒形の武器だとわかる。ロケットランチャーの可能性が高かった。しかも砲口がこちらを向いた。

砲火があがった。発射されるや画面いっぱいに炎がひろがった。カメラが上下左右に乱れ、天地が逆になったのがわかる。砕け散った機体の一部が宙を舞った。映像は数秒つづいたものの、ふいに途絶えた。

沈黙せざるをえない。ガラスの向こうの情報集約室で、職員らがあわただしく動きまわる。モニター群の表示をさかんに切り替える。いくつか定点カメラ映像が出現したが、状況がよくわからない。

そのうち隅田川付近をとらえる俯瞰映像がでた。川沿いの市街地に激しい火の手があがっている。大量の黒煙が立ちのぼっていた。

情報集約室の声がスピーカーから伝えられた。「墨田区向島三丁目周辺です。ヘリが墜落し炎上しています。いま消防車が急行中とのことです」

重い沈黙が危機管理センターを支配する。矢幡は壁の地図に視線を向けた。スカイタワーから半径一キロ圏内に向島三丁目も含まれる。住民の退避は完了していた。へリの墜落現場は警察と自衛隊による封鎖区域内だ。だが遠目にも悲劇はわかる。

濱野防衛大臣が鼻息荒く提言した。「アパッチを出撃させましょう」

「まて」矢幡は濱野を制した。「気持ちはわかるが、いまは静観するしかない。制圧側を刺激したくない。遠目の監視に切り替えるべきだ」

瀬野警察庁長官が書類を手に歩み寄ってきた。「さきほどの映像で顔を晒していたテロリストの素性が判明しました。リーダー格のライ・シンチョンと、悪名高いトン・イーティエン。中華革命戦線極東支部のメンバーです」

矢幡は書類を受けとった。それぞれ顔写真が掲載してある。口髭の男がライ、三十六歳。顎まで髭に覆われたほうがトン、三十三歳。矢幡はきいた。「中華革命戦線というのは？」

「もとは人民解放軍を追われた問題児たちの傭兵グループだったようです。しかし中国政府がアフガニスタンに接近し、タリバンとの経済交流を重視するようになり、敵対するイスラム過激派が中華革命戦線を支援し始めました」

「中国軍と戦うには元中国軍人が適任と考えたわけか」

「そうです。中華革命戦線は凶暴化し、とりわけ極東支部は日本を危険分子とみなし……。日本人の民族的抹殺をスローガンに掲げています」

あいかわらず過激派の思想は不条理にすぎる。理解しようと努力するだけ無駄だ。だがこれで核弾頭を爆発させる危険性も現実味を帯びてきた。歓迎せざる状況だった。

矢幡はいった。「この情報は警察と自衛隊が共有するに留めよう。周辺国との政治問題に飛び火したら、テロリストどもの思うつぼだ」

「総理」瀬野警察庁長官が暗い顔になった。「現場でもスカイタワーから落下してきた自衛官らの遺体が確認されました。さいわい二次被害はでていませんが、機動隊員らに動揺がひろがっています」

当然だろう。ただでさえ最前線でテロと戦わねばならない精神的重圧は察するに余りある。しかもこれはもう戦争だ。矢幡は瀬野にささやいた。「核弾頭の存在について、現地の警察官たちには伏せてあるな?」

「はい。ユメマチ内の捜索は、あくまで〝不審物〟を探させるに留め、核弾頭とは伝えていません」

いかに治安を守る立場とはいえ、東京壊滅のときが迫っていると知れば、逃げだしたくなる人間もいるだろう。政府としては責められない。本来は核を持ちこませないのが法のさだめる大原則だ。

離れたテーブルから報告があった。「第二問の解答を送信しました」

モニターのカウントダウンは残り四分少々だった。秒読みが停止した。構造力学と数学の専門家が一様にため息をついた。正解を認められたらしい。

合成音声が告げた。「第三問」

意味不明な言語を早口にまくしたててくる。画面に表示された文章も、アルファベットを用いているものの、単語も文法も見慣れない。

官僚のひとりがつぶやいた。「ラテン語です」

飯泉文科大臣が憂いのいろを浮かべた。「やはりAIの力を頼るべきでは……」

矢幡は首を横に振った。「まずラテン語の専門家をあたれ。スパコンを用いようが機械翻訳には落とし穴がありそうだ。たぶん訳しただけで正解の判定が下る問題でもないだろう。ヒューマンエラーも心配だ。専門家は複数必要になる」

画面に表示された秒読みは残り四〇分から始まった。制限時間がどんどん削られていく。このままではいずれ解答が間に合わなくなる。中華革命戦線はそれで知恵くらべに勝った満足を得られるのだろうか。そもそもサイモン・リドラー・タイプの犯罪者と、中華革命戦線のライやトンは、同一系統のテロリストとは思えない。

官僚がノートパソコンを眺めるや深刻な面持ちになった。「第二問の正解を受けての、人質解放の連絡はありません……」

ライの宣言どおりだった。心が深く沈みこむのを矢幡は実感した。これからはただ核爆発を先延ばしにするために、難題を解きつづけねばならないのか。中華革命戦線の意図がわからない。たとえ知恵の戦いに勝利しても、実行犯らはその場で一緒に消滅してしまう。奴らは本当にそんな事態を望んでいるのだろうか。

17

まだ午後一時前だった。瑠那は凜香とともに、東京スカイタワーまで一キロ以内、立入禁止区域への侵入を果たした。

ここまで来るのにずいぶん手間どった。電車が押上駅へ行かないのがいちばんの理由だが、学校を無断で抜けだした以上、人目を避けて行動せねばならなかったからだ。

制服はエンジとグレーのツートンカラーで、かぎりなくめだつ。それでも着替えを探している暇はなかった。この界隈なら日暮里高校の生徒と解釈され、特に問題視されることもない。もっとも、警察と自衛隊だけが占拠するゴーストタウン内に身を置けば、事情も大きく変わってくる。

隅田川にかかる言問橋は、ふだんならクルマの往来が激しく、渋滞もひっきりなしに生じる。いまは一台の車両も通行していない。したがって瑠那たちも歩道を選ぶ必要がなかった。ふたりで車道を全力疾走していく。真正面には東京スカイタワーがそびえ立っている。大きく見えるがまだ一キロ近く距離があった。

　わきに目を向けると、隅田川沿いに黒煙があがっていた。遠くで消防車のサイレンも湧いている。ヘリが墜落したとわかる。スカイタワー周辺を飛びまわっていた警察のヘリが、蜘蛛の子を散らすようにいなくなった。どうやら撃墜された可能性が高そうだ。

　テロリストの防衛力と比較すれば、警察と自衛隊の警備は抜け穴だらけだった。台東区浅草六丁目付近に検問所とバリケードが築かれていたが、瑠那と凜香は低層ビルの屋上を次々に飛び移り、人知れず突破した。見たところ東京スカイタワーを中心に、半径一キロ圏内が立入禁止区域だとわかった。円周上にある道路をすべて封鎖するとなると、途方もない頭数が必要になる。そのため検問の警備自体が手薄だった。あれぐらい越えられなければ、瑠那は幼少期、とっくにイエメンで死んでいた。

　巨大な橋だが一気に渡りきった。河川敷が緑地化され公園になっている。やはり人の姿はまったく見かけない。無人の言問通りをそのまま駆けつづける。東京の下町然とした風景がひろがっていた。正面にはスカイタワーがさっきより大きく見える。けれども辺り一帯には、せいぜい十階ていどのマンションがあるだけで、ほかには小料理屋や古い理髪店、畳店などが軒を連ねる。路地をのぞけば民家が並んでいた。コンビニもローソンストア100ぐらいだが、いまは閉店している。

墨田区ながら人影ひとつない。信号は機能しているものの、赤も青も関係なかった。心なしか空気が綺麗に思える。ここまで閑散とした景色は貴重にちがいないが、風情に浸ってはいられない。

凜香が走りながらいった。「そこのガシャポン、ぶっ壊して中身盗りほうだいじゃね？　んぽちゃむのJKがゲットできるチャンス……」

行く手に人の動きをとらえた。瑠那は凜香をわきの路地へ押しこみ、みずからも角に身を潜めた。

建物の陰から向こうをのぞいた。交差点に面した角に、外壁のカーブした交番があり、大勢の制服警官が群がっている。言問交番だった。本所署の警察官が区域内を警備している。交番はそのための拠点にちがいなかった。

瑠那はため息をついた。「凜香お姉ちゃん。ここは逆に警察官天国ですよ。泥棒なんか働いちゃいけません」

「そっか」凜香は顔をしかめるとスカートをたくしあげた。太股にベルトでとめてあるプラスチック製のケースを引き抜く。ライフカード22LRをふたつに開くと、護身用のごく小さな二連発拳銃になった。鼻を鳴らし凜香がいった。「ちょうどいい。これしかねえし、警官を襲ってリボルバー手にいれようぜ」

「よくありませんよ。テロリストの銃を奪うならともかく」

「なんだ？　真面目か」

「不要な混乱を避けたいだけです」瑠那は駆けだした。「行きましょう」

学校の上履きを履いている。ゴム底ゆえ靴音が響かない。一本裏に入った路地からまわりこみ、急ぎ幹線道路を突っきる。歩道の街路樹や植えこみに身を隠しつつ、慎重に交番へ距離を詰めていった。

警察官の詰め所にあえて近づくのは、拳銃を奪うためではない。情報を得られる可能性が高いからだ。いま制服警官らは、交番の外まではみだすほど群れをなし、揃って内部に視線を向けている。なんらかの説明を受けている最中に見受けられた。

交番のひとつ手前は新聞配達センターだった。瑠那と凜香は姿勢を低くし、室外機のわきに潜みつつ、ゆっくりと交番に近づいた。この物陰からはひとまず制服警官の集団と目が合う心配がない。

警察官のひとりが声を張っていた。「人質は全員、展望デッキに集められている。

一四三七名の人質のうち、四十名は解放された。だが制圧側は当初の四名という情報が更新され、こちらも四十名前後となった」

制服警官らはざわついた。若い警官が質問した。「ほかにも武装兵が隠れていたんでしょうか」

「いや。巧みに警備をかいくぐり乗りこんだらしい。この画像の男だが、ライ・シンチョン、三十六歳。後ろはトン・イーティエン、三十三歳。中華革命戦線極東支部のテロリストで、どちらも日本語に堪能」

「もう一枚の画像は?」

「ああ。これは昨夜の地下駐車場、エレベーター前だ。当初の四名が木箱を搬入している。マークからすると米軍関係かもしれないが、なんの情報も入ってきていない」

「型番らしき刻印がありますが……」

「検索したがでてこなかった。われわれ所轄レベルにはあずかり知らん話だ」

凛香がライフカード22LRをたたみ制服のポケットにおさめた。動きだしながら凛香は小声で告げた。「画像を見なきゃ始まらねえよな」

「まってください」瑠那はあわてて呼びとめた。「どこへ行くつもりですか」

「心配すんな。画像を撮ってくる。いいから新聞配達センターの手前まで退却してろ。

そっちで落ち合おうぜ」

いうが早いか凜香は軽く跳躍し、交番に隣接する外壁をよじ登りだした。いっさい物音を立てない動作は猫のようにしなやかだった。瑠那はハラハラした。凜香の身軽さは承知しているが、彼女はまだ洗脳から覚めて数か月だ。勘も以前ほどには戻っていないのではないか。

凜香の姿が交番の屋根の上に消えた。するとわずか数秒後、また凜香が現れた。屋根から少し下、交番正面のバルコニーへと身を躍らせる。なんと大胆な行動だろう。瑠那は見守りながら冷や汗が滲むのを感じた。バルコニーの真下に制服警官らが寄り集まっている。ひとりでも空を仰ぎ見たら、凜香の姿が目にとまってしまう。

だが凜香は臆したようすもなく逆さ吊りになった。手すりに両足をかけた状態でぶら下がり、自由になった両手でスマホをいじる。交番一階の天井より低い位置まで、スマホを持った手を伸ばす。もう凜香のスマホと、真下にいる警官の制帽は、十センチも離れていない。

スマホのシャッター音は鳴らないよう改造してあった。撮影が終わったらしい。凜香はすばやく上半身を持ちあげた。腹筋だけで身体を折り曲げ、手すりをしっかりとつかんだ。曲芸師のような動きで伸びあがり、ふたたび交番の屋根へと跳躍する。

さすが凜香お姉ちゃん。瑠那は舌を巻きつつ身を翻した。誰もいない歩道を駆け戻り、新聞配達センターの向こうで、隣の建物との狭間に隠れた。

音を立てず迫り来る気配を頭上に感じる。瑠那の隣に凜香が飛び下りてきた。膝を曲げ、衝撃を逃がすことで、柔軟な着地を果たした。

凜香がスマホを差しだした。「撮ってきた」

「すごい……」瑠那は画面を見つめた。静止画が映っている。制服警官らは交番の内部まで隙間なく群れていた。その先に説明役の警官が立ち、テレビモニターを指さしている。

スマホ画面をピンチアウトし、モニターの表示をできるだけ拡大した。ウィンドウがふたつ開いている。ひとつは展望デッキの内部だろうか。口髭の荒くれ男の自撮りらしいが、もう一方の手に拳銃を握り、特殊作戦群の自衛官を射殺していた。奥にもうひとり、もじゃもじゃ頭に顎まで髭で覆った男がいる。

瑠那はいった。「ふたり名前が挙がってたけど、〝後ろは〟といったから、もじゃもじゃ頭のほうがトン・イーティエンですね」

凜香がうなずいた。「手前の自撮り野郎がライ・シンチョンか」

もうひとつのウィンドウの画像を確認する。もとが暗視カメラによる映像だったらしく、やけに不鮮明だった。四人の武装兵がエレベーターに木箱を搬入している。めいっぱいに拡大してみると、木箱の刻印がかろうじて読みとれた。

ため息が漏れる。瑠那は唸った。「"U.S.NAVY DNF－Z999"……。ＩＣＢＭの核弾頭です」

「マジか」凜香が顔をしかめた。「なんでそんなもんをスカイタワーに運びこんだ？」

「冷戦時代に設計された核弾頭ですから、セーフティを解除後、標的に着弾したときの強いショックで起爆する仕組みなんです。ミサイルの先端に装着しなくても、高さ三五〇メートルから投げ落とせば、充分に起爆装置が作動するって」

「三五〇メートル……。それでスカイタワーか。展望デッキがそんくらいの高さだよな？」

「ええ。東京タワーの三三三メートルじゃ足りなかったんです」

「できるだけ遠くへ逃げるしかねえってとこだけど……」

瑠那は首を横に振った。「鈴山君と有沢君、夏美さんがいます。顧問の植淺先生も。人質は一三九七名です。ほっとけません」

「だろうな」凜香がやれやれといったようすで辺りを見まわした。「行くか」

「凜香お姉ちゃん。中華革命戦線ってのは、わたしも名前しか知りません。優莉匡太と関係ありそうですか？」

「さあな。小せえころ、クソ親父の仲間のテロリストはいろいろ耳にしたけど、そんなのなかった気がする」

「親子喧嘩(げんか)に関わりがないのなら、凜香お姉ちゃんは休んでたらどうですか。わたしひとりで行きます」

「馬鹿いえ。こりゃいいリハビリになりそうだろ」

本音では凜香が少し心配だった。洗脳状態の再発はなくとも、不安が自信のなさに直結することはありうる。一瞬の心の迷いが命取りになる。

拒絶される予感がしたのだろう。凜香は瑠那をじっと見つめてきた。「頼むよ。瑠那。わたしにはこういうことしかできねえ。わかるだろ」

潤みがちな瞳(ひとみ)が間近からうったえてくる。瑠那の胸が鈍重に痛んだ。こういうこと、と凜香はいった。すなわち人殺しという残虐行為でしかない。自我を回復していくにもそれしかないのか。戻るべきではない人生だったかもしれないのに。

だがスカイタワーにいる友達を思えば、瑠那のなかにも迷いはなかった。「行きましょう。凜香お姉ちゃん」

凜香がほっとしたように微笑した。ふたりは交番から遠ざかる方向へと駆けだした。言問通りにはどうせ警察の機動隊や、自衛隊の分隊がうろついている。急がばまわれ、いまはそれしかない。

走りながら瑠那は凜香を横目に見た。ショートボブの髪をなびかせ、凜香が無我夢中で駆けつづける。殺戮のなかでしか生きている実感を取り戻せない。凶悪犯の娘という宿命をいつまでひきずるのだろう。いまも父親の鳥籠に囚われたまま、がむしゃらに羽ばたくだけの小鳥でしかないのか。

18

結衣は蒲田駅周辺の市街地を歩いていた。ここは東京スカイタワーから遠いが、それでも二十三区全体が非常事態下にあるのだろう。パトカーのサイレンがひっきりなしにきこえる。

こんな曇りの日は陽射しで時刻を推し量れない。結衣はスマホ画面を一瞥した。電話もネットもひどくつながりにくいが、時計だけはオフラインでも機能する。午後一時を過ぎていた。

テレビが映らないと世間は大騒ぎのようだが、実際に都会の片隅にいると、さほど影響を感じない。幹線道路にはクルマの往来があるし、駅周辺の人通りも絶えなかった。まだ数時間だけに情報の遅滞は、インフラの断絶ほど深刻ではないのだろう。なにが起きているのかわからない怖さは、おそらくこれからじわじわとひろがっていく。家にいる人々にとっては、世間との乖離を強く感じる事態かもしれない。

結衣は家そのものを探しまわらねばならなかった。馴染みの反社と連絡がとりづらく、事前に相談できない。みずから駆けずりまわっても、偽名で入居できる隠れ家は見つかりそうにない。

空腹を感じた。東急蒲田駅付近の遊歩道、十字路に面したマクドナルドに、ぶらりと立ち寄る。フィレオフィッシュセットをオーダーし、二階への階段を上った。

席は半分ほど埋まっていた。壁に向いたカウンター席にひとり座る。店内の誰とも顔を合わせたくないからだ。

フィレオフィッシュをひと口頬張ったとき、背後の異変を察した。客たちがあわただしく駆けだしていく。みな無言のまま退避するのは、それだけ威圧感を放つなにかが足を踏みいれたからだろう。気配から察するに七人ていどか。物騒な奴らが真後ろに立っている。そう気づいてからも結衣は振りかえらなかった。

まだ食事の時間だ。

　すると若い男の声が低く呼びかけた。「優莉結衣」

　落ち着きぐあいからただの鉄砲玉でないとわかる。かすかな金属音も耳にした。全員が拳銃で狙い澄ましている。

　結衣はなおも背を向けた状態でつぶやいた。「ここにはもう死体がある」

「あ?」男の声がきいた。「なんのことだよ」

　わずかに顔をあげた結衣は、近くのテーブルを一瞥した。食べかけのハンバーガーが放りだされている。結衣はいった。「牛とか、豚とか、魚とかの部分遺体。ポテトやサラダもそう。植物や穀物だって生きてたから」

　鼻で笑ったり嘲ったりするようなら、今度の閻魔棒もレベルが低い。だが背後の男たちは沈黙していた。無駄口を叩かないのは利口の証に思える。

　おかげで多少は興味が生じた。結衣は椅子を回した。座ったまま男たちと向き合う。

　やはり七人だった。ほかの客はみな退避している。七人組は十代後半から二十歳そこそこに見えた。髪を清潔に整えた細面揃いで、痩せて引き締まった身体つきに、テーラードジャケットを羽織っている。長く伸びた脚をサイズがぴったりと合ったスラックスに包む。

それぞれの手に拳銃がある。グロックばかりで統一しているのは、弾を相互に補給しあえるからだ。グループ内で意地の張り合いや対立があるのが半グレの常だが、この七人はそうでもないらしい。

リーダー格は鋭い目つきに高い鼻、髭はなく、りりしい口もとが特徴的で、少年と青年の狭間という印象だった。その男が油断なくきいた。「物件は見つかったかよ」

「まだ」

「俺たちとやりあう気はあるか」

「あんたたちしだいでしょ」結衣は男を見つめた。「名前は？」

「瀧島直貴。歳はおまえより一個下」

とうとう年下の男が殺しにくるようになった。十九にもなって高校事変でもないのだろう。結衣はため息まじりにささやいた。「いい加減に卒業させてよ」

「けさケンヨシを殺したばかりでなにいってやがる」

あのサイモン・リドラー気取りはケンヨシという名か。この男たちはケンヨシの復讐のために現れたのだろうか。結衣は投げやりに疑問を口にした。「なんでサイコパステストなんか」

すると瀧島が右手で拳銃を構えたまま、左手をジャケットのポケットに突っこんだ。

とりだしたのは小型の機器だった。いにしえの電子手帳のように、入力キーと文字表示用の液晶画面で構成されている。実際かなり古いしろものに見える。瀧島が小型機器を結衣の足もとに投げた。

床に転がる物体に目を落とさず、結衣は瀧島にたずねた。「なにこれ」

「テキスト通信専用のモバイル。俺たちが生まれる前の骨董品」

「現代のウェブには非対応でしょ」

「総理官邸のサーバーは古い通信形態にも間口を広くとってるから、メール受信のみ可。この意味がわかるか」

「ネット上が混みまくってても、通信形態が異なるこれなら、総理官邸にメールを送ることだけはできる。ただし返信があってもこっちは受信できない」

「そのとおりだ」

「いらない」結衣は小型機器を蹴った。「持って帰って」

床を滑る小型機器が瀧島の足もとでとまる。瀧島はじれったそうにため息をつき、小型機器を蹴りかえした。前時代の通信ツールがまた結衣の足もとへ来た。

瀧島がいった。「受けとってくれねえと困る」

「いらないものはいらない」

「なぜそんなに突っぱねるんだよ。矢幡にメッセージが送れるのに」

「閻魔棒からの贈り物はいらない。っていうか……」

「なんだ」

結衣は足もとの小型機器を軽く踏んだ。「これの説明なんてする予定なかったでしょ。わたしに渡せともいわれてない。さっさと撃たなきゃ怒られるんじゃなくて？」

七人が顔を見合わせる。厳めしい表情にかすかな当惑のいろがうかがえる。

状況は知れていた。この男たちは優莉匡太の捨て駒だ。本来は結衣を殺せとだけ命じられている。ただし瀧島は古いモバイル機器を持たされた。まるで敵を倒したら獲得できる褒美のアイテムのように、あらかじめ所持を義務づけられた。

もともと小型機器の事前説明も譲渡も、瀧島たちがおこなうことではなかった。結衣を襲う、ただそれだけが義務だった。しかし結衣が返り討ちにした結果、死体のポケットからこの小型機器が見つかる、そんな段取りだったはずだ。すなわち瀧島らは最初から敗北する前提で派遣された。

結衣は半ばあきれた気分でつぶやいた。「死んだことになってた父が、どうやって混乱の火に油を注いでたか、ようやくわかった。こんな小細工をしてたのね。あんたたちを殺せば、入手したアイテムで矢幡総理にメッセージを送れる。でもそれがまたなんらかの混乱につながる」

　どんな混乱を意図しているかはわからない。だが瀧島たちも、優莉匡太のもくろみに気づいたからこそ、結衣との戦闘を放棄したのだろう。この小型機器さえ結衣に受けとらせれば結果は同じ、そう判断した。

　だがそこには大きなちがいが生じる。結衣は戦利品だと信じればこそ、これを用いて矢幡にメッセージを送る気になる。一方的に押しつけられただけでは怪しむだけに留まる。現にいまも父の意図が読めてしまった。

　結衣はふたたび小型機器を蹴った。滑っていったブツを瀧島が踏みつけ、床に静止させる。苛立ちのいろが顕著になってきた。結衣は冷やかに瀧島を見かえした。

　瀧島がまたも小型機器を蹴ってきた。今度はその行為にとどまらず、瀧島みずからも突進してくる。結衣をねじ伏せたうえで銃口を突きつけ、小型機器の受けとりを強要する気だろう。繰りだす腕の動きも速く、正確で無駄がない。いかにも優莉匡太の指導を受けた閻魔棒らしい。

　だが結衣の対処は瀧島の速度を上まわっていた。すばやく顎に突きを浴びせ、瀧島の前進が一瞬鈍った隙に胸倉をつかみ、投げ技に似た動作で体の上下を入れ替える。遠心力でてのひらから拳銃のグリップが浮きぎみになる。結衣は銃身をつかみ、外側へひねりながら奪いとった。

一秒ののちには、結衣は瀧島の胸倉をつかんだまま、仰向けにカウンターに押さえつけていた。左手に握った拳銃の銃口を瀧島のこめかみに突きつける。

瀧島が目を剝いたが、抵抗をしめすような愚行はしでかさない。六人の仲間もいっせいに拳銃で結衣を狙ったものの、誰ひとり発砲できずにいる。結衣は人差し指の第二関節までトリガーにかけていた。この状態なら、たとえ結衣が頭を撃ち抜かれ即死しても、同時にトリガーを引き絞る公算が高い。

もっとも、ふつうの閻魔棒や死ね死ね隊なら、ためらわず一斉射撃にでるだろう。だが六人はあきらかに及び腰になっている。鍛えた身体から強靱さがうかがえる一方、冷酷な性格ではないようだ。瀧島もただ表情を凍りつかせている。頰筋の片方が痙攣していた。

瀧島がほかの六人に慕われているのはわかった。だがどうにも理解できないことがある。なぜ結衣との戦いを避けたがるのか。けっして臆病者には見えないのだが。

階段のほうに物音をきいた。マクドナルドの女性店員が愕然とし立ち尽くしている。ようすを見に来たらしい。女性店員は怯えきったようすで階段を駆け下りていった。たぶん通報するだろう。

結衣は瀧島に銃口を突きつけたまま、胸倉からは手を離した。その片手で瀧島のポケットをまさぐる。とりだしたスマホを一瞥した。

顔認証でロックを解除させるまでもない。待受画面に答があった。十代とおぼしき少女と瀧島のツーショットだった。少女のほうは黒髪でノーメイク、いかにも無垢な面持ちをしている。身を寄せ合うふたりは似合いのカップルに見えた。

瀧島が震える声を絞りだした。「かえせよ」

結衣は瀧島の胸ポケットにスマホを押しこんだ。「カノジョでしょ」

「だからなんだよ」

「カノジョが優莉匡太のもとにいる。だから逆らえない」

沈黙が生じた。瀧島の顔がわずかにいろを変えた。

ほかの六人も瀧島の事情を知っている。瀧島を失いたくないと思えばこそ結衣を撃てない。閻魔棒にしては甘すぎる。だがありえなくはない。むしろ半グレにはこういう手合いが多かった。

結衣はささやいた。「わたしが小さかったころ、子供に慕われてる半グレのお兄ちゃんたちがそうだった。自分に情があるから、優莉匡太にもあると信じる。じつは血も涙もない男だったと気づいたときには手遅れ」

瀧島が憤りをしめした。「わかったような口を……」

「わかったような口をきくよ。そりゃね。娘だし」

絶句した瀧島がわずかに目を泳がせる。反発しようが結衣のいったことは図星だったのだろう。そう顔に書いてある。

優莉匡太は、半グレ同盟のメンバーに女がいると知るや、かならず手をつける。女を魅了して落とし、寝取ることが大半だが、拒否されても力ずくで犯す。あくまで抵抗する女はクスリで従順にさせる。洗脳という手段を含め、あらゆる方法で女は優莉匡太に骨抜きにされ、ハーレムの一員に加えられる。メンバーはほどなく恋人を寝取られたことに気づくが、優莉匡太には逆らえない。むしろ恋人を人質にとられ、いっそうの忠誠を誓わされる。

もともと半グレの大半の男は、女を見下げ乱暴にあつかう。そいつらはむしろ積極的に、恋人を優莉匡太に上納しようとする。半グレ同盟とはそんな異常な世界だった。傷つき苦しむのは、わずかばかりの良心を残した、瀧島のような男ばかりだ。だが結衣の幼少期、そんな大人たちはそのうち姿を消した。短気で粗暴で、幼児を虐待しがちな奴らだけがしぶとく残る。

なにをいおうが大きなお世話にちがいない。半グレの世界の常識をわざわざ口にするのも気がひける。それでも結衣は低く語りかけた。「カノジョはあきらめたほうが自由になれる」

瀧島のまなざしに驚きのいろが漂う。それでも瀧島は頑（かたく）なな態度をのぞかせた。

「わかってる。でも離れられない」

結衣はふたたび瀧島の胸倉をつかんだ。じっと瀧島の顔を見つめる。瀧島も結衣を無言で見かえしていた。身体の震えが伝わってくる。感情をすなおに表すのは可愛い。虚勢を張っていても正直者だとわかる。

銃口を瀧島のこめかみから離した。人差し指をトリガーガードから抜く。グロックはこれだけでセーフティがかかる。胸倉をぐいと引っぱり、瀧島を起きあがらせると、拳銃（けんじゅう）のグリップを前にして差しだした。

瀧島は警戒する素振りをしめしたが、やがてグリップをつかんだ。拳銃は瀧島の手に戻った。だが瀧島は銃口を向けてこない。結衣は瀧島の前を離れ、床から小型機器を拾った。

六人がトリガーを引く気配もない。結衣があっさり小型機器を手にしたことに、逆に面食らったようでもある。

父のやることは察しがつく。瀧島は返り討ちに遭うのを覚悟のうえで、結衣のもとへ来た。もし優莉匡太の命令を拒絶していれば、七人組は覚醒剤を打たれ、洗脳の憂き目に遭っていただろう。瀧島は仲間たちを守ろうとした。戦いを避け、無事に帰れるすべを模索した。閻魔棒に名を連ねるには、場ちがいなぐらい理性的だ。

瀧島が見つめてきた。「結衣……」

「わたしが受けとれば七人とも生きて帰れる」結衣は顔をそむけた。「だから受けとる。それだけ」

サイレンが耳に届く。通報に警察が駆けつけようとしている。瀧島たちはその場にたたずみ、結衣に視線を投げかけていた。しかしサイレンが徐々に大きくなるなか、ひとりまたひとりと立ち去りだした。瀧島は最後まで留まっていたが、黙って踵をかえし、階段へと消えていった。

結衣はポテトを一本口にした。頰張りながら窓の磨りガラスに手を伸ばす。消防法に基づき設置された窓だった。わずかにしか開かないが、結衣はストッパーの解除法を心得ていた。サイレンが店の前で途絶えた。間もなく警察官らが階段を上ってくるだろう。

窓の外に身を躍らせる。隣のビルとの狭間は二十センチていどだった。おかげで前後の壁面にてのひらと靴底を這わせられる。摩擦を適度に利用しつつ、軽い跳躍とともに下降していった。こちら側は店の裏手になる。着地するや結衣は遊歩道を逆方向へ歩いた。

総理官邸が一般向けに公開しているメールアドレスは知っている。いにしえのモバイル機器に、まずメアドを入力したのち、テキストメッセージを打ちこむ。五〇〇字までという制限がある。

父は結衣に情報を送信させようとした。政府へ一方的に文章を送ることしかできない。それが波乱につながる筋書きなのだろう。ほかに情報を得られない以上、いまはあえて罠に乗ってみる。矢幡総理向けに警告文を添えておくが、吉とでるか凶とでるかはわからない。状況が動きださないかぎり、なにひとつ見えてはこないのだから。

19

危機管理センターは人の出入りが激しい。閣僚たちを引き留めておくわけにはいかない。大臣にはそれぞれの仕事がある。

ただし総理大臣たる矢幡は、この場で陣頭指揮にあたる義務がある。とはいえできることはかぎられている。円卓から離れたテーブルで、ラテン語の専門家ら三人と数学者が議論するのを、ただ眺めるしかなかった。

制圧側が送ってきた第三問は、たしかにラテン語の文章だったが、じつは暗号で数式が隠されていたらしい。またも数学の証明問題だとわかった。

モニターに映しだされる残り時間は五分少々。専門家らはほぼ結論に達したようだ。ノートパソコンのキーを叩き、返信メールに解答の入力を急いでいる。

信頼できる政務担当秘書官、三十代の中西敬之が歩み寄ってきた。「総理。これを」

差しだされた紙を受けとる。矢幡はきいた。「なんだ?」

「総理官邸のメールサーバーがさきほど受信しました。古い通信システムなので、ネットのトラフィックに阻まれず、スムーズに送られてきたようです。ただしこちらからの返信は不可能でして」

矢幡はプリントアウトされたテキストに目を通した。末尾に記された差出人はY・Yとなっている。

総理。病室での誓いを先送りして申しわけなく思っています。けれども父が生きていたからには、約束もしばらく保留とご理解ください。

父はわたしにこのメッセージを送らせようとしました。さらなる混乱を生むのを承知で、いまわかっていることをお伝えします。

サイモン・リドラー・タイプの犯罪者からの挑戦を、父は演出したがっていました。わたしにどう思わせようとしていたかはわかりません。父が死んだと信じていたころなら、うまく操られてたのかもしれませんが、いまはそのかぎりではありません。と同時に、従来はこんな小細工に翻弄されていたと知り、腹立たしく思います。

なんにせよサイモン・リドラー的な犯行は、父の趣味ではありません。勘なのですが、そういう犯罪者に対し、わたしをけしかけようとしたのでしょう。新たになんらかの衝突、抗争、殺し合いを引き起こそうとしたと想像できます。

わかることはこれだけです。返信を受けとれないのは残念ですが、もしなにか情報をお持ちだとしても、無理に伝えようとしないでください。危険です。動きが生じれば、わたしは勝手に察知し、対処しますからご心配なく。

Y・Y

矢幡はため息をついた。本人からのメッセージにちがいない。あの病室でのやりとりを他人が知るはずがない。

高校卒業とともに、もう二度と犯罪に手を染めない、彼女はそう約束した。だが優莉匡太の生存があきらかになったいま、大きく事情が変わってしまった。十代に法を破る結衣にも、彼女のきょうだいにも、まだ安らぎをあたえられない。

ことを強いる時点で、一国の総理として己を恥じねばならなかった。

このメッセージによれば、結衣はサイモン・リドラーとの抗争に巻きこまれたようだが、それ自体が優莉匡太の小細工による強制らしい。のみならず、こうして経緯をメッセージで送ったことさえ、父親の筋書きどおりだと示唆している。

矢幡が結衣に信頼を寄せている点を、優莉匡太は利用しようとした。中華革命戦線からの出題と、この結衣のメッセージにより、いよいよサイモン・リドラー・タイプの犯罪者が国家の脅威となってくる。そうなるよう優莉匡太は仕向けている。

するとは匡太はスカイタワー占拠を事前に知っていたのか。こうしてサイモン・リドラー的な難問奇問が出題されるのを見越していたというのか。

中西政務秘書官が憂いのいろを浮かべた。「このメッセージ自体が優莉匡太の罠ということは……?」

矢幡は首を横に振った。結衣が父親に与するとは思えない。

円卓には外務大臣の代わりに事務次官がついていた。矢幡はきいた。「中華革命戦線と優莉匡太のあいだにつながりは……？」

外務事務次官は戸惑いをしめした。「優莉匡太ですか？　いえ……。組織の活動時期から地域まで、なにひとつ重なりませんし、関係があるとは思えませんが」

「サイモン・リドラー・タイプの犯罪には、どちらのほうが親和性があるといえる？」

「さあ……。外務省の情報によれば、中華革命戦線はイスラム過激派に近く、知性を誇示したがる愉快犯にはほど遠いかと。一方の優莉匡太半グレ同盟も、詳しくは警察が把握しているでしょうが、そのような犯行例はないと記憶しています」

ではなぜ問題を解くことを強いるのだろう。難しくはあっても内容は他愛のない証明問題ばかりだ。知性でねじ伏せ、政府を打ち負かしたとしても、その結果が核爆発では、制圧側にとって元も子もないではないか。

専門家のテーブルから声があがった。「解答を送信します」

「まってください」矢幡は専門家らを制すると秘書官に向き直った。「中西君。解答のメールにこう付け加えてくれないか。〝次の問題以降、また正解時に人質を解放するというルールを、ぜひとも再開してもらえないでしょうか。今後はけっして手だししないと誓います〟」

中西が困惑をしめした。「解答のみをメールに書くことになっています。制圧側の怒りを買う可能性も……」

「承知のうえだ。だが制圧側へメッセージを送る方法はこれしかない。私が責任をとる」

「……わかりました」中西がテーブルに赴き、ノートパソコンを操作した。しばしキーを叩く。うなずきながら中西が報告した。「文章を入力しました。送信します」

「頼む」

全員がモニター群を仰いだ。モニターのひとつにカウントダウンが表示されている。

"03:27"で秒読みが静止した。

正解の判定がでたらしい。三分二十七秒を残し、なんとか間に合ったようだ。だんだん時間が厳しくなっている。

しばらくまったがモニターにはなにも表示されない。制圧側は矢幡の提案を受けいれたのだろうか。

文科省の事務次官が助言した。「次の問題はいっそうの難問が予想されます。解くのが人間でなければならないとする条件はしめされていません。富岳の助けを借りましょう。神戸(こうべ)の理化学研究所からのデータは、専用回線で問題なく受信できます」

矢幡は小声で応じた。「念のため、あくまで人間が解答したふりをしておこう。スパコンにもてあそばれているだけと気づけば、制圧側が憤慨する恐れがある」

「賛成です。いかにも人が解いたっぽい文体にアレンジしましょう」

合成音声が響き渡った。「第四問」

危機管理センターの全員がモニターを注視する。今度はどれだけ難解な問題が表示されるのか。いよいよ富岳の出番だろうか。

固唾(かたず)を呑(の)んで見守るうち、音声が読みあげるとおりに、問題文がモニター上に出現した。

yawarakai→柔軟　tatakau→戦闘　atatakai→温暖　hayai→早速　omou→思想
au→会合　hakaru→計測　umu→生産　tsukuru→創造　tomaru→停止
tobu→飛翔　moreru→漏洩
nobiru→?.?

危機管理センターはしんと静まりかえった。

しばしモニターを見つめる。矢幡は沈黙を破った。「いままでとはずいぶん趣旨の異なる……」

「……あのう」文科省事務次官がささやいた。「答のほうですが、私、わかったような気がします」

中西秘書官も茫然（ぼうぜん）とうなずいた。「私もです……」

矢幡は戸惑った。「いや、たしかに私も……。だが本当にそうなのか？」

官僚のひとりがいった。「〝延伸〟じゃないですかね」

複数が同意をしめした。中西が語気を強めた。「合ってますよ。〝柔らかい〟と〝軟らかい〟で〝柔軟〟。〝戦う〟と〝闘う〟で〝戦闘〟。これらはぜんぶ同訓異字を組み合わせた熟語です。だから……」

「ああ」矢幡は腕組みをした。「〝延びる〟と〝伸びる〟で〝延伸〟。だが……本当にそれでいいのか？」

「ほかに考えようがないと思いますが」

「それがひっかけで、なにか盲点が潜んでいないのか。あまりに簡単すぎるようだが」

テーブルにいた数学者が発言した。「よろしいですか。仮にこれがひっかけ問題で、別の解答があったとしても、〝延伸〟という解答はこの問題文と矛盾していません。

法則性が一致し、解答として成立する以上、これを正解と認めるのが公正なはずです。否定される謂れはありません」

矢幡はきいた。「つまり〝延伸〟と解答すべきだと?」

「まちがってはいないはずです……」

また沈黙が訪れた。今度の静寂は長くつづいた。自分が発言しないかぎり、誰もなにもいいださない。矢幡はそう思った。

「よし」矢幡は中西秘書官にいった。「〝延伸〟だ。解答のメールを送れ」

中西は緊張の面持ちでテーブルに向き直った。ふと手をとめ、また矢幡を振りかえる。うろたえながら中西がたずねた。「本当にだいじょうぶでしょうか」

是非を問われても不安が募るばかりだ。矢幡の口のなかは渇ききっていた。「いいからやれ」

「わかりました」中西がノートパソコンのキーを叩く。二文字熟語の入力はあっという間に終わった。中西はエンターキーを叩いた。「送信しました」

別のモニターに映ったカウントダウンが、かなりの時間を残し、あっさりと停止した。

矢幡は息を吞みつつ静観した。正解できたのか……?

ふいに中西が笑顔で告げてきた。「制圧側からメールです！　〝十五分以内に四十人乗りバスを地下駐車場のエレベーター前に横付けしろ〟とあります。正解したんです！」

安堵のため息があちこちで漏れる。矢幡もほっとして目を閉じた。なんとも心臓に悪い。この揺さぶりこそサイモン・リドラーなる愉快犯の狙いか。

「総理」瀬野警察庁長官が歩み寄ってきた。「警視庁へのご指示がありましたら……」

「今度こそバスの内部を徹底的に調べておけ」矢幡は額の汗を拭った。「運転手の身元チェックも怠るな」

20

展望デッキのフロア350で、酒井鮎美は床に座っていた。むろん脚を伸ばす自由はない。フロア内に座りこむ人質たちの誰もが身を小さくし、わずかずつの空間を譲りあっている。

それでも見張りの武装兵が、ずかずかと足を踏みいれてくると、みないっそう詰めて進路を空けねばならない。武装兵が通るたび全身が強く圧迫される。抗議などできるはずもない。呻き声を発するだけでも銃口を向けられてしまう。

ライという口髭の男が、厳めしい表情で近くを通りかかった。「おまえ。それからおまえ。これで三十九人か。最後に……」

鮎美からわずか数歩ていどの距離にライが立ちどまった。周りの女子生徒らがわずかに顔をあげたのがわかる。最後のひとりに指名されたい、そんな思いが自然に視線をあげさせる。

「おまえ」ライがいった。

はっとして鮎美はライを仰ぎ見た。射るような目つきは、鮎美からわずかに逸れた場所に向けられていた。

隣にいた同級生の飯島沙富が、震える声でライにきいた。「わ……わたしですか」

「そうだ。おまえ」

沙富がうろたえるような反応をしめした。顔を伏せると大声で泣きだした。周囲には失望の面持ちばかりがある。

鮎美は沙富の肩を抱いた。祝福する気持ちはたしかにある。けれども複雑な心境は否めない。早くこの地獄から解放されたかった。

「よし」ライが立ち去りつつ声を張った。「選ばれた者はエレベーター前へ。さっさと移動しろ」

解放される人々がそこかしこで腰を浮かせる。もう小学生以下の子供は残っていない。大人の女性と女子中高生だけだった。それぞれ近くにいる友達と抱き合い、別れを惜しんでいる。

沙富も泣きながら身を寄せてきた。「鮎美。ごめんね」

「いいから」鮎美は沙富の両手を包みこむように握った。「沙富が無事に助かってよかった」

「きっとみんな解放されるから」

「わかってる。もう行って。遅れちゃやばいでしょ」

鮎美がうながすと、沙富は涙ながらに立ちあがった。水入りのペットボトルを渡してくる。

人質には自販機の飲料が一本ずつだけ支給されている。沙富は自分のぶんを譲ってくれた。ありがとうと鮎美はいった。去りぎわにもういちど、沙富が鮎美の手を強く握った。本当に申しわけなさを感じているのが伝わってくる。だが胸を打つほどの感慨にはなりえない。自分は身勝手だと鮎美は思った。

エレベーターへと向かう沙富を、嫉妬深いまなざしで見送るのは、女子高生にかぎらない。すぐ近くに座っているバスケ部の秋田や、その連れで元野球部の魚崎も同じだった。

秋田が魚崎にささやいた。「見ろよ。あのドア、半開きだぜ」

鮎美は秋田の視線を追った。エレベーターのわきにある非常階段への入口だった。たしかに鉄製のドアが開いている。ドアの手前まで人質がすし詰め状態で座っていた。エレベーターの扉を挟んだ逆サイドに、解放される四十人が集まりつつある。周りの誰も階段へのドアに関心を向けていないようだ。

丸顔に小太りの魚崎が、腰の引けた態度で秋田にきいた。「ドアが半開きだから、なんだ？」

「鈍い奴だな、おまえは。座ったままあの辺りまで行けば、隙をみてドアに飛びこめるかもしれねえだろ」

「そんなの……無理だよ。きっと見つかっちまう」

「だいじょうぶだって。どいつもこいつもエレベーターのほうに注意を奪われてるじゃねえか」

するとグリーンのブレザーを着た男子生徒が身を乗りだした。「俺も行く」

中野南高校バスケ部に所属する薬師だった。正気だろうかと鮎美は面食らった。秋田も薬師も大柄だ。魚崎はふたりより背が低いが、ずんぐりした体形で人目を引きやすい。ドアまではそれなりに距離がある。三人とも人質のなかに紛れて移動できる、そう思えるほうがどうかしている。

秋田の目が鮎美に移った。「おまえも来いよ」

鮎美は首を横に振った。「行きたくない」

「なんで？　こんなとこにいたら殺されるぞ」

ここにとどまるのは嫌だ。けれどもこっそり階段へ近づくなど、想像しただけでも恐怖心が募ってくる。

しばらく黙っていると、秋田が舌打ちをした。勝手にしろとばかりに動きだす。薬師も頭を低くし秋田につづいた。魚崎は戸惑いをしめしていたが、結局ふたりを追いかけていった。

エレベーター前に、指名された解放グループが列をなしていた。沙富が列の最後尾に加わろうとしている。

ところが顔を晒(さら)す武装兵のひとりが、ふいに沙富を遮った。もじゃもじゃ頭に顎(あご)まで髭を伸ばしたトンだった。「おまえは駄目だ」

「……はい？」沙富は茫然としながらいった。「あ、あの……。わたしも選ばれて……」

「駄目だ。もといた場所へ戻れ」

「四十人目なんです……。最後に選ばれたんです」

「三十九人だ。今度の解放は三十九人だ。おまえ、もといた場所へ戻れ」

「そんなの……」沙富が泣きわめいた。「さっきは四十人だったじゃないですか！」

トンが目を剝き、アサルトライフルで沙富を狙い澄ました。周りがどよめくなか、銃を向けられた沙富は号泣し、両手を突きだし大声で命乞いをした。一帯は騒然となった。遠目に見守る鮎美も思わず立ちあがりかけた。

エレベーター前にライが駆けつけるや一喝した。「なにを揉めてる⁉」

トンはライに早口の中国語でうったえた。ライは不審げに沙富を睨んだが、自分の指名した顔だと思いだしたのだろう、難しい表情に転じた。

ライが中国語でトンになにかを命じた。トンが眉をひそめつつ、わずかに銃口を下に向けた。ふたたびライが沙富に向き直り、低い声の日本語でいった。「悪いが今回は三十九人になった。エレベーターは四十人乗りだが、わが同胞がひとり、警備のため同行する」

沙富は大粒の涙を滴らせ懇願した。「お願いです、解放してください。もう耐えられないんです」

「同じ学校の生徒たちのもとへ戻れ。手間をかけさせるな」

どうやらライによる選抜の直後、人数が変更になったらしい。ライは語気を弱めていた。そのぶん言葉のやりとりが長引く。そうこうしているうちに、秋田ら三人が姿勢を低くしたまま移動し、階段へのドア付近に到達した。

鮎美の動悸は激しくなった。秋田が腰を浮かせ、ドアのなかへと忍びいっていく。周りに座る人質らは、訝しそうな目を向けながらも、声をあげないように努めている。長身の秋田がドアの向こうへと姿を消した。ライとトンは沙富を追い払おうと躍起で、階段のドアを振りかえろうともしない。

薬師と魚崎はドアの前で中腰になったものの、互いに先を譲りあっているらしい。秋田がふたたびドアから顔をのぞかせ、早くしろとうながしている。結局、魚崎がドアに手をかけた。胴体の幅が広いぶん、間口がもう少し必要だと思ったのか、そっとドアを引いた。

ところがドアは思いのほか大きな音を立てた。鮎美はぎくっとした。ライはまだ沙富と話していたが、トンが振りかえった。

たちまちトンが殺気立ち、アサルトライフルを水平に構えた。「おい！　貴様ら。どこへ行く気だ！」

魚崎は小心者なのかひどく取り乱した。「うわあああ！　ごめんなさい！」

すでに立ちあがっていた薬師は、もう後に退けないと思ったのか、ドアのなかへ駆けこもうとした。だが武装兵らが押し寄せ、薬師を背後から捕らえた。プロのバスケ選手並みの体格を誇る薬師は、じたばたと抵抗したが、武装兵のひとりが難なく投げ技を放った。薬師が宙に浮くと、周りの人質が悲鳴とともに退いた。空いた床に薬師が背中から叩きつけられた。

トンが駆けつけ、銃尻で魚崎の後頭部を殴りつけた。魚崎が薬師に折り重なるように突っ伏した。武装兵らがふたりを取り囲み、殴る蹴るの暴行を加える。近場の人質らは恐れおののき、へたりこんだまま泣きだした。

武装兵のひとりが半開きのドアをのぞく。鮎美の見るかぎり、秋田の姿はもうドアの向こうになかった。武装兵も無人だと思ったらしくドアを閉じた。

鮎美の背筋を冷たいものが駆け抜けた。秋田ひとりだけが非常階段へ逃げこむのに成功した。しかもまだ気づかれていない。

ライが逆ギレしたように沙富を突き飛ばす。沙富が人質の群れのなかに倒れる一方、エレベーターの扉が開いた。解放グループがエレベーター内へ駆けこんでいく。ライがわめき散らした。「早く乗れ！　ぐずぐずするな！」

ゴーグルとマスクをつけた武装兵ひとりがエレベーターに同乗する。ほどなく扉が自動的に閉まった。沙富が周りの助けを借りつつ、ようやく身体を起こしたものの、真っ赤な顔で泣きじゃくっている。

鮎美は立ちあがりかけた。だが近くの武装兵がすかさず駆け寄ってきて、眼前にアサルトライフルを突きつけた。腰が抜けた鮎美はその場に尻餅（しりもち）をついた。

沙富が嗚咽（おえつ）とともに駆け戻ってきた。ほとんどつんのめるも同然に鮎美に抱きついた。

銃声が轟（とどろ）いた。人質たちがいっせいに伏せた。ライが拳銃（けんじゅう）を天井に向け、無造作に発砲しつづける。

額に青筋を浮かべたライが怒鳴った。「静かにしろ。座ってろ。全員座ってろ！」

重い静寂が支配するなか、鮎美のなかに沸々と怒りが湧いてきた。テロリストとか中華なんとか戦線だとかどうでもいい。人をなんだと思っているのか。

21

東京ユメマチ前の広場はタイル張りだが、あちこちに植栽がある。木々が連なるおかげで、瑠那は凜香とともに、太い幹の陰に身を潜められた。

広場には大勢の警察官や自衛官が繰りだしている。頭上に目を向ければ、巨大なスカイタワーがそびえ立つ。まさしく東京ユメマチの屋根から生えたような位置関係だ。スカイタワーに侵入するには、東京ユメマチに入るしかないが、その周辺は警備が堅い。

いま瑠那と凜香は広場の端にいた。東京ユメマチのエントランスは遠いが、地下駐車場へのスロープなら、わりと近くに見えている。そのスロープから大勢の警察官が駆けだしてきた。警察車両も続々と地上へでてくる。

凜香が眉をひそめた。「なんだ?」

おおよそ見当がつく。瑠那はささやいた。「地下駐車場を空っぽにするつもりです。たぶん人質の解放があるんでしょう」

「エレベーターで下ろされてくるのかよ」

「ええ。四十人乗りのエレベーターですから、まとまった人数が下りてくると思います」

地下駐車場からの退去が終わったのか、スロープから現れる警察官や車両は途絶えた。すると今度は地上の一般道から中型バスが乗りいれてきた。バスがスロープに近づく。警察官が停止を呼びかけた。

スロープ手前に停まったバスに、警察官と自衛官らが群がる。側面のドアが開いた。見るかぎり運転手ひとりだけで、車内に乗客はいないようだ。しかし複数の自衛官が、なおも不審そうに立ち入っていく。どの自衛官もアサルトライフルを水平に構えている。警察官たちもあとにつづいた。バスは何百何千という治安維持の群れに、何重にも取り囲まれている。

辺り一帯の関心が、なぜか過剰なほどバスに向けられている。事前になにかあったのかもしれないが、この好機を逃す手はない。

しゃがみこむ瑠那の足もとにグレーチングがあった。鉄格子の蓋を、凜香とふたりがかりで持ちあげる。凜香がすばやくなかへ飛びこんだ。瑠那も辺りに視線を配ったのち、ただちに地中へと身を躍らせた。

わずか二メートル下で鉄製のダクト内に這う。近年できた大型施設の地下駐車場は、国交省の新基準に基づき、排ガスによる人体への悪影響を最小限に留めている。巨大な換気扇とともに、通風ダクトも複数設置される。ここがそのひとつだった。どんな建物でも防災に力をいれれば防犯が手薄になる。設計者にとっては永遠のジレンマだろう。

　ダクトの内側は煤だらけだった。制服が真っ黒になったかもしれない。いまはたしかめるすべがなかった。ここは暗い。前進するうちに行く手がぼんやりと明るくなってきた。行き止まりに網状の通風パネルが嵌まっている。通風口は高さ二十センチ、幅四十センチぐらいだった。

　凜香がきいた。「蹴破れそう？」

「材質は鉄じゃなくポリプロピレンです。簡単ですよ」

「よし」凜香がダクト内で身体の向きを変えた。足を通風パネルに向ける。

瑠那も凜香に倣った。ふたりとも上履きの底で通風パネルを強く蹴った。繰りかえし蹴るうち、パネルは外れ、向こう側へと落ちた。

開いた通風口に足から滑りこむ。また二メートルほど落下した。今度は視界が開けていた。

　ほの暗いのは停電のせいだろう。ここは地下駐車場だった。スロープのほうから外の薄日が射しこんでくる。まだバスは下りてこない。辺りにはひとけがなく、駐車車両も皆無だった。

瑠那と凜香は同時に駆けだした。広大な地下駐車場を突っ切っていく。前方にエレベーターの扉がひとつあった。扉は閉じている。人質を乗せたエレベーターはまだ到着していない。そのわきに階段へ入るためのドアがある。

ドアは鉄製だった。ただちに駆け寄ったものの、なにやら怪しいステッカーが貼ってある。〝如果你打开门　东京就会消失〟とあった。

思わず唸らざるをえない。瑠那は訳してみた。「開ければ東京が消滅……」

凜香が苦々しげな顔になった。「核弾頭に直結してるのかよ。開ければセーフティが解除されて、三五〇メートルから投げ落とされるとか？　んなピタゴラスイッチみたいな仕掛けが？」

「おおいにありえます。中国語で警告を書くあたりに中華革命戦線の意地が……」

ベルが短く鳴った。瑠那ははっとして凜香と顔を見合わせた。ふたりで近くの柱の陰へと転がりこむ。

エレベーターの扉が開く寸前、スロープをバスが下ってきた。バスには警察車両の付き添いはない。フロントガラスを通じて見える車内には、運転手の姿があるだけだ。

制圧側が警察官や自衛官の立ち入りを禁じたのだろう。

瑠那は物陰からわずかに顔をのぞかせた。バスがエレベーター前に横付けする。エレベーターのなかから人の群れが駆けだしてきた。

ほとんどは女子中高生だった。大人の女性もいる。誰もが必死の形相で、我先にとバスへ乗りこんでいく。エレベーターの定員いっぱいの四十人が解放されたわけではないらしい。最後に武装兵がひとり、アサルトライフルを構えながら、エレベーターから進みでてきたからだ。解放した人質たちを見送るように仁王立ちする。ゴーグルとマスクで顔を覆っていた。

中国人民解放軍の陸軍に似た装備だと瑠那は思った。米陸軍にくらべれば身軽で、そのぶん廉価だときく。とりわけ野球帽に形状が似たヘルメットや、運動性を重視した薄手の防弾ベストに、中国正規軍の特徴が顕著だった。わりと小柄で痩身なのも米軍人とは異なる。アサルトライフルは〇三式自動歩槍。やはり人民解放軍の武装になる。

見張りがひとり同行したのは意外なことではない。問題はエレベーターの内部だった。内壁が掃射を受けたように弾痕だらけだ。いったいなにがあったのだろう。

人質全員がバスへの乗車を完了した。バスは発進し、逃げるようにスロープへと消えていった。

武装兵のゴーグルがバスを見送った。油断なく地下駐車場を見渡したのち、ゆっくりと踵をかえし、エレベーターへと引きかえしていく。

エレベーターの扉が自然に閉まることはなく、ずいぶん長い時間開いたままになっている。業務用操作パネルの蓋をこじ開け、停止のスイッチをいれておいたのだろう。武装兵がエレベーターのなかへ戻ったら、スイッチを操作するため振りかえってしまう。背を向けているうちに接近するしかない。

瑠那は柱の陰から抜けだし、猛然と武装兵を追いあげた。武装兵は後ろ姿のまま気づかない。上履きは爪先で走るだけで靴音を殺せる。武装兵がエレベーター内に足を踏みいれ、こちらを振り向いた瞬間、瑠那は飛びかかった。

ゴーグルとマスクのせいで表情の変化はわからない。だが武装兵が息を呑んだのは明白だった。至近距離からアサルトライフルで銃撃しようとする。瑠那は銃身をつかんで逸らした。武装兵は腰を落としながら退き、巧みに銃口を瑠那の胸もとに向けようとしてくる。瑠那はあわてて身体を反らさざるをえなくなった。体勢が崩れる。敵にとっては攻撃に転じる好機にちがいない。

しかしそこに凜香が躍りこんだ。突進してきた時点で、もうスカートの裾を上方へずらしてあったのだろう、片脚が難なく高々とあがり、蛇のようにアサルトライフルに巻きついた。膝の裏側でしっかりと銃を挟みこみ、武装兵がトリガーを引いても、ボルトを元の位置のまま固定している。むろん一瞬のみしか保てないが、瑠那が危機から離脱するにはそれで充分だった。武装兵が凜香のもう一方の脚に対し、すばやく足払いをかけ薙ぎ倒す。アサルトライフルが火を噴き、エレベーターの内壁にまたひとつ弾痕を増やした。だがその隙に瑠那は側面にまわり、アサルトライフルをわきの下に抱えこみ、武装兵の動きを封じた。

エレベーターの扉が自動的に閉じる。なんの弾みか停止状態が解除されたらしい。瑠那と凜香がふたりがかりで武装兵に抗ううち、エレベーターが急上昇を始めた。このままでは五十秒で展望デッキに到達してしまう。

瑠那はアサルトライフルを抱えこんでいるが、武装兵はいっこうに手を放そうとしない。両者とも力が拮抗し身動きがとれなくなった。凜香が武装兵に背後から襲いかかった。だが武装兵は半身になると、片脚の驚異的な連続蹴りを凜香に浴びせた。反撃を予想していなかった凜香が、顔面をまともに蹴り飛ばされ、エレベーターの内壁にぶつかり転倒した。

しかし凜香は転んでもただでは起きなかった。すかさず武装兵の両足首をつかみ、力いっぱいに引いた。武装兵がつんのめりかけたとき、ほんの一瞬だが握力を弱めた。すかさず瑠那はアサルトライフルを奪いとった。はっとする武装兵が、ひざまずきながらも瑠那を仰ぎ見た。瑠那は銃のストックを肩につけ、至近距離からトリガーを引き絞った。

けたたましい銃声とともに強い反動を肩に感じる。目の前で閃光が明滅した。武装兵の首すじが血を噴いたのを見てとった。弾丸は貫通した。武装兵が勢いよく床に突っ伏し、それっきり動かなくなった。即死にちがいない。

凜香が身体を起こした。瑠那は操作パネルに駆け寄った。ふつう施錠されている業務用の蓋が、やはりこじ開けられていた。そのなかの緊急停止ボタンを押す。

急激な減速に身体が浮きあがる。武装兵の死体も床を離れるほどだったが、すぐにまた落下した。瑠那と凜香は揃ってよろめいた。

エレベーターの上昇スピードが抑えられたのはたしかだ。だがまだ動いている。国内最速級のエレベーターだけに、突然停まったりはせず、制動距離が果てしなく伸びる。なかなかストップする気配がない。

瑠那はただ天井を見上げていた。凜香も同じようにしている。全身に汗が噴きだしてきた。ここまで何十秒が経過しただろう。慣性で動きつづけたエレベーターが、展望デッキに達してしまうのではないか。

電車のブレーキのような甲高い音が響いた。エレベーターの振動が徐々に小さくなっていく。やがて揺れを感じなくなった。音もしない。エレベーターは静止した。

凜香がため息をついた。「停まったかよ……」

まだ心臓が早鐘を打っていた。瑠那は両手を内壁に突っぱらせ、ふらつく身体を安定させた。「ぐずぐずしてはいられません。あまり長く停止してると、展望デッキの武装勢力が不審がります」

「だよな」凜香の足もとはまだおぼつかないようすだった。「エレベーターがなかなか戻らねえ時点で、もう警戒しちまってるかも。どうする？」

この内壁にできた無数の弾痕はなんだろう。瑠那は壁面の一か所が浮きあがっていることに気づいた。指先をかけてみるとドア状にすんなり開いた。

凜香が驚きの声をあげた。「隠し扉かよ」

瑠那はなかをのぞきこんだ。エレベーターの内壁が二重になっていて、狭い空間にぎりぎり人が入りこめる。テロ対策用にちがいなかった。だが……。

「んー」瑠那は頭を掻いた。「そりゃテロリストも『ダイ・ハード』から『ホワイトハウス・ダウン』まで、あらゆる映画を観てるし、エレベーターの天井に潜んだらバレバレだけど……。だからって壁のなかに隠れるなんて安易すぎないですか。見破られて当然ですよ」

「でも最近の映画に、エレベーターの天井に潜む場面なんてあったか？　わたしは記憶にねえよ。若いテロリストなら知らねえんじゃね？　中華革命戦線のリーダーは年寄りかな？」

「『ダイ・ハード』は一九八八年ですよ。わたしたちが生まれる前ですけど、せいぜい親の世代でしょう」

「で」凜香がきいた。「どうすりゃいい？　エレベーターが展望デッキに戻らなきゃやべえ。だからって壁のなかはもう見破られてんだろ？」

瑠那は武装兵の死体を見下ろした。「もっとむかしの映画ならバレないかも。一九七七年の『スター・ウォーズ』第一作の手を使いましょう」

「はあ？　エピソード4のことかよ」

「そうです。ルークやハン・ソロがデス・スター内部で凌いだやり方」

「まさか……。そりゃこいつ、そこそこ小柄だけどよ。古典的すぎるって。一九七七年って」

「日本公開は一九七八年」

「どうでもいい。けど……こいつが展望デッキに戻らなきゃ問題だよな」凜香は死体からヘルメットを奪った。「しゃあない。わたしが化けるか」

「いいんですか」

「展望デッキには人質がゴマンといるだろ。鈴山たちも。なら同じ日暮里高校の制服で紛れこめる」凜香は脱がせた装備を身につけながらいった。「瑠那はぎりぎりまで隠し扉の奥に隠れてろよ。エレベーターから降りるのは武装兵ひとりじゃなきゃ不自然だし」

「わたしが武装兵に化けましょうか？」

「よせよ。わたしのほうが顔が売れてる。有名人の優莉凜香じゃ人質に紛れこめねえ」

「あー、たしかにそうですね」

凜香は迷彩服を羽織った。制服の上から重ね着することで、男の体形にあてていど近づく。防弾ベストを身につけると凜香が告げてきた。「まずわたしが武装兵の格好でエレベーターを降りる。敵の注意を引きつけるから、瑠那はその隙に駆けだして、人質に加われ」

「悪くないですね」

膝と肘にパッドを装着し、さらにブーツを履く。ゴーグルとマスクで凜香が顔を覆った。「武装兵なら展望デッキ以外も警備してるよな。スカイタワー内を散策するか」

「核弾頭を探してください。わたしは人質から情報をききだします」

「起爆を阻止するなら、やっぱ瑠那が武装兵に化けたほうがいいか？」

「いえ。たぶん核弾頭本体はいじれないようになってるでしょう。ＩＣＢＭの起爆用セーフティは、もともと遠隔操作で解除する仕組みです。リモコン式のコントロールユニットが、展望デッキにあればいいんですけど……」

もはや凜香はすっかり武装兵の外見になっていた。「こんなもんか？　銃をくれ」

瑠那はアサルトライフルを手渡した。「気をつけてください。凜香お姉ちゃん」

「おめえもな。瑠那」凜香が操作パネルに顎をしゃくった。「オッケー。エレベーターを上げろよ」

ずいぶん時間を食った。瑠那は緊急停止ボタンの隣、再起動と記されたボタンを押した。鈍い音が響き渡る。エレベーターがまた上昇しだした。たちまち加速していく。

隠し扉のなかに瑠那は身体を滑りこませようとした。とたんにこの役割を後悔した。二重壁の隙間は血だらけだった。死体の武装を剝いで着るのも憂鬱だろうが、ここへはとても入れない。

凜香がじれったそうにいった。「なにしてんだよ。展望デッキに到着しちまうぞ」

「なかに入ると制服が血まみれになっちゃいます……。ほかの人質から浮きますよ」

「わからねえだろ。案外みんな血まみれかも」

「さっき解放された人質たちはそうじゃありませんでした」

「たしかにそうだ……。っていうか瑠那。煤だらけじゃねえか。払っとけよ」

瑠那は自分の制服を見た。たしかに黒ずんでいる。地下駐車場でダクト内を這ったせいだ。大急ぎで煤をはたき落とす。

エレベーターが減速する気配があった。ベルの音が短く鳴った。凜香があわてぎみに叫んだ。「扉のわきに隠れろ！」

瑠那は隠し戸を叩きつけると、いにしえのエレベーターガールの立ち位置、扉のわきに身を潜めた。敵の死体もそこへ引きずりこむ。

停止したエレベーターの扉が開いた。堂々と立った武装兵姿の凜香がフロアへでていく。ほかの武装兵らしき声が話しかけた。ずいぶん遅かったな。

扉わきの陰で瑠那は耳を澄ました。音をきくかぎり、エレベーターが包囲されているようすはない。凜香は警戒されることもなく、武装兵たちのなかに溶けこんだようだ。

制御パネルのフロア350のボタンが点灯している。展望デッキの三層のうち最上階、ここフロア350にのみ停まるよう、エレベーターの設定を変えてあったらしい。地上三五〇メートル、すなわち核弾頭を投げ落とした場合、起爆しうるぎりぎりの高さになる。この屋根の上あたりに核弾頭が隠してあるのだろうか。

エレベーターの扉が自然に閉まりかけた。上昇と下降、いずれのボタンも押すわけにいかない。無人のエレベーターが移動するのはおかしいからだ。

向こうがどんな状況だろうが、もうとどまってはいられない。とっさに瑠那は扉を抜けた。とたんにフロア内が目に飛びこんできた。異常なほどの混雑ぶりだった。人質はみな床に座っている。隙間もないほどひしめきあっていた。いたるところに武装兵が立ち、アサルトライフルで人質たちを威嚇する。女子中高生らは抱き合い、声を殺しながら泣いていた。

瑠那は間近にいた人質の後ろに座った。前にいた大人の女性が、気配を察したらしく振りかえった。泣き腫らした赤い目が怪訝そうに見つめてくる。しかし他人にかまってはいられないようだ。女性は黙ってまた背を向けた。

緊張にとらわれる。瑠那は慎重に周囲のようすをうかがった。武装兵の注意は引かなかったようだ。瑠那の背後でエレベーターの扉はとっくに閉じていた。

まだ安堵にはほど遠い。心臓が激しく波打つのを自覚する。息を殺しつつ、わずかに伸びあがり、辺りに目を配る。さまざまな学校の制服が交ざっている。壁面は全面ガラス張りだが、曇っているのは湿気のせいだろう。ひどく蒸し暑い。これだけの人数を押しこめていては当然だった。酸素も薄いように感じられる。

ふと自分と同じ制服が目にとまった。はっきりとはわからないがふたりほどいる。日暮里高校の生徒かもしれない。ここから二十メートルほど向こうだった。

瑠那は少しずつ移動し始めた。すみませんと小声でささやきかけ、空いた隙間に入りこむと、さらに先をめざす。武装兵に気づかれるわけにいかない。少しでも武装兵のゴーグルがこちらに向けば、ふたたび視線が逸れるまで、瑠那はその場にとどまった。

中華革命戦線は核弾頭を持っている。人質の命などなんとも思ってはいないだろう。武装兵は周辺の人質に対し、いつでもトリガーを引く可能性がある。

武装兵のひとりがエレベーター付近をうろつくのを、瑠那は視界の端にとらえた。だがそのひとりだけは瑠那にとって警戒の対象外だった。素振りから凛香だとわかる。凛香は巡回警備を装いつつ、エレベーターわきの非常階段のドアに近づいた。辺りに視線を配る。ほかの武装兵に見られていないと確信したらしい。なにげなくドアを開けた凜香が、暗がりへと姿を消した。

瑠那も移動しつづけた。遠くにいる武装兵のなかに、顔を晒している者がいた。窓ガラス沿いの手すりにノートパソコンを置き、画面を見下ろしている。いかつい顔に口髭、ライ・シンチョンにちがいなかった。ほかに上官らしき存在はフロア内に確認できない。ライがリーダーなのだろうか。

もうひとり素顔を晒す武装兵がいた。トン・イーティエン。もじゃもじゃ頭に顎まで覆う髭。画像で見るよりむさ苦しかった。

トンは女子高生の群れを見下ろしていた。ときおりアサルトライフルの銃身で女子高生の頭を小突く。スーツの中年男性がトンに自制を求めた。どうやら引率の教師らしい。だがトンはいきなり逆上し、アサルトライフルを振りあげると、銃尻を教師に振り下ろした。女子高生らが悲鳴をあげるなか、トンは執拗に教師を殴打しつづけた。

ライが怒りをあらわにした。「やめろ、トン！　無駄に体力を消耗するな！」

ようやくトンが手をとめた。男性教師が息も絶えだえに横たわる。女子高生らが号泣する。瑠那は歯ぎしりした。トンはテロリストとしても最低の手合いだ。

騒動に辺りがざわめく。ライが静かにしろと日本語で叫んだ。軽い混乱に乗じ、瑠那は姿勢を低くしたまま、かなりの距離を移動した。数メートル手前からも、行く手の日暮里高校の制服が誰なのか、容易に視認できた。

すぐ近くに滑りこむと、瑠那はささやきかけた。「鈴山君。有沢君」

ふたりは振りかえると同時に目を丸くした。有沢が驚きに声をあげそうになっている。鈴山がとっさに静寂をうながすと、有沢は両手で口を覆った。

「まさか」鈴山は信じられないという表情で瑠那を見つめた。「杠葉さん。どうしてここに」

「ふたりとも怪我はない？　夏美さんは？」

鈴山が小声で応じた。「解放されたよ。エレベーターで下ろされた」

「エレベーターで？」そうだったのかと瑠那は思った。さっき地下駐車場で見かけた人質たちのなかに夏美はいなかった。すると解放はすでに二度目以降か。

近くに座る他校の男女生徒たちが、妙な顔を瑠那に向けてくる。こんな子いたっけ、誰もがそういいたげな表情をしていた。

すると鈴山が紹介した。「杠葉さん、こちらは池袋高校の……ええと、酒井鮎美さん、飯島沙富さん」

黒髪のおとなしそうな女子高生が鮎美、明るく染めた巻き髪が沙富だった。ふたりはぎこちなく会釈をした。瑠那も頭をさげてみせた。

気になるのは鮎美と沙富のそばに座る、丸顔で小太りの男子生徒だった。片方の瞼（まぶた）が腫れ、頬が痣（あざ）で黒ずみ、鼻血の痕（あと）がこびりついている。

鮎美が瑠那の視線に気づいたらしく、その男子生徒に顎をしゃくり、名前を教えてくれた。「魚崎君」

魚崎という男子生徒は卑屈に瑠那を一瞥（いちべつ）したが、それっきりうつむいた。近くにはさらに別の制服、モスグリーンのブレザーを着た大柄の男子生徒がいるが、やはり顔は痣だらけだった。

瑠那はきいた。「なんでボコられ……」

ふと言葉を切った。異変を察知したからだ。付近の人質がみな慄然（りつぜん）としたまなざしで、瑠那の背後を見上げている。

真後ろに誰かが立っている。瑠那は座ったまま振りかえった。トンの血走った目が瑠那を睨（にら）みつけていた。アサルトライフルの銃尻が勢いよく振り下ろされる。だが瑠那は片手で銃尻をつかみ、瞬時にしっかりと受けとめた。

トンがぎょっとした。すぐ隣に並んで立つライも同様だった。瑠那は苛立（いらだ）ちをおぼえた。このふたりに背後をとられたのに気づけなかったうえ、銃尻での攻撃を阻止してしまった。ただの女子高生ではないとバレた。

ライとトンのあいだに、もうひとり小柄な武装兵が歩みでた。ヘルメットにゴーグル、マスクで素顔を隠している。だが武装兵のくぐもった声が響いた。「おやおや（エイヤエイヤ）。こんなとこで再会するとはねぇ。招いたおぼえはないんだがねぇ（メイシアンダオホイザイジョアリーザイシアンジエンヤースイランブジダウオヨウランニーライジョアアー）」

瑠那は衝撃を受けた。しわがれた高齢女性の北京語。ききおぼえがあるどころか、ずっと耳にこびりついて離れなかった声だ。

武装兵がヘルメットを脱ぎ、ライに手渡した。次いでゴーグルとマスクを外す。皺（しわ）だらけの顔に、やたら隆起した鷲鼻（わしばな）、しゃくれた顎（あご）。なにより垂れた目つき。童話にでてくる醜い魔法使いの老婆、そんな印象をいっそう濃くしていた。

中国共産党の大物、党中央軍事委員会委員、連合参謀部参謀長。ハン・シャウティンがにやにやしながら北京語でいった。「こざかしい優莉匡太の六女。また会えて嬉（うれ）しいねぇ」

22

池袋高校二年二組、バスケ部の秋田貴昭は、いまや心臓が張り裂けそうになっていた。薄暗い螺旋階段をひとり駆け下りていく。

逃げたのではない。そう心のなかで何度となく繰りかえした。魚崎や薬師は運が悪かっただけだ。あのあとどうなったのだろう。殺されてしまっただろうか。考えたくもない。

秋田だけが螺旋階段に取り残された。もう下へ下へと向かうしかない。周りはコンクリート壁ばかりで、展望窓のひとつも開いていなかった。いまどれぐらいの高さなのだろう。ときおり案内板が目に入るものの、意味を読みとれないほど動揺している。ただがむしゃらに駆け下りるしかない。

どうしてこんなことになったのか。進路のことで父親に反抗した、あのせいで罰が当たったのだろうか。あるいはバスケのチームメイトに辛辣な態度をとりすぎたか。

なんにせよ反省という言葉の意味など、これまで実感したことがない。うわべだけのポーズで親や教師の赦しを乞う、それだけの解釈でしかなかった。自分のおこないを振りかえるなどまっぴらだ。意のままに生きる、不満があれば撥ねのける、そのどこが悪い。

ふと足がとまった。壁に金属製のドアがある。だがおかしい。まだ地上は遠いはずだ。展望デッキの最下層はフロア３４０。三四〇メートルの高さから下は、東京ユメマチの五階に着くまで、なにもないはずではなかったか。その中腹になぜかドアがある。吹きっさらしの屋外へでるのだろうか。

けれどもドアの向こうがバルコニー状になっていたとしたら。そこへでれば全身を晒せる。おそらく警察は望遠で、スカイタワーの隅々までを監視しているだろう。大きく両手を振れば目にとまるかもしれない。助けを求めるには有効な手段のはずだ。

ふと思いつき、秋田は制服のポケットをまさぐった。そうだ、スマホだ。とりだしたスマホの画面を灯(とも)す。残念ながらまだ圏外だった。しかしこれも屋外にでれば電波を拾えるのでは。

ドアに向き直り、レバーに手をかけようとした。なにやら見慣れないメカニズムが取り付けてある。ドア枠とドアのあいだに部品が架け渡され、複雑な配線が壁に伸びている。その先にもなんらかの小さな装置が接着してあった。

ロック機構だろうか。そんなに頑丈そうにも見えない。施錠されていたとしても力ずくでこじあければいい。秋田はつかんだレバーを押し下げ、ドアを開けにかかった。

いきなり人影が降ってきた。螺旋階段の上方で手すりを乗り越えたのかもしれない。階段に着地したのは小柄な武装兵だった。間近に立ちアサルトライフルの銃口を突きつけてくる。

驚くほど機敏な身のこなし。秋田はすくみあがり両手をあげた。肝が冷えすぎ凍りつきそうだった。武装兵のゴーグルに、自分の怯(おび)えきった顔が映りこんでいた。撃たれる、殺される。命乞いの言葉さえ口にできない。

すると武装兵が片手でヘルメットを脱いだ。男にしては長い髪、ショートボブのヘアスタイルがあらわになった。いや男ではないようだ。ゴーグルとマスクを外す。小顔で瞳(ひとみ)が大きく、可愛くはあるものの、どこか不敵で生意気な印象。そんな同世代っぽい少女だった。前に会ったことはない。けれども強烈な既視感がある。

秋田はぎょっとした。ネットでよく見かける顔だ。日暮里高校の生徒とおぼしきアカウントが、校舎内でこの女を隠し撮りしては、SNSで公開している。優莉匡太の四女、凜香だった。

凜香はアサルトライフルの銃口を、秋田の喉(のど)もとに押しつけた。「ドアから手を放せ、でくの坊」

緊張と恐怖が支配するものの、こんな女になめられてたまるか、そんな根性も湧いてくる。秋田は震える声を絞りだした。「へっ。おめえみたいなのが凄(すご)んだところで……」

一瞬なにが起きたかわからなかった。気づけば顎を突きあげられていた。身体が宙を舞う。耳鳴りと激痛のなか、凛香が跳躍とともに膝蹴りを食らわせたとわかった。しかも今度は、アサルトライフルを棍棒のごとく縦横に振るい、秋田の顔に猛烈な連打を浴びせた。どういう足技なのか、凛香は着地する前に前蹴りを繰りだした。靴底が秋田の腹を抉った。後方に吹き飛んだ秋田は、螺旋階段を転がり落ちていった。腕や脚があらぬ方向に曲がる。苦痛のなかでも身体をとめられない。

しだいに回転速度が鈍ってきて、ようやく仰向けに静止した。かなりの段数を転落したように思えるが、垂直方向なら数メートルでしかないのだろう。

また人影が降ってきて、けたたましい音を奏でつつ、至近に着地した。凛香は秋田の頭頂部をわしづかみにした。痛みに声をあげる秋田を、凛香が壁に向き直らせた。

そこにはまた別のドアがあった。さっきと同じ部品や配線が見てとれる。凛香が低くつぶやいた。「おい、池袋高校の体育会系。馬鹿にもわかるようにいってやる。ドアを開けりゃ爆発する仕掛けなんだよ。しかも東京全体が塵と化す。わかったかよ」

「い、いくらなんでもそんな規模の爆発が……」

凛香は秋田の頭をつかんだまま、膝や向こうずねで速射砲のような蹴りを食らわせてきた。鉄棒で滅多打ちにされる拷問に等しかった。自分の鼻血が噴きだすのをまのあたりにした。両手で防ごうとしても、凛香の蹴りが強すぎ、手の甲が顔にぶつかった。

「まて！　まってくれよ！」秋田は必死に叫んだ。「わかった、信じる。だからもうやめてくれ！」

執拗なキックがやんだ。凜香が手を放すと、秋田はまた数段にわたり転落した。全身の感覚が麻痺している。ぐったりと脱力し手足を投げだした。地獄の苦しみとはまさにこのことだ。

凜香が階段を下りてきた。「おめえみてえな手合いは、中坊のころからカノジョができて、フェラさせたぐれえで自信満々になってやがる。どうせ童貞っぽいクラスメイトの男子をいじめてんだろ」

「偏見だ」秋田は図星だと思いながらも否定した。「た、助けてくれよ。俺はなにも見てねえ。あんたが誰なのか知りもしねえ」

「あ？」凜香が妙な顔になった。「なんか勘ちがいしてねえか。わたしはあいつらの一員じゃねえよ」

秋田にはわけがわからなかった。ほかの武装兵と同じ装備ではないか。

凜香が気づいたようにいった。「あー、このコスプレか。わたし紛れこんだだけ。学校から見える会場で旬なイベントが開催されてちゃ、参加しねえわけにいかねえよ痛みと恐怖のせいで秋田はすっかり萎えしぼんでいた。「なあ、ここから逃がしてくれよ」

「こんなとこでぐずぐずしてると見張りが来ちまう。さっさと立って上れ」

「上れ？　冗談だろ」

「東京ユメマチや地下駐車場にでられるドアは、ぜんぶ溶接してあるんだよ。しかもあれと同じ起爆スイッチ付き。だから開けられねえ」

「ならどうすりゃいいんだよ」

「無線装置だぜ。有線ならつながってる先に核弾頭があるけど、これじゃ在処がわかんねえ」

「核弾頭だと？　冗談も休み休み……」秋田は言葉を切った。凜香の冷やかな目は銃口並みに恐ろしい。あわてて秋田は弁明した。「いってることはぜんぶ信じる。逃げる方法だけ教えてくれよ」

「なんべんもいわせんな。起爆を解除しなきゃ外にでられねえんだって。核弾頭は高さ三五〇メートル以上のどっか。展望デッキより上」

「て……展望デッキまで戻れってのか」

「おめえ、人質のなかから抜けだしてきたんだろ。ノッポがいなくなってりゃ、そのうち敵も気づいちまう」

「だからって戻るなんてあんまりだ」

「そりゃおめえのクラスメイトも会いたかねえだろうよ」凜香がアサルトライフルを突きつけ脅してきた。「さっさと立て。きりきり歩けってんだ、でくの坊」

「わかった。わかったから銃を向けるな」秋田は痛みを堪えながら腰を浮かせた。手すりに寄りかかり凜香を見やる。凜香が銃でうながした。秋田は階段を上らざるをえなくなった。

凜香は後ろからついてきた。「おめえ名前は?」

「秋田貴昭」

「部活は?」

「バスケ」

「女子が見てると、無駄にドリブルでレッグスルーすんのな」

苛立ちに足がとまる。秋田は振りかえった。「試合には全力で臨んでるんだよ」

凜香の醒めた顔が見上げた。「いまもそうしろ。行け」

あのテロリストどもの人質だったほうが幸せかもしれない。秋田は重い足で一段ずつ上っていった。最悪の日だ。これだから日暮里高校になんか関わりたくなかった。

23

展望デッキのフロア350を、無数の人質が埋め尽くすように座る。だがその一角が、半径数メートルにわたって円形状に、ぽっかりと空いている。

瑠那はそこにひとり立っていた。武装兵はみな円内ではなく、人質たちの群れのなかに、点在するように立っている。瑠那が楯突けば、即座に近くの人質を殺す、そういわんばかりの態度をしめす。武装兵らは四方八方に分散しているため、瑠那ひとりで反撃するのは不可能だった。

苦い気分が胸のうちにひろがる。凜香ならかまわず行動にでるかもしれないが、瑠那には無理だった。誰ひとり傷つけたくない。

ハン・シャウティンが顎をしゃくった。武装兵のひとりが長いロープを手に近づいてくる。瑠那の背後に立ち、ロープで拘束にかかった。

両腕を後ろにまわされ、複雑な縛り方で締めあげられる。両胸を上下に挟むように紐が横断する。男子生徒の目が気になるが、いまは誰もそれどころではないだろう。

　実のところこういう拘束法は、もともと江戸時代の囚人護送用に考案された。それゆえ瑠那はひそかに苛立ちをおぼえた。樹脂製手錠で後ろ手に固定されるだけなら、持ち前の柔軟さで、両腕を前に抜くのは難しくない。だが江戸古来の緊縛は、泥棒の抜け縄対策を徹底的に追求している。しっかり縛ってあれば、関節を外したとしてもまず抜けだせない。

　武装兵は瑠那の制服のスカートをたくしあげ、股縄を通してきた。これも本来、簀巻きでは抜けやすいのを考慮したやり方だった。あらわになった両太股にも、肌に食いこむほどに強くロープを巻かれた。両足首もまたしかりだった。瑠那は立ったまま一歩も踏みだせなくなった。

　ハン・シャウティンが北京語でいった。「ようやくおとなしくなったねぇ。これで安心して話せる。おまえが誰の娘なのかも気兼ねなく口にできる」

　瑠那も北京語で応じた。「本当にそう思いますか」

「ああ。中国人観光客はとっくに解放した。われわれの言葉で優莉匡太といっても、日本人には誰のことかわからんだろうからね」

　シャウティンは顔を晒したものの、首から下は依然として武装兵と同じ装備だった。人質たちが座りこむ一帯から、シャウティンがゆっくりと歩みでてくる。ただひとり円内に踏みいってきて、瑠那の真正面に立った。

頭突きを食らわせることぐらいはできる距離だった。けれども瑠那は愚行におよばなかった。ライもトンも人質のなかに立っている。ほかの多くの武装兵らもそうだった。シャウティンには手だしできない。

当のシャウティンもそう確信したらしい。にやにやした表情が一転し、真顔になったかと思うと、てのひらで瑠那の頬を張った。

じんと響く痛みのなかで、瑠那はシャウティンを睨みかえした。またシャウティンの顔に微笑が戻った。

「優莉匡太の六女」シャウティンの垂れ目が妖しい光を帯びた。「三体衛星を海に落として、みごと辛酸をなめさせてくれたねぇ。わたしがどれだけ頭にきてるかわかるか。このままスカイタワーから投げ落としてやってもいいが、それじゃ簡単すぎる」

「核弾頭についても、誰も言葉の意味がわからないから、安心して話せそう」瑠那は平然といった。「あなたがここにいる以上、核弾頭を爆発させる気はないってわかります」

「甘いね」シャウティンは首を横に振った。「逃げる方法ならあるとも。こいつらはどうしてマスクとゴーグルで顔を隠してる？　装備を取り払って普段着になっちまえば、エレベーターで下りたところで、人質の解放と区別がつきゃしない」

「あー……。そのために女を先に解放してるんですか」

「当然。最後に男ばかり残ってりゃ不自然じゃなくなる。わたしはそれより先にお暇させてもらうがね」

瑠那はライを一瞥し、次いでトンを眺めた。「画像に顔を晒した武装兵がいるようですけど」

「ふたりともシェーバーとシェービングクリーム、理容バサミを持参してててね。この意味わかるだろ、お嬢ちゃん？　髪形を変えて髭を剃っちまえば、印象なんてがらりと変わっちまうんだよ」

「小手先の変身を施した指名手配犯なんて、警察の見当たり捜査員にしょっちゅう見破られてますけど」

「平時ならな。こういう緊急事態には、どんなに大勢の警官がいたところで、たいして役に立ちゃしないよ。とにかく人質の安全第一なんでね」

「本物の人質たちが黙っていないかも」

「誰が黙ってないって？」

瑠那は口をつぐんだ。周りに座りこむ人質たちに視線が向く。日暮里高校の男子生徒、鈴山や有沢と目が合った。ふたりとも不安そうに見かえしている。彼らに北京語の会話はわからない。

　シャウティンは男の人質を解放する気がない。全員をここに残したまま、武装兵らが最後に解放された人質を装い、エレベーターで退避する気だ。本物の人質たちは生存した状態でここに閉じこめられるのだろうか。その可能性は低いと瑠那は思った。

　人質を装った武装兵らが、解放後ただちにヘリに乗ったとしても、核爆発の圏外へ逃れるために四十分以上が必要になる。だがエレベーターを動かなくしてしまえば、警察や自衛隊が展望デッキに上るには時間を要する。残る人質全員の死が確認された時点で、シャウティンや武装兵らは、もう遠くまで飛び去っているだろう。その後の残り時間で、スカイタワー内を捜索しようとも、核弾頭はまず発見できない。東京全域は丸ごと消滅する。

　醜悪な老婆が皺だらけの顔を歪め、甲高い笑い声を発した。「おまえのせいで、わたしは党中央の信用を失いかけた。でもそれもいっときの憂慮に終わる。日本を相手に華々しい戦果を挙げ、わたしは凱旋帰国。英雄としての座を盤石なものにする」

　瑠那は醒めた気分で聞き流した。「ありえません」

「あん？　いまなにかいったか、小娘」

「東京が壊滅したんじゃ中国の経済も大打撃を受けます。華々しい戦果になんかなりえません。習近平の怒りに触れ、あなたは帰る場所を失うでしょう。本当の狙いはなんですか」

シャウティンの皺だらけの顔から笑いが消えた。死んだような目がじっと瑠那を見つめる。ぼそぼそとシャウティンがつぶやいた。「小娘ごときがずいぶんわかったような口をきくね」

「あなたのやることなんか知れてますから」

しばしシャウティンは瑠那に視線を向けていた。鼻を鳴らすと踵をかえし、ゆっくりと遠ざかる。シャウティンは円内からでて、人質のなかを強引に歩いていくと、壁ぎわのオブジェに向き合った。そこには東京スカイタワーの模型が飾ってあった。一メートルていどの高さのミニチュアを、シャウティンが両手でつかみあげた。

ふたたびシャウティンが戻ってきた。円内に入るとシャウティンの歩調があがった。瑠那の前まで来るや、シャウティンは鬼の形相に変異し、叫びながらスカイタワーのミニチュアを振りあげた。

それはいびつな形状の鉄棒と同じだった。金属製のミニチュアが瑠那をしたたかに殴打した。緊縛のせいで瑠那は一歩も動けない。打撃をまともに食らい、瑠那はその場に転倒した。

　なおもシャウティンが絶叫しつつ、ミニチュアを繰りかえし振り下ろしてくる。瑠那は横たわった状態で半身になったものの、執拗な打撃に激痛がひろがった。のみならずシャウティンは、スカイタワーのミニチュアの尖端部を、まっすぐ瑠那に向けてきた。まずいと瑠那は思った。シャウティンが尖った槍のごとくミニチュアで突いてくる。身体を貫かんばかりの勢いだった。瑠那はとっさに転がり攻撃を回避した。

　トンが駆け寄ってきてシャウティンに加勢した。わめき声とともにトンが瑠那を蹴りこむ。さすがに老婆とは威力がちがう。一発で息がとまるほどだった。トンがさらに何発も蹴ってきた。軍用ブーツの爪先が瑠那の腹部を深々と抉る。瑠那は嘔吐しそうになった。

　するとそこに別の人影が滑りこんできた。エンジとグレー、日暮里高校だが男子生徒の制服だった。床に倒れた瑠那を庇うように、鈴山が仰向けになりトンを見上げた。「やめてください」鈴山が声を震わせながらうったえた。「杠葉さんに暴力を振るわないで」

　瑠那は驚きとともにひやりとした。鈴山は瑠那が本当はどんな女か知らない。まだ病弱だったころの印象をひきずっているふしもある。シャウティンとの因縁にも気づいていない。ここで瑠那が拘束される姿を目にしただけだ。たぶん鈴山には、シャウティンらが一方的に瑠那を痛めつけている、それだけに見えたのだろう。

好ましからざる状況だった。鈴山が瑠那の仲間だと思われてしまう。同じ日暮里高校の制服を着ているため、よけいにそう信じられがちだ。

トンが憎悪を剝きだしにした。シャウティンの手からスカイタワーのミニチュアをひったくると、トンは容赦なく鈴山に振り下ろした。一撃で鈴山が苦痛にのけぞった。トンがなおもミニチュアを凶器代わりに、手ひどく鈴山を殴打しつづける。

瑠那は全力でもがき、鈴山の上に重なろうとした。だが緊縛に自由を奪われ、思うように動けない。

シャウティンの日本語がきこえた。「同じ制服がもうひとりいるね。あいつも仲間かい？」

はっとして瑠那は顔をあげた。床に座る人質の群れのなかで、有沢が恐怖に表情をひきつらせている。シャウティンは有沢に視線を向けていた。

鈴山が気丈に怒鳴った。「別のクラスだから知らない！　僕ひとりやっつけられないうちに浮気なんかするなよ、髭もじゃのむさくるしいおっさん」

悪いことにトンは日本語がわかる。血走った目を剝き、大声で吠えたトンが、猛然と鈴山に連続蹴りを浴びせた。鈴山は苦痛に表情を歪め、咳きこみつつ転がった。瑠那はなんとか鈴山の上に俯せた。

ほかの武装兵らが加わり、四方八方から蹴ってきた。トンが瑠那の後ろ髪をつかみあげ、顔をあげさせた。正面にまわったライが、こぶしで瑠那の頰を殴りつける。右から殴るや、すかさず左からも殴る。内耳に甲高い響きをきいた。激痛に顔面の感覚が麻痺し、意識さえも薄らいでいく。

どれだけの時間殴られただろう。汗だくのライが息を切らし、ようやくこぶしをひっこめた。トンは瑠那を床に叩きつけた。自分の鼻血がタイルの上に飛び散るのを瑠那は見た。

武装兵たちが立ち去っていく。突っ伏した瑠那の視界に、同じく俯せになった鈴山の顔があった。試合でKOされたボクサーのように、顔全体が無残に腫れあがり、鼻血を滴らせている。瑠那自身もたぶん同じありさまだろう。

鈴山が息も絶えだえに、力なく手を伸ばしてきた。「杠葉さん……」

するとシャウティンの声が飛んだ。「ロープをほどくなよ。結び目に触れたら殺す」

びくっとした鈴山が手を宙にとめた。泣きそうなまなざしが瑠那を見つめてくる。

　瑠那は頰の痛みを堪えながら微笑してみせた。「だいじょうぶだから……」
　するとと鈴山が涙ぐんでささやいた。「杠葉さん。悔しいよ。僕じゃなくて蓮實先生がいたら、杠葉さんはこんな目には……」
　あまりの純粋さに胸が締めつけられる。鈴山にとって、身近にいる頼れる大人とい
えば、蓮實が連想されるにちがいない。校舎に仕掛けられた爆弾を処理した元自衛官
の教師、世間ではそれで通っているからだ。じつは蓮實が何度か死にそうになったの
を、瑠那が救ったと知ったら、鈴山はどんな顔になるのだろう。
　だがそんなことは問題ではなかった。すなおさだけではない。鈴山の捨て身の行動
に心を打たれる。そのいじらしさにせつなさがこみあげた。こんなに感傷的になるの
はいつ以来だろう。瑠那は鈴山に頰を寄せた。「ありがとう。鈴山君は強いんだね」
　周りに物音がした。人質の中高生たちがにじり寄ってくる。そのなかに有沢がいた。
有沢も哀感に満ちた面持ちでささやいた。「鈴山……」
　池袋高校の酒井鮎美が、水の入ったペットボトルを、瑠那の頰にそっとあててきた。
ひんやりとした冷たさがある。鮎美が静かにいった。「冷やしたほうがいいから…
…」
　飯島沙富も手にしたペットボトルを鈴山にあてた。気づけば大勢の中高生らがひざ

まずき、瑠那と鈴山を囲んでいる。誰もがテロリストの許可を得ず、危険を承知で瑠那たちに近づいていた。

　トンの怒鳴り声がした。だがシャウティンの北京語が、ほっとけ、そう告げた。それっきり武装兵らは手だしを控えた。

　激痛のなか身動きもできず、ぶざまに横たわったままだ。それでも瑠那の胸を喜びが満たしていった。大勢が友達になった。心を通じあえている。こんなに嬉しい気持ちに浸ったことは初めてだ。日本の学校に通いだしてから、いままでいちどもなかった。

24

　凜香は非常階段の暗がりから、わずかに開いたドアをのぞきこんでいた。

　フロア350のようすは明瞭に見てとれた。こうして監視をつづけていられるのは、いま武装兵らの関心が、いっさいこのドアへ向いていないからだ。

　床を埋め尽くして座る人質のなか、そこかしこに武装兵が点在して立つ。だが全員の視線はフロアの一角に注がれている。瑠那と鈴山がボコられ、そこに大勢の中高生らが集まっていた。

ハン・シャウティンはすっかり興味を失ったらしく、窓辺でタバコを吹かしながら、ライと小声で喋りあっている。あのババアだったかと凜香は思った。トンという男はもっとたちが悪い。いちいち殺気をあらわにし、近くにいる人質たちに銃口を向け、脅すような目つきを投げかける。中学校の生徒指導の教師にも、この手の男がよくいた。それがテロリストともなると最悪のレベルを通り越している。

池袋高校の女子生徒が、そっと瑠那を助け起こした。横で支えながら瑠那を立たせ、少しずつ移動していく手助けをする。瑠那は顔が痣だらけになったうえ、ロープで後ろ手に緊縛されていた。完全に自由を奪われている。制服のスカートをめくられ股縄を通されていた。凜香のなかで憤怒の炎が燃えあがった。あの変態中華ババア、スカイタワーから逆さ吊りにしてやる。

凜香はふと秋田を見た。秋田もしゃがんでドアの外をのぞいている。瑠那の太股まで露出した脚を、じっと目で追っているようだ。無性に腹が立ち、凜香は平手で秋田の頭を叩いた。「なに見てんだよ」

「いてっ」秋田が顔をしかめ、頭に手をやった。

「上れ」凜香は小声で指図した。

秋田は苦い表情で螺旋階段を上りだした。ふたりとも足音を忍ばせ、しばらく上りつづける。垂直に数メートルぶんの高さを上ると、凜香は秋田の腕をつかんだ。いったん座るようにうながす。

階段に腰かけた秋田が息を切らしていた。さっきフロア350のドアに達するまでも、すでに百メートル近く上ってきたからだ。

「助かった」秋田が嘆いた。「ちょっと休まねえと死んじまう」

「情けねえバスケ部だな」凜香は小声でいった。「おめえ赤木が入る前の湘北高校の部員か」

「『スラムダンク』の話か？」秋田がぜいぜいと荒い呼吸のなかでささやいた。「よく知らねえんだよ」

「マジか？」

「バスケ部ならみんなあれ読んでると思ったら大まちがいだぜ」

「あー。女にモテたいばっかのノッポは、ろくに考えもせずに部活を選ぶってことだな」

「それよりさっきの……。やべえだろ。縛られてたのはおまえと同じ、日暮里高校の女子だろが」

「日暮里高校の女子どころか妹だよ」

秋田が面食らった顔になった。「妹……?」

「あいつも優莉匡太の娘。世間には知られてねえ六女の瑠那」

「……助けてやんなくていいのかよ」

「瑠那がそうしてほしかったら合図を送ってくる。わたしが階段に潜んでるのは気づいてただろうし。あいつは時間を稼いでくれてるんだよ。わたしのために」

「なんのための時間だよ。まさか……」

「核弾頭を探してるっていってるだろ」凜香は上を仰ぎ見た。「出発すんぞ。百メートル上の天空回廊へ行く」

「ひゃ、百メートル上? なんで……?」

「見ろよ。ここに展望デッキの屋根の上にでるドアがある。施錠もしてなきゃ起爆の仕掛けも施してねえ。とっくに外にでてみたが核弾頭はねえ」

「ほんとにちゃんとたしかめたのかよ」

「うるせえな、馬鹿は黙ってろ。ねえもんはねえんだよ。ここより上となると、天空回廊までのあいだには、もう外にでられるとこもねえし。なら天空回廊をあたるしかねえだろ」

「俺はもう動けねえ。ひとりで行けってんだ」

凜香はアサルトライフルの銃口を、秋田の顎の下に突きつけた。「そんなに死にてえかよ」

「まてよ」秋田が弱腰にうろたえだした。「さっきは俺がフロア350に戻ったほうがいいって……」

「あそこに戻すと、おまえ寝返るパターンだよな。映画にかならずひとりはでてくる、裏切ってチクろうとする奴。利用されたあとはテロリストに射殺されるとも知らねえで」

「そんなことしない。誓うからほっといてくれ」

「却下。さっさと上れ。それが嫌なら、来世は性格のいい本物のイケメンになれるようにって、祈りながら両手を組んでろ。一瞬で楽にしてやる」

「噂より百倍ひどい女だ」秋田は吐き捨てると、仕方なさそうに階段を上りだした。

「急げ」凜香は背後から秋田についていった。

薄暗い螺旋階段を延々と上る。秋田の息遣いの乱れが耳障りだが、ひとまず聞き流しておくにかぎる。凜香は平然と呼吸していた。

この秋田という男は典型的な雰囲気イケメンで、不良もどきのマイルドヤンキーだった。テロ現場から単独で逃げだしてくる根性なしでもある。けれどもただの馬鹿よりは、少なくとも聞き分けのよさが感じられる。重い物を運んだり、高いところに手を伸ばしたりするときに、それなりに役立つかもしれない。

アサルトライフルを仰角に構え、秋田の背を追いながら階段を上る。またこんな暗がりでトリガーに人差し指をかけている。あいかわらず因果なアオハルだと凜香は思った。高校に入ってからも、どれだけ硝煙のにおいを嗅ぎ、返り血を浴びたことだろう。こんな星の下に生まれたとか、そんな言いまわしでは納得できやしない。優莉匡太の子供として生まれたせいで、死ぬまで呪われる運命。そう解釈したほうがしっくりくる。

秋田が階段を上りながらいった。「乱暴なのは父親の影響かよ」

「きまりきったことをきくな」

「なにが楽しみで生きてる？　俺みたいな奴をいじめて楽しいのか」

「なわけねえだろ。おめえごときいじめっ子なんか、いまこの場で脳髄ぶちまけて死ねばいい」

「俺がいじめっ子だなんてきめつけんじゃねえ」

「十中八九そうだろが。人をいかに苦しめてきたか、いまこそじっくり味わって反省しとけ、ノッポのカス。足をとめたらぶっ殺すからな」

秋田が無言になり、黙々と階段を上りつづける。やっと減らず口がおさまった。見てくれだけのチキンは脅すにかぎる。

不良っぽくてもパグェのユノやヒョンシクはもっと頼りになった。美人でやさしい性格のヨンジュには姉になってほしかった。本当に心を通わせたい相手とは長くつづかない。ずっと年下のハヌルもそうだった。

クソ親父は腹立たしいが怖い。ヤクを打たれ、洗脳され操られた。結衣姉への愛憎相半ばする感情のうち、憎しみだけが極端に増幅した、まさに異常な心理状態だった。だが結衣は凜香を受けとめてくれた。おかげでいっときは目が覚めた。

だがずっとこのままでいられるだろうか。また正気を失うときが来るかもしれない。そう思うと不安でたまらなくなる。クソ親父を前にしたとたん、勇気も反抗心も失われ、ふたたび意のままになってしまうのか。前より強い心が育ったと、少しだけでも信じたい。

この場に結衣がいないことが恐怖につながる。けれども同時に、結衣のいない場所でこそ自分が試せる、そんな気持ちも湧いてくる。ひとりではなにもできないと思いたくない。いちどぐらいまともな結果をだしてから死んでやる。たとえそれが女子高生の生き方を大きく外れた、この世の最底辺どうしの殺し合いであっても。

秋田が肩で息をしていた。「なあ……。あれ、ドアじゃねえか」

歩を緩めた秋田が行く手を見上げている。凜香は秋田を押しのけ、階段を駆け上った。

たしかに数段先の壁にドアがある。案内板によれば天空回廊、フロア445への入口だ。凜香は秋田を振りかえり、近くまで来るよう目でうながした。秋田はうんざり顔で階段を上ってきた。

ドアに起爆の仕掛けはない。把(と)っ手を押し下げてみる。施錠もされていなかった。凜香はそろそろとドアを開けた。

地上四四五メートル、フロア445。展望デッキよりはこぢんまりとした階だが、薄日に照らされ屋外のように明るかった。全面ガラス張りの壁面の向こうに、曇り空がひろがっている。フロア内はひっそりとしていた。人質の姿は確認できない。全員が下の展望デッキに移されたのかもしれない。

そう思っていると靴音がきこえてきた。チューブ状の透明な通路を武装兵が下ってくる。ゴーグルとマスクを装着していた。ヘルメットの耳もとに手をあてる。内蔵のヘッドセットで無線連絡をきいているらしい。武装兵がいった。「无异常(ウーイーチャン)」

ドアのほうへと武装兵がまっすぐ歩いてくる。まだ距離があるにもかかわらず、秋田が怯えた声を発した。「ひっ」

身を翻した秋田が階段を駆け下りようとする。凜香はすばやく秋田の襟の後ろをつかんだ。秋田は階段に足を滑らせ、仰向けに転倒しかけた。

物音はおそらくフロア内まで響いた。凜香は息を吞み、ドアの隙間をのぞいた。武装兵が警戒したように足をとめている。音のした方向をたしかめるかのように、頭をゆっくりと動かす。

そこにもうひとり武装兵が歩み寄ってきた。やはり物音をききつけたらしい。だがふたりの武装兵は、互いの靴音だったのではと思い直したようだ。ふたたびそれぞれに動きだした。

凜香は苛立ちをおぼえつつ秋田にささやいた。「どこへ行くんだよ」

「もうつきあってられねえ」秋田は身体を起こした。バスケ部の長身をいまさら誇示するように、階段の同じ段に立って向き合うと、凜香を見下ろしてきた。緊張にこわばった表情ながら秋田が吐き捨てた。「殺してみろよ。どうせ銃の撃ち方なんか知らねえんだろ」

「……どうにも足手まといな奴だな、てめえは。いっそのこと先に見つかっとけ！」

凛香はドアを開け放つや、秋田をフロア内へ蹴り飛ばした。ふらふらとフロア445へ迷いこんだ秋田が、おぼつかない足どりのまま床に突っ伏した。武装兵ふたりがはっとして振り向く。秋田が顔をあげた。恐怖のあまり泣きそうになっている。

すぐさま凛香はドアから躍りでた。秋田に気を取られた武装兵のひとりに対し、プロテクターに守られていない首筋を銃撃する。銃声と銃火の閃き、発射にともなう強い反動の向こうで、敵の首筋から血飛沫があがった。武装兵が人形のごとく倒れる。

もうひとりの武装兵が向き直り、アサルトライフルで狙い澄ましてくる。凛香は一気に距離を詰め、銃剣術の要領で敵のアサルトライフルを打ち払った。〇三式自動歩槍どうしのため条件は同等だが、より根元を深く打ったほうが相手の銃身を逸らせる。敵の体勢は崩れた。凛香は武装兵の防弾ベストより上、喉もとに銃口を押し当て、トリガーを引いた。銃撃の熱風を顔に感じ、薬莢が宙に舞った瞬間、敵は絶命し崩れ落ちた。

別の銃声が轟いた。チューブをさらにもうひとりの武装兵が駆け下りてくる。凛香は敵の死体を抱えあげ、盾にしつつその陰から撃ちかえした。敵の射撃の何発かが、凛香の腹部を抉る。肋骨を折らんばかりの衝撃が伝わったが、防弾ベストを着ている以上、このていどなら致命傷にならない。

死体を突き飛ばすと、凜香は猛然と駆けだした。こちらからも距離を詰め突撃していく。互いのアサルトライフルは乱射状態になり、狙いも定まらなくなった。ぶつかりあう寸前、凜香は跳躍し、敵の首を股のあいだに挟んだ。ひねりながら引き倒そうとするが、ズボンを穿いたいまは素足のときと感触がちがい、勘が鈍る。技が深く入らなかった。

敵はさっき遠くから見たより大柄だった。凜香の脚を振りほどくや、人形のように逆さにし、床に叩きつけた。凜香は後頭部と背中を強く打ち、一瞬の麻痺状態におちいった。歯を食いしばり痛みに耐えていると、武装兵が仁王立ちし、アサルトライフルを俯角に構えた。銃口が正円を描いている。凜香は肝を冷やした。

ところがそのとき、秋田がわめき声とともに、武装兵の背後に抱きついた。秋田の背丈は武装兵といい勝負だった。衝突しただけで武装兵の重心は崩れた。だが武装兵はそれ以上動じなかった。じれったそうな呻き声をあげた武装兵が、振り向きざま秋田に肘打ちを食らわした。たった一撃で秋田は後方に倒れた。

その数秒間に凜香は麻痺状態を脱していた。アサルトライフルで下から狙いをさだめ、凜香は呼びかけた。「おい中華野郎」

振りかえった武装兵が銃を構え直そうとする。しかしもう遅かった。凜香はトリガーを引き絞った。数発の弾がまとめて発射され、アサルトライフルのグリップを揺さぶった。武装兵のゴーグルは砕け散り、血煙を撒き散らしながら転倒した。

静けさが戻った。秋田は尻餅をついたまま、半泣き顔で後ずさっている。凜香は片膝をつき、敵のアサルトライフルからマガジンを外すと、自分のチェストリグに押しこんだ。ひとり立ちあがり、銃口を進路に向け、チューブ状の通路へと駆けていく。

上り勾配はフロア450に通じていた。心柱を取り巻く階を足ばやに一周する。物陰も油断なくチェックした。誰もいない。ふたたび通路へ戻ると、スロープをフロア445へ駆け下りた。

秋田がまだ立ちあがれずにいる。嗚咽を発しながら、間近に横たわる武装兵の死体を、秋田が眺めつづける。ゴーグルを撃ち抜かれた武装兵は、ヘルメットが脱げ、血まみれの頭部が露出していた。この種の死体を初めてまのあたりにしたのなら、腰を抜かすのもわからないではない。

凜香はかまわず武装兵の装備をあさった。腰のベルトにコードレス受話器ぐらいの大きさの機器を下げていた。それを奪いとる。パネルを見るや用途が判明した。スイッチをいれると、機器がジューサーのようなノイズを立てた。

「……そ」秋田が震える声できいた。「そりゃなんだよ」

「ガイガーカウンター」凜香は機器のセンサーをあちこちに向けつつ、フロア内をうろついた。「核弾頭を搬入した奴らなんだから、持ってて当然」

「そんなもん使い方わかるのかよ」

クソ親父は核爆弾製造を夢見ながらも、いつもイエローケーキどまりだった。半グレ同盟は怖いもの知らずの馬鹿ばかりだったが、さすがに放射能は警戒したらしい。幼少のころ凜香はよくこの音を耳にした。ただし操作方法を理解できたのは、田代ファミリーに入ってからだ。

センサーをどこへ向けようとも、ほぼ一定の放射線量しか測定できない。ガラス窓とコンクリートの心柱では、むろん数値も異なってくるが、自然に生じる微々たる差でしかない。

「畜生」凜香は悪態をついた。「ここじゃねえのか」

秋田は多少なりとも落ち着きを取り戻してきたらしい。まだ臆したようすながら立ちあがると、秋田は凜香にきいた。「上の階は？」

スロープを上ってみたものの、数値にまったく変動がない。凜香は首をひねりつつフロア４４５に戻った。「ねえなぁ。まさか天空回廊より上か？」

「天空回廊より上って……。上れねえだろ」

ゲイン塔は地デジ放送のほか、さまざまなアンテナを備えるだけだ。とはいえメンテ用の梯子ぐらいはあるかもしれない。しかし外気に触れる場所なら、望遠による監視で発見される恐れがある。内部のどこからか射出され、地上に落下するのではと思ったのだが……。

だしぬけにラジオに似たノイズをききつけた。凜香ははっとしてガイガーカウンターのスイッチを切った。

音声は床に転がるヘルメットからきこえる。ヘルメット内蔵のヘッドセットだ。応答を求める中国語だとわかる。

凜香はヘルメットを拾うと秋田に歩み寄った。「これマイクがついてる。ここを押すと応答のスイッチが入る。いま押すから、おまえが喋れ」

「なっ」秋田が目を瞠った。「なにいってんだよ。中国語なんかわからねえ」

「さっきのきいたろ。无异常って。〝異状なし〟って意味だよ。落ち着いていえよ」

「できねえよ！　おまえがやれよ」

「わたしの声じゃ女だってバレるだろが。いいからそれっぽく喋れ。ウィイーチャン。いってみろ」

「う、ウィリーチャン」

「それジャッキー・チェンの元マネージャーだろ。ウィイーチャンだよ」

「よく知ってるなそんなこと……。おまえほんとに高二かよ」

「おめえもだろ。いいからきけ。ウィイーチャンだ。いいな？　ボタン押すぞ」

「ま、まてよ。まだ準備が……」秋田が口をつぐんだ。凜香が応答ボタンを押したからだ。目を泳がせた秋田だったが、いざとなると案外落ち着いた声を響かせた。「ウィイーチャン」

凜香はボタンから指を離した。向こうの声がきこえてくる。「ショウダオ」

その音声に重なり、かすかに女の悲鳴がきこえた。やめて、お願い。そう叫んでいる。秋田が愕然（がくぜん）とした表情を浮かべた。

フロア350の人質の声だろう。凜香はヘルメットを投げだした。「よくやった」

秋田が凜香を見つめてきた。「いまのは……？」

「收到（ショウダオ）。了解って意味」

「いや、そうじゃなくて……。叫び声がきこえたろ」

「あー。女子の声な。この状況ならよくあることじゃん。ゴミみたいな野郎が早まった行動にでたりする」

「早まったって……。そりゃどういうことだよ」

「武蔵小杉高校事変みてえに、図書室を慰安所にする馬鹿どもがいるぐれえだからよ。ほんと男ってのは脳が膿んでやがる」

秋田は狼狽をあらわにした。「いまのは……酒井鮎美の声だ」

「鮎美？」

「さっきフロア350で見ただろ。おまえの妹を支えてた……」

「あれか。おめえのカノジョか？」

「……ああ」

「嘘つけ」凜香はやれやれという気分でいった。「おめえみてえなワルぶった男にひっかかるのは、頭の軽いサセ子ぐれえだぜ。鮎美ってのは賢そうな女だったじゃねえか。おめえが好いてても、リアクションは薄かったはずだろ」

秋田が真顔になりうつむいた。「まあ……な。でも助けねえと……」

凜香は秋田を見つめた。秋田が上目づかいに可能性を問いかけてくる。なんだよと凜香は思った。わりと純粋なところがあるじゃねえか。

ためらっているのは時間の無駄だ。凜香はふたたびヘルメットを拾うと、秋田に投げつけた。「そいつをかぶれ」

「なに？」秋田はヘルメットを受けとった。なかに付着した血を目にとめたせいか、ぶるんだよ」
ヘルメットを支える両手が震えだした。秋田の怯えた顔が凜香に向いた。「なんでか
「このくたばった武装兵、おめえと同じぐらいの身の丈だろ。こいつの身ぐるみ剝い
で、おめえが着るんだよ。フロア350に突入するにゃそれしかねえだろ」
「そんなの……無理だよ。こいつ顔も血だらけだし……」
「ゴーグルは壊れちまったから、ほかの死体から奪えばいい。マスクもな」
「死んだ奴のゴーグルとマスクで顔を覆うのか？　嫌だ」
「ふうん。わたしはどっちでもいいけどさ。鮎美ってのはいまごろヤラれてるか、こ
れからヤラれて殺されるか。そのどっちかだぜ」
秋田はしばし静止していた。臆病風に吹かれただろうか、凜香はそう思いながら見
守った。
すると秋田は意を決したように、いきなりヘルメットをかぶった。額に血が垂れて
きて、一瞬表情をひきつらせたものの、すぐに手で拭った。
「……へえ」凜香はひそかに感心した。「行く気かよ」
「ああ。行くとも」
雰囲気イケメンがわりといい男っぽくなった、そんなふうにも感じる。凜香は死体

のわきにしゃがんだ。「とっとと脱がそうぜ」

秋田も両膝をつき、武装兵のプロテクターを剝がしだした。凜香は軽く鼻を鳴らした。あいかわらず世のなかは予測不能だ。担任教師の自慢話並みに役に立たない男かと思えば、いまは一蓮托生になっている。

25

結衣はJR錦糸町駅で電車を降りた。ほかにも大勢の乗客が吐きだされる。

ホームではアナウンスがこだましていた。「押上駅が閉鎖されている関係で、都営浅草線下りは泉岳寺駅で折りかえし運転中です。タワービュー通りは閉鎖されており、東京スカイタワー方面へは行けませんので……」

混み合う改札から外へでた。都心よりは多少の余裕を感じさせる、下町独特の街並みがひろがる。低層のビルが多いがどれも大ぶりで、幹線道路の道幅も広かった。

錦糸町駅前から北へ延びるタワービュー通りは、おびただしい数の警察車両と、機動隊によって閉鎖されていた。曇り空に東京スカイタワーがそびえ立つ。ここからの距離は一・五キロほどありそうだ。

クルマの往来は激しく、歩道にも群衆の行き来がある。結衣は混雑を避けながら歩いた。東京スカイタワーをめざすわけではない。いまのところ封鎖されている道路を把握するだけでしかない。

街頭防犯カメラも気にかける。いま結衣はワンピースにデニムジャケットを羽織っていた。めだたない服装だけに、ただちに公安の目にとまったりはしないだろう。

不動産屋の前でふと立ちどまる。ガラスの向こう側に貼られた物件情報に、自然に注意を引かれる。

賃貸の部屋が山ほどあっても結衣には縁遠かった。高校を卒業した直後から、優莉結衣の名を目にして契約してくれる大家は、そもそも皆無だった。人権派団体を頼り、弁護士の口添えがあって、ようやく千代田区のマンションを借りられた。それも向かいのマンションに公安の監視つきときた。完全に人目を避けた状態で、凛香や瑠那も住まわせるとなると、やはりまともには借りられない。

ため息をつきながらも、結衣の意識はすでに物件のチラシではなく、ガラスに映りこむ人影に向いていた。

痩身（そうしん）が纏（まと）うテーラードジャケットはきょう見たばかりだ。一歳下の瀧島直貴が、両手をポケットに突っこみ、結衣の背後にたたずんでいる。ポケットのなかで銃を握っているようすはない。

結衣は振りかえらなかった。「ひとりでしつこくストーカー?」

「いや」瀧島が顎をしゃくった。「連れもそっちにいる」

残る六人は少し離れた場所に立ち、こちらのようすをうかがっていた。あらためて見ると、十代の半グレ崩れにしては、総じて清潔感があるルックスをしている。しかし父の捨て駒とはいえ閻魔棒の端くれだ。油断できる奴らではない。

振り向くと瀧島と目が合った。瀧島が神妙に告げてきた。「結衣。話がある」

「こっちにはない」

「きいてくれ」瀧島は歩み寄ってくると小声でいった。「スカイタワーに来たんだろ。一緒に行動したい」

「誰の指し金で?」

「匡太さんにいわれたわけじゃない。自分の判断だ。あいつらと俺だけできめた」

結衣はまた六人を眺めた。瀧島だけでなく仲間たちも、いまは銃を抜こうともせず、ただ隠し持っている。閻魔棒としては利口なやり方ではない。

瀧島が察したようにつぶやいた。「自由行動は初めてだ。俺たちは匡太さんの指示どおりに動くのが仕事だからな。それだけで贅沢な毎日が保証される。匡太さんのもとにいる奴らはみんなそうだ」

　その代わり彼ら自身の命も優莉匡太に預けっぱなしだろう。さっきのように死と引き換えに、結衣になんらかのアイテムをつかませ、さらなる混乱を引き起こす。そんな理不尽な務めも否応なしにこなすしかない。

　結衣はいった。「父の気まぐれどおりに閻魔棒が動いて、世間にちょっかいをだすんでしょ。大きい混乱につながったこともあれば、波風さえ立たなかったこともあるはず。でも父の生存があきらかになったいまは、わたしが小さかったころの半グレ同盟と同じでしかない。ただの馬鹿げた迷惑集団」

　瀧島らがみずからの意思で来ようが来まいが、結衣にとっては関係なかった。半グレ同盟でさんざん目にしてきた連中、そのひとくくりにおさまる。つきあう気はない、それだけが返事だった。結衣はぶらりとその場を離れようとした。

　すると瀧島の声が飛んだ。「ハン・シャウティンだ」

　もやっとした気分で立ちどまらざるをえない。結衣は苛立ちとともにまた振りかえった。聞き捨てならない名前をここぞとばかりにだしてきた。よく足をとめさせたものだと結衣は思った。

　瀧島はいっさいふざけた態度をしめさず、ただ真面目な表情を保ち、ふたたび歩み寄ってきた。「中華革命戦線っていう、はぐれテロリストどもを束ねるのはハン・シャウティンだよ。米軍から核弾頭を盗み、スカイタワーに立て籠もってる」

核弾頭。もう勘弁といいたくなる。絵空事と思いたいが事実なのだろう。ハン・シャウティンならやりかねない。

結衣は頭を掻いた。「高校のころ公民の授業で教わったわけじゃないけどさ……。あのババアはいちおう中国共産党と人民解放軍の大物でしょ。中華革命戦線とは敵対関係じゃなくて?」

「肝心なことを忘れてる。シャウティンはEL累次体の残党だ。三体衛星計画の失敗で、中国からも猜疑心を抱かれてるため、立場が危うくなってる。だから軍事的成果の手土産をもって、党内での存在感を取り戻そうとしてる」

「軍事的成果ってどんな? 日本がいかに不況だからって、東京が消滅したらさすがに影響は大きいでしょ。極東を中心に世界恐慌が起きる。この意味わかる?」

瀧島は人差し指で片目をこすった。「俺は十八だけど、匡太さんに拾われなかったら、国立大学を受験してた。年齢は高三相当でも、大人が考えるほど頭は悪くない。東京の滅亡後は、日本を西側として維持するため、安保同盟を理由にアメリカが介入してくる。対共産圏の最前線基地、不沈空母として明確化されるだけ」

「そうなったら中国にとっては、成果どころか大きな痛手だと思うけど」

「そのとおりだよ。シャウティンがそこまで愚かなばあさんだとは思えない。なにか裏がある」

「どんな？」

「わからない。でもシャウティンはEL累次体時代に立案された計画を一部流用している。匡太さんは矢幡を装い、EL累次体を翻弄してたから、あいつらの計画は把握済みだ。三体衛星計画のあとシャウティンは、サイモン・リドラー・タイプの犯罪者を装い、政府に難問を仕掛ける筋書きを、詳細に検討中だったとか」

「あー……」結衣のなかで腑に落ちるものがあった。「それでケンヨシとかいう閻魔棒をうちに送りこんだ？　わざわざサイモン・リドラー的な挑発をおこなわせて」

瀧島が浮かない顔でうなずいた。「俺たちの仕事だといったろ。匡太さんの思いついたままに行動しなきゃならない」

朝、結衣がサイモン・リドラー・タイプの犯罪者に挑まれる。昼には襲撃グループを返り討ちにし、総理官邸へメッセージを送れるアイテムを得る。父はシャウティンとは無関係で、共犯者でもないくせに、それらふたつの小細工を結衣に仕掛けてきた。矢幡総理は結衣からのメッセージを重視する。

その先にどんな結末があるのかはわからない。父もシャウティンの意図は読めていないはずだ。けれどもサイモン・リドラー的犯罪に対し、結衣と矢幡政権が共同戦線を張ることになる。

また優莉匡太のせいで盤上の駒どうしが争う羽目に……。混乱が拡大し、犠牲者の数が膨れあがるほど、父は快楽を得る。

結衣はうんざりした。「わたしたちはクソ親父の遊び道具かよ」

瀧島が見つめてきた。「誰も匡太さんには逆らえない」

「チェスプレイヤーを気取るには、クソ親父のやり方は杜撰すぎる。そもそもシャウティンの真意がわかっていないのに、サイモン・リドラー的犯罪ってとこだけ煽って、騒ぎを大きくしようとしてる。おかげで状況がでたらめになってきてる」

「ああ。シャウティンは中華革命戦線を金で雇ったが、あいつらはこれを抗日テロだと信じきってるから、ドアに中国語で張り紙をしたり、存在を誇示しちまってる。サイモン・リドラー・タイプの知能犯と思わせたがってるシャウティンの計画と、すでに齟齬がある」

キャスティングミスは深刻なレベルだろうと結衣は思った。「矢幡さんもサイモン・リドラー的犯罪だとは鵜呑みにできずに半信半疑でしょ」

瀧島が同意をしめした。「わけがわかんない状況だろうよ。たぶん匡太さんも、なにが起きるか予想できていないんだと思う。でもそんなふうに、無責任にただ混乱だけを引き起こして、世のなかを弄ぶのが匡太さんだから」

おおまかな展開は予想がつく。おそらくいま政府は、サイモン・リドラーからの難問出題に苦しめられているのだろう。眉唾ものの犯人像ではあっても、人質をとられている以上は、知的挑戦に応じねばならない。そうこうするうち結衣からの情報提供があり、その内容を矢幡が重んじる。結衣の行動をバックアップするよう矢幡が各方面に命令を下す。こうしてまたいつもどおり、結衣はＥＬ累次体の残党と戦うことになる……。

結衣は唸った。まったくあきれる。たぶん父が死んだことになっていたこれまでも、こんな小細工によって、いちいち戦うよう仕向けられてきたのだろう。いま父のちょっかいに気づけるのは、生きているとわかったから。ただそれだけでしかない。しょせん父が持つ籠のなかの鳥でしかないのか。結衣はうんざりしながら立ち去りかけた。皮肉めかした言葉を瀧島に残す。「教えてくれてありがと」

だが瀧島は黙って引き下がらなかった。結衣の行く手にまわりこむと瀧島はいった。

「俺は混乱の拡大なんか望まない。匡太さんの考えとはちがう」

「だから？」

「結衣。いまは協力しあって、シャウティンの計画を阻止すべきだ」

「閻魔棒と協力？」結衣は小さく鼻を鳴らした。「冗談でしょ」

「本気だ」瀧島が語気を強めた。「危機を煽っておきながら、匡太さんは都内に留まってる。このスリルがたまらないとかいって、側近にも誰ひとり避難を許さない」

「側近は謀反を起こしたりしないの？」

「みんな匡太さんに心酔してるから、一緒に死ねれば本望だとかいってる。それ以前に、匡太さんは結衣ならやってくれると」

「むかつく」

「でも匡太さんが堂々としてる以上は、絶対だいじょうぶだと、側近から死ね死ね隊までみんなが信じこんでる。ひとことでいえば狂信者だ」

「恩河日登美も？」

「日登美は閻魔棒のトップクラスだから当然だ。逃げようとする奴がいれば日登美が殺す」

「あー。やりそう」

「でも俺は耐えられない」

「カノジョがそこにいるから？」

ふいに沈黙が訪れた。瀧島が口ごもった。戸惑いをのぞかせたものの、しきりに目でうったえてくる。一緒についていく。真剣なまなざしが無言のうちにそう告げていた。

結衣はため息をついてみせた。「わたしの妹たちがどこへ行ったか知らない？」

瀧島がじっと見つめかえしたのち、空にそびえるスカイタワーに視線を移した。

ああ、と結衣は思った。「やっぱりね」

「頼む」瀧島がおずおずといった。「あんたのいうとおり、俺たちは匡太さんの捨て駒だ。もう死んだも同然と思われてる。あんたは俺たちを生かしてくれた」

「公民の授業でも習ったことがある。戦争へ行けば兵隊は死ぬ」

「……あんたといれば生きられる。そうきいた」

例のジャンボリーで医療テントをめざし、遠征したのを思いだす。結衣ら姉妹と亜樹凪以外は全滅した。結衣はつぶやいた。「最近はそうでもない」

「連れていけないってんなら……」

「ならなに？」

「あんたが俺たちについてきてくれ。スカイタワーへの侵入方法ならわかってる」

　やれやれと結衣は思った。切り札をだしてきたつもりだろう。たしかに警察と自衛隊の包囲網を突破するのは骨が折れる。

　返事をする代わりに、結衣は黙って歩きだした。その素振りが、渋々了承したという意味だと、敏感に察したらしい。瀧島は仲間をうながし、結衣に歩調を合わせてきた。六人も追いつき背後につづいた。一様にほっとしたようすで表情を和ませている。

　瀧島が仲間を指ししめした。「ひとりずつ紹介するよ。まずこいつは……」

「あとにして」結衣は前を向いたまま歩きつづけた。「なるべく名前は知りたくない」

　沈黙がひろがった。冷たく思われただろうか。本音はちがう。情を持ちたくない。別離の瞬間が辛（つら）くなる。すでに瀧島が恋人のために命をかける気だと知ってしまった。もはやただの赤の他人では済まされない。

　乾いた風が吹きすさぶ。ひとつだけ確信できることがある、結衣はそう思った。もうとっくにサイコパスではなくなった。

26

矢幡は危機管理センターから一歩もでられなかった。だが自分の席についてもいられない。外部の人間が大勢訪れていた。円卓までもが大判の計算用紙やパソコン、電卓、筆記具に占拠されている。

閣僚らはみな当惑とともに壁際に立っていた。円卓ではあらゆる学問の専門家らが、侃々諤々（かんかんがくがく）としながら、しきりに難問に取り組んでいる。出題ごとに異なる分野の識者や学者を招くうち、地階は数学オリンピックの会場の様相を呈してきた。

制限時間が短くなったり、また長くなったりしている。極端な場合は五分以内に解かねばならなかった。オンラインで富岳から解答を受けとり、専門家のチェックを経て、ぎりぎり間に合わせた。一問ごとに寿命が縮まる思いだった。

正解を重ねるうち人質の解放がどんどん進んだ。まだ半分にも達していないが重要な進展にちがいない。だがそれだけに、どうあっても問題を解きつづけないわけにはいかなくなった。

また新たな問題がモニターに出現した。誰もが固唾（かたず）を呑み、いっせいに画面を見上げた。

明天可能是晴天，但也可能会下雨↓395455-1165522

我相信努力会有回报，但不要期待任何回报↓4200411-1181123
森林里发现了金子，池塘里发现了石头↓3823308-1105210
你看到的光是明亮的，我看到的希望是美丽的↓???????-???????

唸り声があちこちからきこえた。学者のひとりが両手で頭を抱えた。「また法則性問題か。しかもかなり手がこんでる」

別の学者が円卓を囲む列席者にきいた。「たしか中国語の専門家がおられましたよね」

「私です」白髪頭の大学教授が挙手した。「文章はいちおう成立してます。〝明日は晴れるかもしれないし、雨かもしれない〟とか、〝努力は報われると信じているが、見返りは期待するな〟とか。しかしぎこちなく奇妙な構文です。なんらかの法則性に基づいて、無理やり文章化したというか」

「もちろん数理的な法則が潜んでいる。計算のとっかかりをどこかにみいださないと……。間に合うかどうか」

専門家たちが用紙に数式を書き殴り、パソコンや電卓を駆使し始める。矢幡はモニターに目を移した。今回の制限時間は三十分。どんどんカウントダウンが進む。すでに一分近くが経過した。"29:05"、"29:04"、"29:03"……。

並んで立つ政務秘書官が矢幡にささやいた。「法則性クイズの難易度が急上昇してますね。nobiru が延伸だなんて答えてたころが懐かしいです」

これはその種の最難問にちがいない。矢幡は飯泉文科大臣に向き直った。「富岳が計算すべき問題だと思うが」

飯泉はガラスの向こうの情報集約室へと駆けだした。「解析を急がせます」

中華革命戦線が人質をとっているため、東京スカイタワーにはいっこうに突入できない。なかに核弾頭があると知りながら、なんの手も打てず、サイモン・リドラーとの知恵比べに翻弄されるだけだ。これほど歯がゆい事態はほかにない。

中西政務秘書官が腕組みした。「総理……。主犯の目的はなんでしょう。サイモン・リドラーといいますが、リドラーといえば『ザ・バットマン』ぐらいしか知りません」

「最近の映画のか？」矢幡はきいた。「どんな真相だった？　リドラーの目的は？」

「たしか知能犯による世のなかへの復讐だとか、ごく単純なことだったような……。サイモンのほうはわかりません。『ダイ・ハード3』は観てないので」

『ダイ・ハード3』……。あれの犯人は、クイズで翻弄するうち、その隙を突いて別の目的を果たそうとしていたのではなかったか。たしか連邦準備銀行への強盗……。

矢幡の心拍が激しく波打ちだした。これらの出題はまったく無意味で、ただの陽動だとしたら、制圧側の目的はどこにある。危機管理センターの頭脳をすべて別のことに浪費させ、なんらかの不注意を誘っているのだとしたら。

……政府の思考停止を必要とする犯行。いったいどんなことが考えられるだろうか。

27

曇り空の下、結衣は都道三一五号線沿いにある、長距離バス車庫の近くに身を潜めていた。

低い塀の向こうは広いアスファルトの敷地で、十数台の長距離バスが並んでいる。うち数台がひっきりなしに出入りする。戻ってきたバスからは婦人や女子中高生たちが降り立つ。出迎えるのは機動隊員や自衛官らだった。救急車も多く待機している。

ここは東京スカイタワーから南西に約一キロ、立入禁止区域のぎりぎり外にあたる。いまは警察と自衛隊の合同基地の様相を呈していた。マスコミや野次馬の類いはいっさい寄せつけていない。人質の身内もいないようだ。ただ淡々と、解放後の人質を降車させては、空になったバスがまたでていく。

塀の手前には結衣のほか、瀧島ら七人が姿勢を低くしていた。立入禁止区域外であっても、この辺りの市街地は閑散としている。みな避難したらしい。さらに塀の周りは植栽の木々に囲まれている。おかげで人目は気にせずに済む。

瀧島がささやいた。「スカイタワーから最も近いバス会社は、首都交通ってとこだった。でも最初の人質解放で、中華革命戦線の協力者だと発覚し、以降は次に近いこの本州交通社が警察に協力してる」

なにがあったかはだいたいわかる。結衣はバスの発着を観察しながらいった。「首都交通のバスはトロイの木馬だったんでしょ」

「そう。なかに中華革命戦線の増援部隊が乗ってたらしい。そいつらがまんまとスカイタワーに入りこんだ。だから俺たちも同じ手でいく」

「いちど発覚した方法を踏襲すんの？」

「ここは立入禁止区域外だから警備が手薄だ。東京ユメマチの地下駐車場まで直通するのもわかってる。ほかに方法が……」

「しっ」結衣は静寂をうながした。

木々の枝葉がこすれる微音。塀沿いに数メートル離れた場所からきこえた。結衣は黙ったまま手で合図した。瀧島の仲間たちも何者かの気配を悟ったらしい。すでに姿勢を低くしながら動きだしている。

結衣も七人に同調した。身を屈め、足音を殺し、塀に沿って進んでいく。人影が垣間見えた。小柄なふたりが身を潜めている。

瀧島らがいっせいに躍りかかった。全員がナイフを抜き、標的をねじ伏せ、刃を突きつける。

その瞬間、耳に覚えのある小さな悲鳴をきいた。結衣はとっさに呼びかけた。「まって」

七人の閻魔棒が押さえこむふたりは、どちらもエンジにグレーのツートンカラー、日暮里高校の制服を着た女子生徒だった。怯えた顔で仰向けになったひとりは、なんと伊桜里だった。もうひとりが誰なのかも結衣は知っていた。去年は瑠那のクラスメイトだった。名前はたしか寺園夏美。

「あっ」伊桜里が目を丸くし、蚊の鳴くような声でいった。「結衣お姉ちゃん」

夏美は恐怖のいろを浮かべながらも、怪訝そうにつぶやいた。「お姉ちゃんって?」

七人がしかめっ面でナイフをひっこめ、身を退かせる。半泣きの伊桜里と夏美が、それぞれ上半身を起こした。

結衣は苛立ちをおぼえた。七人の閻魔棒と結衣に気づかれず、ふたりがいままで近くに潜めていられたのは、伊桜里への教育の成果にちがいなかった。しかしこの状況下で秘訣を駆使してほしくない。結衣は問いかけた。「こんなとこでなにしてんの」

女子高生ふたりが顔を見合わせる。夏美が恐縮したようすで応じた。「あの……。わたしたち新聞部だし、きょうはスカイタワーの取材だったので……」

「新聞部？」結衣は伊桜里に目を移した。「いつ入ったの？」

「きょ」伊桜里が緊張の面持ちでささやいた。「きょう……」

「きょうって？」

「凜香お姉ちゃんも瑠那お姉ちゃんも、まっすぐ帰らずにスカイタワーへ行ったみたいだから、わたしもって」

「なんで追いかける必要があるの」

夏美が眉をひそめながら伊桜里を見た。「凜香お姉ちゃんに瑠那お姉ちゃん？　なんでいちいちお姉ちゃんってつけるの？　韓国でいうオンニみたいなやつ？」

じつは四姉妹だと知ったら夏美も驚くだろう。結衣はため息をついてみせた。「なんで伊桜里が新聞部に入ったのか、そこんとこきいてもいい？」

「あの」夏美が居住まいを正した。「わたしスカイタワーから解放されたんです。ここでバスを降りたんですけど、この渚伊桜里さんが近づいてきて……」

伊桜里が申しわけなさそうにいった。「話しかけやすそうだったから」

結衣のなかでじれったさが募った。「伊桜里はなんでここに?」

「警察や自衛隊が多く集まってたし、日暮里高校の制服を見かけたから、入りこもうかと思って」

血は争えない。結衣は伊桜里を見つめた。「夏美さんが新聞部だときいて、あんたも入部を希望した?」

「そう」伊桜里がうなずいた。「夏美さんもなにが起きたか調べるっていうし、もともと学校新聞の取材で来てたっていうし。一緒にいたいといったら、新聞部に入れてくれて」

瀧島があきれ顔で夏美にいった。「本物の記者じゃねえんだし、そんなにスクープ頑張らなくていいだろ」

夏美は目を潤ませた。「鈴山君と有沢君が……。まだ展望デッキで人質になってるし」

みな沈黙した。十代の一般人のくせに、テロ事件に首を突っこもうとしているのは、ここにいる全員が同じだった。

結衣は夏美にたずねた。「なかのようすはわかる？」

「展望デッキのフロア350に全員が集められてて……。あのう、ひょっとして乗りこむとか？」

瀧島が応じた。「そのつもりだよ」

「なら一緒に行かせてください」

伊桜里もあわてたように追随した。「結衣お姉ちゃんが行って、夏美さんも行くなら、わたしも」

「あのな」瀧島が顔をしかめた。「遠足じゃねえんだ」

結衣は片手をあげ瀧島を制した。「内部のようすがわかってるのなら案内できる」

「本気か？　伊桜里のほうは？　匡太さんから人殺しを学んだ歳でもないだろ」

夏美が目を白黒させた。「匡太さん？　人殺しって？」

結衣は首を横に振った。「伊桜里に人殺しはさせない。でも高いところは平気なほう」

瀧島が苦言を呈した。「スカイタワーの高さが何百メートルか知らねえわけじゃないよな」

「このふたりが行かないなら、わたしも行かない」

「畜生」瀧島が頭を掻きむしった。「ぐずぐずしてる暇はない。榛葉。あのプレハブ小屋はたぶん運転手の待機所だ。制服かっぱらって着替えろ」

「了解」六人のなかのひとりが応じた。榛葉が動きだし、すばやく塀を乗り越えた。なぜ指名されたかは外見でわかる。ほかより顔が大人っぽく、黒髪で七三分けに近い。運転手に化けるのなら適任だろう。

瀧島が敷地内を指さした。「見たところバスの動きは、あまり秩序立ってるとはいえないな」

あわただしいばかりの運行だった。結衣はうなずいた。「運転手がバスをだしてしまえば、立入禁止区域内に乗りいれられる」

「行こう」瀧島が塀を瞬時に跳び越えた。

結衣は伊桜里と夏美をうながした。瀧島の仲間たちは、ふたりの素人女子生徒を囲み、ガードしながら塀を乗り越える。敷地内に入ると茂みに身を隠した。

近くに無人のバスばかりが駐車している。少し離れた場所でバスの出迎えや人質たちの降車が進む。いま結衣たちの近くにあるバスは使用される気配がない。それだけに邪魔が入る心配はない。

プレハブ小屋からは随時、運転手が姿を現している。うちひとりがこちらに歩いてきた。目を凝らすまでもなく榛葉だとわかる。さすが閻魔棒、仕事が早い。制帽を深くかぶり、ワイシャツにネクタイ、ブレザーの胸にはバッジをつけている。わざと中年っぽい歩き方をしていた。バスのキーも入手済みのようだった。一台の乗降口ドアを解錠し、榛葉がさっさとなかに乗りこんだ。

瀧島が露払いのごとく駆けだした。警察や自衛隊の目を盗み、物陰に巧みに潜みつつ前進し、乗降口へ飛びこむ。身のこなしとルートが後続者の参考になる。閻魔棒のふたりがつづく。結衣は伊桜里と夏美についてくるよううながした。姿勢を低くしながら走る。三人の閻魔棒が後方をガードしつつ追ってくる。

閻魔棒たちのチームワークに舌を巻く。瀧島は仲間から絶対的な信頼を寄せられているようだ。メンバーもそれぞれ鍛えあげられていた。思考のパターンや行動力が優莉家に似通っている。きょうだいでなくとも従兄弟ぐらいには感じられてくる。優莉匡太がむかしとなんら変わっていない、その証明でもある。

バスのステップを上った。ほの暗い車内へと転がりこむ。運転席で榛葉が前方を向いたままささやいた。「頭をあげるな。床を這っていけ」

全員がいわれたとおり、座席の谷間を匍匐前進で進んだ。それぞれ車内の床にしゃがみこむ。瀧島たちは拳銃を抜いた。グロックのマガジンを抜き、装弾をたしかめたのち、またグリップに叩きこむ。

結衣は小声で瀧島にきいた。「わたしのぶんは？」

「悪い。俺たちも一丁ずつしか持ってない」

「運転手に化けてる人は要らなくない？」

「あいつはいま拳銃を持ってきてない。もともとスナイパーライフルが専門だからな」

榛葉が振りかえらずにいった。「近くにライフルを隠してある。いざというときゃ遠くから援護する」

「距離は？」結衣はたずねた。

「きょうの風なら一キロは命中させられる。仰角に撃った場合の高度も考慮にいれたうえで」

軍人のスナイパーでも六〇〇から一二〇〇メートルが有効射程だ。閻魔棒なのだから相応の腕はあるだろう。

いま榛葉は別の才能を試されていた。バスのエンジンがかかるや急発進した。敷地内に点在する警察官や自衛官に対し、クラクションで進路を空けさせ、公道への出入口へと向かう。

瀧島が榛葉に注意した。「あまり飛ばすな。めだつだろ」

「すまねえ。のんびり発進してると、警官から乗せてけっていわれそうでな」

立入禁止区域内に接する出入口は、迷彩服の自衛官らが警備しているものの、バスは難なく通り過ぎた。そこから先は本所三丁目あたりの一般道だったが、クルマの往来は完全に途絶えていた。歩道にも人をまったく見かけない。交差点にも通行がないため、赤信号をすんなり突破していった。

結衣はわずかに伸びあがり、窓の外を眺めた。薄気味悪いほど静まりかえった市街地だが無人ではない。自衛隊の分隊をそこかしこに見かける。ときおり警察車両も道端に停まっていた。スカイタワーに近づくほど、その頻度が上昇していく。まさに戦場のような眺めだった。

伊桜里と目が合った。いまさら怯(おび)えた顔で震えている。結衣は小声でいった。「怖がらなくていい。必要なことをしてるって肝に銘じといて。それと……」

「なに?」伊桜里が心細そうにきいた。

「高さもあまり関係ない。落ちたら駄目ってのは六〇〇メートルでも六〇メートルでも同じ」

「わかった……」

瀧島が口をはさんだ。「同じじゃないだろ。六〇〇メートルなら風圧が……」

結衣は遮った。「落ちた時点で高さはそんなに関係ない」

「なんでそういえる？　いつどれぐらいの高さから落ちた経験がある？」

「一万メートル。架禱斗の首を刎ねた直後」

車内がしんと静まりかえった。瀧島が浮かない顔でうつむいた。「お見逸れしたよ」

夏美はしきりに目を泳がせていた。「さっきから物騒な話ばかりだけど、どこまでほんと？」

伊桜里が人差し指を唇の前に立て、沈黙をうながした。夏美は両手で口を覆った。

車内の床に伏せていても、窓の外にほぼ垂直に見上げられるほど、スカイタワーが大きくなった。交通の途絶えた道路で、一キロという距離はあっという間だった。もう東京ユメマチの敷地に入ったようだ。周りが騒々しい。警察官や自衛官が大勢いるとわかる。赤色灯が光源らしき赤い点滅も、窓から射しこんできて、車内のいろをしきりに変える。バスは減速し徐行した。間もなくスロープを下り、地下駐車場に入るだろう。

ところがそのとき、バスはいっそう速度を落とし、ほどなく停車した。榛葉がささやいた。「やべえぞ」

乗降口のドアを車外から叩く音がする。運転席の榛葉はためらう素振りをしめしたが、抵抗はできないと観念したらしい。榛葉が手もとのスイッチを操作すると、ドアが自動的に開いた。

床に這う瀧島らが拳銃をそちらに向ける。結衣はいらいらした。車内点検をおこなっているのか。

乗りこんできたのは迷彩服に完全武装の自衛官ばかり、大柄な三人だった。装備から特殊作戦群だとわかる。先頭の巨漢が運転席の榛葉に声をかけた。「犯人の要求により地下駐車場は無人です。エレベーター前に横付けしたら、すみやかに人質を乗せ発進を……」

自衛官が車内に視線を向けた。とたんに愕然とし短機関銃を構えようとする。瀧島たちも床に俯せたまま応戦の体勢をとった。

だが結衣は面食らっていた。真っ先に声をあげたのは夏美だった。「蓮實先生?」

蓮實が目を瞠った。驚きと怒りの入り交じった表情で、蓮實が声をひそめつつ問いかけた。「なにしてる。おまえら正気か」

ほかの自衛官らが短機関銃をこちらに向ける。蓮實が手をあげ自制を求めた。仲間の自衛官らは妙な顔になった。

無理もないことだ。だが結衣はいますべきことを悟った。車内にいる唯一の一般人、夏美を共犯にしたくない。瀧島の手から拳銃をひったくると、仰向けに寝たまま夏美を羽交い締めにし、こめかみに銃口を突きつけた。

夏美が泣きそうな声を発した。「蓮實先生」

「よせ」蓮實があわてぎみに短機関銃を向けた。「結衣。馬鹿な真似はやめろ」

蓮實ひとりが相手ならともかく、ほかにふたりの自衛官がいる。人質をとって強制しなければ通してはもらえない。結衣はささやいた。「銃を下ろして。後ろのふたりも。なにごともないふりをして」

車内に張り詰めた空気が漂う。蓮實は短機関銃の銃口をさげた。ふたりの自衛官も不本意そうな面持ちながら蓮實に倣った。

結衣は要求した。「このまま黙って降りて。地下駐車場にはいっさい関与しないで」

納得いかないとばかりに蓮實が首を横に振った。「結衣。きみがこんなことをするとは信じられん。こいつらはいったい誰だ」

優莉匡太の閻魔棒、そう答えたところで話がややこしくなるだけだ。結衣は左手で拳銃を夏美に突きつけたまま、右手で自分のポケットをまさぐった。折りたたんだメモ用紙を夏美に渡す。「これを先生にあげて」

夏美が震える手でメモ用紙を受けとり、蓮實に差しだした。

蓮實はためらいがちに歩み寄ると、身をかがめメモ用紙を受けとった。ため息まじりに蓮實が夏美に問いただした。「寺園、自分の意思で同乗したな？　もう結衣たちとつるんでるんだろ？　渚も」

わざわざ伊桜里でなく渚と呼ぶあたりが学校教師だ。仲間の自衛官ふたりに、伊桜里の素性を明かさないようにしている。その配慮をありがたく感じる。

結衣はささやいた。「そのメモを矢幡総理に」

車内に沈黙が降りてきた。蓮實はしばしためらう素振りをしめしていたが、やがて吹っ切れたように、仲間の自衛官ふたりに降車をうながした。ふたりが蓮實に目で抗議する。蓮實も譲らない態度を突き通した。

やがて自衛官らは折れざるをえなくなり、荒々しくステップを下り、車外へでていった。最後に蓮實がつづこうとし、ふと足をとめた。蓮實が小声で告げた。「敵は最初四人だったが、約四十人に増えた。気をつけろ」

返事をまつようすもなく、蓮實が車外へ消えていった。ドアが自動的に閉まる。進路に妨害が生じる気配はない。榛葉がバスを発進させた。下り坂に差しかかったのがわかる。スロープを下降しだした。辺りが暗くなった。結衣は瀧島に拳銃(けんじゅう)を投げかえした。

瀧島が苦い顔で拳銃を受けとると、にわかに身体を起こした。「降りるぞ。エレベーター前までは行かない。たぶん中華革命戦線の増援もこの手を使ってる」

下り坂を徐行しつつ、榛葉が乗降口のドアを開けた。「俺も一緒に行きてえのにな」

「悪いが榛葉、人質を拾って、さっきのバス車庫へ戻れ。なにか起きたら外から……」

「ああ、バックアップする。腕が鳴るぜ」

閻魔棒たちが続々と起きあがり、車外へと飛び降りる。結衣も立ちあがった。伊桜里とともに夏美の手をとり、支えながら乗降口へ向かう。夏美が恐怖に踏みとどまろうとする前に身を躍らせた。夏美の悲鳴を一瞬きいたが、路面に転がったときには静かになった。伊桜里も以前に教えたとおり、後頭部を打たないように顎(あご)を引きつつ、柔道の受け身の姿勢で背を丸めていた。三人で手を取り合いながら起きあがる。コンクリート壁にある通風口が開いている。そこに閻魔棒らが頭から飛びこんでいく。まず夏美を押しこみ、次いで伊桜里を行かせる。すぐさま結衣も潜りこんだ。

ダクトのなかを四つん這いであわただしく進む。軍隊並みの整然とした動きで、全員が黙々と前進していった。ほどなく別の通風口を抜けた。そこは階段だった。スカイタワーの心柱ではなく、東京ユメマチの隅に位置する階段になる。榛葉を除く閻魔棒六人が揃った。みないっせいに階段を駆け上っていく。伊桜里はもう状況に順応していた。夏美はおろおろしながらも、ほかの足を引っぱらないていどに同調している。素人参加者はそれで充分だった。

四階の表記がある防火扉の前で、閻魔棒らが立ちどまった。そろそろと開け、向こう側のようすをうかがう。一気に開け放ちフロアに躍りこむ。

東京ユメマチの四階は消灯し、ひとけもなく静寂に包まれていた。チケットカウンターも無人で、自販機はすべて停止している。

結衣は走りながら瀧島にきいた。「東京ユメマチのなかに警察官や自衛官は?」

「隈なく調べまわったみたいだが、その後退去させられてる。中華革命戦線からの要求だろうな。なんにせよ五階までには核弾頭がなかったとしか思えない」

エレベーター前に着いた。ホールの暗がりにエレベーターの扉が複数並んでいる。夏美が息を切らしていた。立ちどまると伊桜里が夏美の背をさすった。

男たちがボタンを押したが、エレベーターが下りてくるようすはない。瀧島が仲間にいった。「城原（しろはら）」

闇魔棒のなかでは小柄ながら、最も知性のありそうな顔つきの男が、近くの案内カウンターに駆け寄った。城原がカウンターの陰からノートパソコンを取りだす。仲間たちがエレベーターの扉わきのパネルを外した。そこにＵＳＢケーブルでノートパソコンを接続する。

結衣は瀧島にたずねた。「業務用のコントロールアプリ？」

「ああ」瀧島がうなずいた。「エレベーターの制御が絶たれてるのはわかってた。展望デッキから上でしかボタンを受けつけないんだろう。もともとスカイタワーのエレベーターは、ぜんぶ天空回廊から東京ユメマチまで通じてるのが、区間が制限されてるだけだし」

壁の案内パネルでもそうなっている。ユメマチ一階から五階、３５０と４４５間、３４５と４５０間、３４０とユメマチ四階のあいだなど、細かく区間が分かれている。地下駐車場に結ばれている一基もユメマチ五階どまりになっていた。結衣はいった。

「本当は一基が地下駐車場から４５０まで直通、ほかもユメマチから最上階まで行くのね」

「そうだ。どれも上から下まで通じてるが、ふだんは区切ってるにすぎない。アプリで設定を変えりゃいい。人質の解放に使われてる以外のエレベーターをここへ下ろす」

城原がノートパソコンのキーを叩きながら首をひねった。「やべえな」

「どうした？」瀧島がきいた。

「エレベーターはぜんぶフロア350に停まってる。扉は閉じてるが、こっちで操作して下ろすと、扉のわきのランプが数秒間点滅しちまう」

夏美があわてた顔で助言した。「人質はみんなフロア350にいる。テロリストも」

瀧島は悪態をついた。「クソが。誰も気づかないのを祈るしかないか」

「だめ」夏美が首を横に振った。「解放されるみんながエレベーター前に集まってる。見張りもあちこちにいるし、ランプが点滅して、誰ひとり気づかないなんてありえない」

「城原」瀧島がじれったそうに問いかけた。「人質を下ろしたエレベーターが地下駐車場から上ってくるまでの途中に、ここに停められないか」

「そいつは無理だ。上の設定が優先だよ。動かせるエレベーターはそれ以外だ」

瀧島が傍らのドアを振りかえった。非常階段に入るためのドアだが開けられない。中国語のステッカーが貼ってある。〝如果你打开门 东京就会消失〟。階段は使えない。エレベーターで上る以外に方法がない。結衣はいった。「フロア350にいる敵が、地下駐車場直通以外のエレベーターを使ってくれるのをまつしかない。誰かが天空回廊に上ったりすれば……」

「ああ」城原がうなずいた。「そっちのエレベーターなら、ふたたび下りだしたときフロア350を通過させて、ユメマチ四階のここへ誘導できる。通過ならフロア350のランプも点滅しない」

仲間のひとりが苦言を呈した。「敵がエレベーターに乗るのをまつのかよ。そんな悠長なこと……」

瀧島が制した。「結衣がそういってるんだ。ほかに方法はないんだろう」

みな黙りこんだ。城原がノートパソコンに視線を落とす。ほかの面々はエレベーターわきのランプに目が釘付けになっていた。

シャウティン一味がエレベーターを動かさないかぎり、こちらにチャンスは訪れない。だが結衣は可能性を信じた。そろそろ敵も退却を考えるころだ。分散させている見張りをフロア350に呼び戻すだろう。エレベーターはきっと動く。この勘が外れるようなら、いままで生きてはこられなかった。

28

　瑠那は後ろ手に縛られたまま床に座っていた。同じく顔が痣だらけの鈴山と、背をもたせかけあっている。おかげでかろうじて上半身を起こしていられる。ロープでがんじがらめの両脚が動かず、前方に投げだすしかない状態では、本来なら仰向けに寝そべるしかない。

　太股まであらわになった脚から血の気が引き、紫いろが顕著になってきた。肌を晒していない部分も含め、全身がそのありさまだろう。やたら速い動悸があちこちで体感できる。血管が締めあげられているせいだ。

　だが自分のことより酒井鮎美が心配だった。鮎美は近くにへたりこみ、両手で顔を覆い泣いている。制服を破られ、ほとんど半裸になっていた。

　鮎美は率先して瑠那を気遣ったため、武装兵たちから暴行を受けてしまった。トンがとりわけ執拗だった。性的暴行まで及ばなかったのは、単に時間が限られていたからのようだ。武装兵どもは鮎美を放りだし、それぞれ装備を取り除き、迷彩服を脱ぐのに忙しかった。連中はみな迷彩服の下に普段着を身につけていた。カジュアルなスタイルばかりで、日本人観光客と区別がつかない。ただしいまのところはまだ一見して敵だとわかる。アサルトライフルだけは携えつづけているからだ。

次々と人質が解放されていき、フロア350はかなり空いていた。女はもうわずかしかいない。たぶん次の解放で、ここに残るのは男ばかりになる。それでも女子中高生を含め、人質らは一様に暗かった。みな無言でうつむき座りこんでいる。

東京スカイタワーの女性スタッフ、水いろのコスチュームも数人が居残っていた。沢井絵里香と名乗るスタッフは、人質の待遇改善を何度か要求したが、ライに頬をぶたれてからはすっかり弱腰になっていた。痛々しい痣を頬に浮かびあがらせた絵里香は、ただ視線を落とし沈黙を守っていた。

池袋高校の魚崎と、中野南高校の薬師は、どちらも顔が無残に腫れあがっていた。痣や傷の数は瑠那と同じぐらいか。近くに座るスーツの中年男性は絹本といって、東京スカイタワーの広報担当らしい。絶えず周りを気遣っているものの、小声で喋っているのをトンにきかれると、アサルトライフルを向けられてしまう。戦々恐々とせざるをえないのは、植淺先生も同じだった。日暮里高校新聞部の顧問、植淺が悄気た顔で、繰りかえしため息を漏らしている。

近くで怪我のない有沢が、涙ながらにささやいた。「鈴山。ほんとにごめん……」

「しっ」鈴山が声をひそめつつ応じた。「黙ってたほうがいい。殴られるよ」

「でも鈴山は俺を庇って……」

瑠那は低くいった。「わたしも感謝してる。鈴山君が助けてくれたから」

背をもたせかけあう鈴山が、瑠那の背後でつぶやいた。「ほっとけなかっただけだよ……。こんなのは嫌だ」

勇気ある行動だったと瑠那は思った。どんなに怖かっただろう。それでも鈴山は立ち向かっていった。殴られても意志を曲げなかった。思いのほか心の強さを内包する男子生徒だった。

靴音がきこえた。瑠那が顔をあげると、シャウティンが目の前を横切っていった。もう武装兵の服装ではなく、シニアミセス風の黒ブラウスとスラックス姿に変わっていた。まだ武装兵姿のままの二名に、シャウティンが中国語で命じた。「上の天空回廊を見てこい。フロア445のふたりと一緒に戻れ。450にもひとり配置してあったな？　そいつには非常階段を巡回しながら下りてくるよう伝えろ」

「了解」武装兵らがエレベーターへ赴いた。扉のわきのボタンを押す。ランプが点滅し、すぐに扉が開いた。ふたりの武装兵がエレベーターに乗りこむ。ふたたび扉が閉じた。

瑠那は緊張せざるをえなかった。凛香が天空回廊の敵を倒したとしても、いまの武装兵と遭遇してしまう。シャウティンが絶えず武装兵と無線通信するようなら、凛香の存在がバレる。

現にシャウティンはいまトランシーバー型の通信機を手にしていた。連絡をとらせないようにしなければ。

瑠那は中国語読みでサイモン・リドラーと声を張った。「西蒙里德勒」

ふたりの男が駆け寄ってきた。どちらもジャケットにシャツ、ズボン姿だが、まったく見覚えがなかった。しかしほどなくライとトンだとわかった。どちらも断髪でさっぱりし、髭をきれいに剃っている。爽やかな見てくれとは逆に、凶暴さはまったく変わっていなかった。トンが歯茎を剝きだしにし唸り、瑠那の脚を踏みにじった。苦痛に瑠那が横向きに転がると、ライが髪をつかみあげた。

シャウティンが歩み寄ってきた。近くに立ち、悠然と瑠那を見下ろすものの、シャウティンの表情は硬かった。中国語でシャウティンが問いかけた。「その名前がどうした？」

瑠那は頭皮の痛みに耐えながら中国語で答えた。「けさは謎から始まったんです。

サイモン・リドラーが鍵でした。でもそれがこの事態にどうつながったかはわかりません」

ライが髪をつかんだまま、やはり中国語で怒鳴った。「でたらめをいうな。おまえらに嗅ぎつけられるようなヘマは……」

シャウティンがライに命じた。「手を放せ」

「こいつがなにを知ってるか吐かせないと……」

「いいから放せ！」

不満げなライが舌打ちとともに、瑠那を床に叩きつけた。トンも足を浮かせると身を退いた。瑠那は後ろ手に縛られた状態のまま、腹筋の力でかろうじて上半身を起こした。

「そうかい」シャウティンが淡々といった。「だいたいわかった。瑠那、おまえの父親が餌を撒いたな。子供たちを真相に近づけ、わたしと争わせ、どっちが勝つか高みの見物かい。あいにく娘はなにもわかっちゃいないようだがね」

瑠那はあえてぶっきらぼうにたずねた。「サイモン・リドラーなのに、謎解きに挑ませる気はないんですか」

むっとしたシャウティンが、瑠那を一瞥したのち、踵をかえし立ち去った。だが窓際の手すりに載せてあったノートパソコンを携えるや、また引きかえしてきた。

シャウティンはモニターを瑠那に向けた。「政府が脳汁の最後の一滴まで絞って、いまだに解けない超難問でね。もうすぐ時間切れだ。おまえなんかに解けるものか」

ノートパソコンが閉じられるまでの数秒間、瑠那はすばやく全文を読みとった。

明天可能是晴天，但也可能会下雨↓395455-1165522
我相信努力会有回报，但不要期待任何回报↓42004 1-1181123
森林里发现了金子，池塘里发现了石头↓382308-1105210
你看到的光是明亮的，我看到的希望是美丽的↓??????-???????

シャウティンが畳んだノートパソコンを小脇に抱え、足ばやに遠ざかっていく。

瑠那はシャウティンの背に中国語でいった。「座標」

ぎくっとしたようすでシャウティンが足をとめた。振りかえった顔が極度にこわばっている。目を剝きながらシャウティンがたずねた。「なにぃ……？」

「矢印の先にある数列を分解すると座標になります。北緯39度54分55度、東経116度55分22秒は北京周辺。ほかのふたつも中国大陸のなか。これはクイズじゃないでしょう。簡体字の文字列は、高度な暗号化技術で座標の数値を変換した、中国の政府機関の極秘データです」

「ふうん。理屈めいた憶測にすぎんね。答はわからんだろ」

「当然です。あなたたちもでしょう？　判明した三つの暗号化データをもとに、もうひとつの肝心な暗号を解きたいんですよね？　でも人の知能では無理だから、スパコンの高度な処理能力を必要としたんです」

「……日本政府がこれらの数列を座標と気づかないってのかい？」

「ええ。意図に気づかせないようサイモン・リドラーの挑戦を装いましたね。最初は人でも解ける問題から始めて、徐々に難しくしていけば、政府もスパコンを使うのに躊躇しない。これも法則性クイズの超難問にすぎないと思い、スパコンに演算を委ねるでしょう」

「わたしたちがそうまでして知りたがってる座標があると？」

「習近平ミサイルコントロールセンター」

シャウティンが絶句する反応をしめした。図星だと瑠那は確信に至った。

中国はここ数年、複数箇所のミサイル発射基地を建設した。新規ＩＣＢＭのサイロは一千基近い。どのミサイルも射程は五五〇〇キロを超え、アメリカ本土に到達する。

すべての基地は人民解放軍ロケット部隊に属するが、制御の権限はシャウティンですら有しない。

全ミサイルの管理を統括する習近平ミサイルコントロールセンターが、中国のどこかに存在する。その位置は極秘だと報じられている。最高指導部となる常務委員会、序列七番目までの委員しか知らない。

瑠那は中国語でいった。「核弾頭はここにありません。搬入した木箱の中身は、重さだけが同じ別物ですよね。本物の核弾頭はいまごろ、別働隊が船舶で中国へ密輸中でしょう。判明した座標の上空から投下し、ミサイルコントロールセンターを破壊するために」

トンが血走った目を見開き、シャウティンに食ってかかった。「核弾頭がここにないだと？　あんたが責任をもって仕掛けるといったじゃないか。祖国から攻撃力を根こそぎ奪う気か!?」

シャウティンが厄介そうに顔をしかめた。「落ち着きな。中華革命戦線も党中央の打倒が究極目標だろう」

ライが眉間に皺を寄せた。「ミサイルが使えなきゃアメリカが侵略する！　政権を倒す前に、広大な国土がNATOに蝕まれる。ロシアも侵攻するかもしれん！」

「……いいかい、ライ」シャウティンは当惑をのぞかせた。「習近平は強大な力を有してる。それを奪わんことには現政権は滅ぼせん」

「いや。ミサイルコントロールセンターを武力占拠するなら、その理論も腑に落ちるが、核弾頭で吹き飛ばすなど論外だ。中国は丸裸になる。欧米に屈服させられ、諸外国の分割統治を受けるぞ。二十世紀初頭の悪夢の再来だ！」

議論は激化していった。人質たちが怯えたようすで見守る。みな中国語はわからない。どれだけ深刻な事態が話し合われているか、ここにいる日本人は瑠那を除き、誰ひとり理解できていない。

ふいに瑠那はひやりとした。エレベーターの稼働音をきいたからだ。なぜかエレベーター一基がここを通過し、上から下へと移動していく。さっき武装兵ふたりが天空回廊へ上っていったエレベーターだ。通過のためランプの点滅はないが、静寂のなかであれば明瞭に響くほどの、かなりの音量が響き渡った。

だがシャウティンとライ、トンは激しく言い争っていた。普段着に変身したほかの兵士たちも動揺をしめしている。トンがシャウティンにつかみかかろうとした。だが兵士らのなかには、シャウティンに与する者たちもいた。数人がトンを阻み、シャウティンを庇った。ライが怒りをあらわにシャウティンと揉み合いだした。ほかの兵士らも続々と群がる。

ライがわめき散らした。「だましたな！　おまえは祖国を滅ぼし、別の場所で権力を握りたがっているだけの裏切り者だ！」

エレベーターが下降していった。瑠那は汗だくになり身をよじった。自由が奪われたままではどうにもならない。天空回廊に上った武装兵たちは、どういう理由でここを通過し、下へ向かったのだろう。イレギュラーな事態に希望を託したい。このままでは数分とまたず、ここは地獄絵図と化す。

29

結衣は東京ユメマチ四階の暗がりにいた。隣に瀧島ら六人が居並び、エレベーターの扉に拳銃（けんじゅう）を向けている。伊桜里と夏美はその後ろで不安げに抱き合っている。

城原の操作したノートパソコンは、ＵＳＢケーブルで扉わきの端子に接続され、床に投げだしてある。画面に表示された断面図に、下降しつづけるエレベーターの位置が映っていた。フロア４４５を出発したのち、フロア３５０を通過、みるみるうちに下りてくる。

本来ならフロア350で停まるはずだった。城原がアプリをいじった結果、エレベーターはこの四階への直通と化した。国内最高速級のエレベーターはあっという間に到達する。せいぜいあと二十秒足らずだろう。

結衣は瀧島にささやいた。「敵が乗ってても撃たないで」

「なぜだ。先制攻撃しないと逆に撃たれるぞ」

「いいから信じて」

「……わかった」瀧島が仲間に声を張った。「発砲を控えろ」

エレベーターが間もなく到着する。あと十秒。九、八、七……。扉のわきのランプが光った。じきに扉が開く。……三、二、一。

扉が左右に開いた。武装兵が四人、全員がヘルメットにゴーグル、マスクで顔を隠していた。それでも手前のふたりが動揺をしめし、辺りを眺めまわしたのはわかった。瀧島たちにぎょっとしたようすで、あわててアサルトライフルを構え直す。

そのとき後方の武装兵ふたりが、手前のふたりに背後から襲いかかった。後方のひとりは背が低く、もうひとりは極端にでかかった。敏捷なのは小柄なほうだった。武装兵の首に腕を絡め、気管を塞ぐことでのけぞらせると、足払いで引き倒した。起きあがろうとする敵の首筋に、コンバットナイフを深々と突き刺した。

問題は身体のでかい武装兵だった。みずから襲いかかっておきながら、あっさり逆襲され、すっかり及び腰に転じている。敵が馬乗りになり、至近距離からアサルトライフルで狙い澄ました。

結衣は駆け寄るや敵に蹴りを食らわせた。エレベーターの内壁に全身を打ちつけた敵に、瀧島が躍りかかった。両手のあいだに張ったワイヤーを、武装兵の背後から首に巻きつけ、満身の力をこめ絞めあげる。もがく武装兵が腕と脚をばたつかせたが、瀧島は完全に背後をとっていた。武装兵はひどく暴れたのち、ふいに痙攣し、それっきりぐったりとした。

夏美が伊桜里と強く抱き合いながら顔をそむけた。ひきつった声を夏美は発した。

「ひいいっ」

伊桜里はただ真顔で状況を眺めていた。人の死に慣れることは悪くない、それが結衣の持論だった。伊桜里が人殺しにならなければそれでいい。もとより法のすべてを遵守して生きてほしいとは思わない。いまの世のなか、そんな生き方では命を奪われる。

武装兵ふたりの死体が転がる。どちらもエレベーターの扉が閉まるのを阻んでいた。生きているほうの武装兵ふたりは、小柄なほうが立ちあがったものの、巨体のほうはへたりこんだままだった。

小柄な武装兵がヘルメットを脱ぎ、ゴーグルとマスクをとった。誰なのか結衣にはとっくに見当がついていた。凜香が驚きのいろを浮かべた。「結衣姉⁉」

結衣はもうひとりの武装兵に顎(あご)をしゃくった。「そいつは？」

その武装兵がゴーグルを外し、みずからマスクを引き剝(は)がす。息苦しそうに口を大きく開け、しきりに喘(あえ)いでいる。結衣にとっては見覚えのない十代後半の男子だった。

凜香が鼻を鳴らした。「秋田って奴。池袋高校のバスケ部」

瀧島は仲間を振りかえった。「板倉(いたくら)、米澤(よねざわ)。たぶんおまえらの身体がジャストフィットだ。死んだこいつらに成りすませ」

閻魔棒のうちふたりがしゃがみこむと、死体を身ぐるみ剝ぎだした。手慣れていてすばやい。いま息絶えたばかりの男が装着していたゴーグルやマスクを、なんのためらいもなく顔にあてる。

エレベーターを降りた凜香が、眉(まゆ)をひそめつつふたりの作業を見下ろした。結衣に向き直ると凜香がきいた。「こいつら誰だよ」

「閻魔棒」

「なっ……マジで？」

瀧島が凜香を見つめた。「安心しなよ。匡太さんの命令で来たわけじゃない」

「……そりゃそうだろうよ」凜香が瀧島を睨みかえした。「わたしがラリってるときに近くにいた？」

「いや。会うのは初めてだ。話はきいてた。可哀想だと思ってた」

「可哀想だ？　見下ろしてんじゃねえぞゴミが」

凜香は瀧島に詰め寄ろうとした。結衣は片手で遮った。不満げな凜香が結衣を見かえしたが、その目がわきに逸れた。

「なんだ？」凜香があきれ顔になった。「伊桜里までいるじゃねえか。っていうか夏美も……」

すっかり青ざめた夏美が震える声でささやいた。「やっぱ防災訓練じゃなかったんですね」

「まあな」凜香があっさり認めた。

「でもなんでこんな……」

「うちの親父、誰だか知ってるだろ。運命だよ」凜香が結衣に目を戻した。「どこまでわかってる？」

「ハン・シャウティンと中華革命戦線がフロア350に約四十人」

「約三十五人だよ。わたしが天空回廊で三人殺した。ここでもふたり死んでる」凜香は腰のガイガーカウンターを引き抜き、結衣にしめしてきた。「核弾頭はまだ見つからねえ」

「核弾頭はここにはない」

「はぁ？　どういうことだよ」

板倉と米澤が武装兵への変身を完了した。ふたりともゴーグルとマスクで顔を覆い、アサルトライフルを携えている。米澤がくぐもった声でいった。「瀧島。もう行けるぜ」

瀧島が深刻な表情で結衣にささやいた。「敵は三十五人か。しかも依然として大勢の人質をとってる。エレベーターで正面きって乗りこんだんじゃ、人質たちが殺される。銃撃戦も多勢に無勢だ」

「そうでもない」結衣は冷静に応じた。「たぶんあいつらは、解放される人質に成りすますために武装を解いてる」

「一般人の服装になってるっていうのか」

「アサルトライフルを持って下りるわけにいかないから、せいぜい拳銃だけを忍ばせて、エレベーター前に集まる」

「ああ。そりゃチャンスかもしれないな」瀧島はエレベーターに乗ると、まだへたりこんでいる秋田の腕をつかみ、ぐいと引き立てた。

立ちあがった秋田は、瀧島が見上げるほど背が高かった。それでも小心者を絵に描いたような態度で秋田が嘆いた。「こんな装備はもうまっぴらだ。誰か着てくれ。俺はこの階に置いていってくれりゃいい」

「残念ながら俺たちの誰もサイズが合わない。あんたはぴったりだ、そのままでいてくれ」

「冗談だろ？　また展望デッキに戻るのかよ」

凜香がエレベーター内に歩を進めた。「武装兵が四人いなきゃ不審がられるだろが」

「だ、だからって俺は……」

「鮎美にいいとこ見せろ。でなきゃ一生ブルってろ」

結衣には意味不明な説得だったが、それなりに功を奏したらしい。秋田はそれっきり不平を口にしなくなった。どうやら覚悟をきめたようだ。

瀧島はエレベーターの天井を見上げた。「四人の武装兵はいいとして、俺たちはどうすれば……」

凜香が内壁の隠しドアを開けた。「ここに隠れられる」

「ふうん。便利だな」瀧島は表情を変えず仲間をうながした。「入ろう」

閻魔棒が次々と隠しドアのなかに身を滑りこませる。凜香はふたたびヘルメットをかぶり、ゴーグルとマスクを身につけた。「結衣姉。瑠那がエロい格好で縛られてる」

結衣はエレベーターのなかに立つと吐き捨てた。「あの中華ババアはぶっ殺す」

30

瑠那は床に横たわっていた。緊縛の締めつけがきつい。全身の痺れに抗い、手足の指先だけを曲げたり伸ばしたりする。血流が完全に途絶えるのは好ましくない。無理にでも感覚をあるていど維持しておく必要があった。

近くにへたりこむのは鮎美だった。いま床に座っている人質は男ばかりで、女は負傷した瑠那と鮎美、ふたりだけが取り残されている。

あとの女たちはエレベーター前に立っていた。大人の女性たちと女子中高生の残り、合計三十六人。池袋高校の飯島沙富もそのひとりだった。こちらを振りかえり、沙富が申しわけなさそうな目を向けてくる。鮎美は涙に暮れていた。瑠那はただ沈黙するしかなかった。

シャウティンも黒ブラウスにスラックスを纏い、すっかり一般人に化けていた。手にしたカバンにノートパソコンを押しこむ。エレベーター前に待機する女性たちの前に立ち、シャウティンが日本語を響かせた。「おまえたちを解放する。エレベーターにはわたしも同乗するが、下に着いてもなにも喋るな。わたしのほうも見るな。わかってるな」

カバンのなかに手をいれ、シャウティンが拳銃をつかみだした。女性たちはすくみあがっていた。シャウティンがもういちど繰りかえした。わかってるな。三十六人の女性らはみな臆したようすでうなずいた。

フロアにはすっかり普段着姿になった兵士らも立っている。全員まだアサルトライフルを手にしていた。

シャウティンは中国語でライにいった。「わたしがこの女たちと退去したのち、もう一問簡単なクイズが、政府へ出題される。すぐ解答のメールを送ってくるだろうから、おまえらは解放された人質を装い、エレベーターで下れ」

「まてよ」ライがぞんざいな口をきいた。「先に行かせるわけにはいかん。俺たちと一緒に最後まで残ってもらおう」

「なに？」シャウティンが頰筋をひきつらせた。「ライ、まだそんなことをいってるのかい。わたしが女たちと一緒に解放されなきゃ不自然だろ」

「俺たちとエレベーターで下ればいい。いちばん最後にな」

「いいかライ、さっきもいっただろう。アジアに新たな権力が構築されたあかつきには、おまえをナンバーツーの座に据える。トンには軍事組織の代表を務めてもらう。ほかの面々も重要なポストに就く。この場で誓わせてもらう」

「その新たな権力だがな。要するに中国に生まれる、ロシアかアメリカの傀儡政権じゃないのか。広い大陸だ、東西分割統治もありうるよな。あんたはもう米露のどっちかに話を通してるんだろうが、俺たちはお払い箱だ」

「やたら疑い深い男だね。そんなことにはならないと何度いったらわかる」

「聞き分けのなさで長生きしてるんだ。東京は無傷のまま存続し、中国は防衛手段を失うだと？　アジアの天下を日本に譲る気か。中華革命戦線をなめるな！」

シャウティンはふいに猫なで声に転じた。「ライ。ああ、おまえはなんて純粋な男なんだろうね。おまえたちあっての勝利じゃないか」

ライの顔にはまだ怒りが留まっていたが、シャウティンが歩み寄ると、困惑のいろが漂いだした。

間近でシャウティンが微笑した。「わたしはもうこんな歳だよ。おまえたちはまだ若い。大陸の明日はおまえたちが担う。わたしは革命の英雄として功績を語り継いでもらうだけで充分だ。わかるか。勝者はおまえたちなんだよ」

「……ミサイルコントロールセンターを破壊したあとの、明確なビジョンが見えてるのか？」

「信用しろ」シャウティンは余裕を取り戻してきた。「日本など恐るるに足らん。一瞬で踏み潰せるほどの強大な帝国を構築する。さあ、十人ほど残して、あとは銃器を片付けろ。解放される一般人に成りすませ」

「十人はいつまで残りの人質を見張っていればいい？」

「この場で人質を始末させれば仕事は終わる」

瑠那は鳥肌が立つのをおぼえた。人質たちがうろたえないのは、ただ中国語がわからないからだ。ライは渋い顔をしていたが、やがてうなずき、周りに指示をだした。普段着姿の兵士たちが、続々と窓際へ赴き、アサルトライフルを放りだしていく。トンも苦々しげな表情でそれに倣った。なおも十人の兵士らがアサルトライフルを携えつづけている。フロアに座る人質たちを囲むように分散する。

ようやくなにが起きるか悟ったらしい。男の人質はいっせいにうろたえだした。たったふたり残る女にとっても運命は同じだった。鮎美が目を瞠り、泣き声をあげながら瑠那に身を寄せてきた。

瑠那の脈拍はとてつもなく亢進していた。内耳にせわしない心音が反響する。エレベーターの扉を見やる。まだ扉のわきのランプはどれも点滅しない。このままなんの番狂わせも起きないのか。

東京ユメマチの周りには蓮實先生がいるはずだ。シャウティンが人質に紛れようとも、蓮實の目にとまれば気づく可能性はある。だがそのときにはもう遅いかもしれない。ここに残る人質は間もなく命を奪われてしまう。

電子音がきこえた。シャウティンがカバンからノートパソコンをとりだし、画面を一瞥する。シャウティンの皺だらけの顔に満足げな笑みが浮かんだ。「来た。日本政府からの解答だ。富岳を駆使したにちがいないね。これで座標が判明した」

ライが神妙にいった。「誓ったことはちゃんと守ってもらうぞ」

「まかせておけ」シャウティンがパソコンをカバンに戻した。「では予定どおりに」

十人の兵士がいっせいにアサルトライフルで人質を狙い澄ます。処刑対象外の解放組、三十六人の女性たちが、エレベーター前で慈悲を懇願する。

座りこむ男の人質たちに絶望がひろがった。魚崎や薬師は両手で頭を抱えている。

鈴山と有沢が暗い顔でうつむいた。広報の絹本は悲痛な面持ちで両手を高々とあげている。新聞部の顧問、植淺先生は両脚を投げだしたまま、ただおろおろと首を横に振るばかりだった。

横たわる瑠那に鮎美が抱きついてきた。瑠那は唇を嚙んだ。凜香はどうなったのだろう。このまま数秒後には蜂の巣にされる運命なのか。

そう思ったとき、ベルの音が短く響いた。シャウティンやライ、トンがエレベーターを振りかえった。点滅するランプは、人質解放用のエレベーターとは異なる扉のわきだった。

十人の処刑部隊はいったんアサルトライフルを水平に構え直し、エレベーターを狙った。瑠那は心臓が張り裂けそうだった。もし凜香もしくは自衛隊が乗っていたとしても、たちまち一斉掃射を浴びせられてしまう。隠しドアに隠れていても結果は同じだ。

扉が左右に開いた。静寂が漂った。十人がいずれも銃撃を控えた。四人の武装兵が乗っていたからだ。

武装兵ら四人が堂々たる足どりでエレベーターを降りてくる。女性たちが悲鳴をあげた。

ライが中国語で呼びかけた。「ずいぶん遅かったな。さっさと武装を解け」

シャウティンは眉をひそめた。「階段経由のもうひとりは？　おまえたち、時間がかかりすぎじゃないのかい」

そのとき武装兵四人のうち、小柄なひとりがなにげなく片手をアサルトライフルから放した。てのひらを軽く曲げ、指先を頬にあてる。

ルダハート。凜香だ。瑠那はとっさに叫んだ。「伏せて！」

女性たちが倒れこむように突っ伏す。床に座る男たちも両手で頭を抱え這いつくばった。鮎美も瑠那に密着しながら横たわった。

四人の武装兵はアサルトライフルを一斉掃射した。凄まじい銃撃音に、銃火の閃光が激しく点滅する。十人の処刑部隊が真っ先に標的になり、たちまち撃ち倒された。アサルトライフルを放棄した残りの兵士たちは、泡を食って拳銃を抜いたものの、片っ端から被弾し、身体ごと粉砕されていった。

人質たちの阿鼻叫喚のなか、攻撃側は武装兵四人だけではなかった。エレベーターの隠しドアから、十代ぐらいの男たちが続々と繰りだしてくる。手にする拳銃はグロックだった。機敏な身のこなしは閻魔棒さながらに思える。いや、この四人は閻魔棒そのものにちがいない。

閻魔棒たちは瑠那を狙わず、むしろ庇うように囲み、敵兵の群れを銃撃した。敵勢の生き残りがアサルトライフルを取りに戻ろうと窓際に駆けつける。だがその場所は武装兵四人の一斉射撃の的だった。武器を手にしようとする敵兵が、ひとり残らず銃弾の餌食になっていく。

閻魔棒らしき四人は敵を追い詰めるべく突撃していった。瑠那の周りにはまた防御がなくなった。この辺りはもう敵の陣地でなくなったのかもしれない。

そう思ったとき、不審な人影がふらつきながら近づいてきた。鮎美が悲鳴をあげた。普段着姿のトンが、シャツを血に染めながら、殺意に満ちたまなざしで瑠那を見下ろす。右手にはコンバットナイフを握りしめていた。

トンがナイフを振りあげた。すると鈴山がトンにタックルし、必死にしがみついた。逆上したトンが膝蹴りを食らわせる。鈴山は呻き声を発した。トンの荒々しい回し蹴りが命中し、鈴山が人形のように吹き飛んだ。

瑠那は跳ね起きたかったが、緊縛がいっこうに緩まず、身体の自由がきかない。鮎美が瑠那に覆いかぶさった。

「やめて」瑠那はあわてて叫んだ。「鮎美さん！　どいて」

もう逃げられない。トンがわめき声とともに狂気の刃を振り下ろしてくる。瑠那は全身をひきつらせた。

肉を断つ鈍重な音が響き渡った。だが刃は宙に静止していた。トンが愕然としたまま凍りついている。その腹には、長さ約一メートルの東京スカイタワーのミニチュアが、半分ほど突きだしていた。

背中から腹まで、スカイタワーに刺し貫かれたトンが、口から血を噴いた。茫然としたまなざしで後方を振りかえる。

そこには結衣が仁王立ちしていた。結衣の冷やかに射るような目つきがトンを睨みつけている。

トンは目を剝き、啞然としながら結衣を見かえした。だが表情は曖昧になっていき、力なく天井を仰ぐと、その場につんのめった。ナイフが宙に投げだされる。胴体にはスカイタワーが貫通したままだった。

落下する前にナイフをつかみとった結衣が、瑠那のわきで片膝をついた。刃をロープの下に挿しいれ、瑠那の緊縛を断ち切った。両腕と両脚が自由になる。

瑠那は息を吞み、ただちに上半身を起こそうとした。だがまだ痺れが消えず、いちど浮かせた後頭部が床にぶつかりそうになった。ところが結衣の両手がすばやく瑠那の背中を支えた。結衣は瑠那を抱き起こした。

思わず言葉を失う。間近に見る結衣の顔はとんでもなく美しく、気品とやさしさに満ちていた。結衣の視線が瑠那の脚に向いた。まだロープの痕が生々しく残る脚に対し、結衣は瑠那のスカートの裾を下ろし、すっかり覆い隠した。

涙が滲んでくる。瑠那はささやきを漏らした。「結衣お姉ちゃん」

結衣が頬を寄せてきた。「瑠那。無茶しないで」

瑠那は胸がいっぱいになった。戦場は何度も経験した。だがこんな気持ちは初めてだった。頼れる人に情を注がれるとは、どんなに尊いのだろう。

閻魔棒らは敵勢を後退させていったが、ここは心柱を中心にしたドーナツ型のフロアだった。押しまくられた敵のなかには、むしろ急ぎ一周し、反対側から攻勢に転じようとする者がでてくる。いまも普段着の兵士が逆方向に出現した。血相を変えながらアサルトライフルを乱射し、こちらへ向かってくる。

瑠那は息を呑んだが、結衣はまるで動じるようすがない。そんな姉の態度に、いま差し迫った脅威はない、瑠那はそう気づいた。結衣はあの兵士たちが死ぬと確信している。

次の瞬間、予想どおりのことが起きた。長身の武装兵がアサルトライフルをフルオート掃射し、敵兵らを薙ぎ倒した。普段着の敵兵は、身体のどこに当たろうとも致命傷になる。武装兵はへっぴり腰で、やたら初心者じみた射撃法だったが、敵味方の区別がつきにくいのが功を奏した。ただし武装兵は乱射するあまり、早くもアサルトライフルを撃ち尽くしてしまった。

それでもいったん危機を凌いだのはたしかだった。武装兵は駆け寄ってきて、瑠那たちの近くに片膝をついた。ゴーグルとマスクを外す。

鮎美が跳ね起きた。「秋田君⁉」

瑠那にとっては初対面だった。おそらく鮎美の同級生、秋田という男子生徒は、大柄ゆえ武装がさまになっている。緊迫した表情は新兵そのものだった。秋田が鮎美に問いかけた。「無事か」

魚崎と薬師が四つん這いで駆け寄った。薬師が目を丸くしながら声を張った。「秋田！　おまえどうやって……」

「話はあとだ」秋田はアサルトライフルのマガジンを交換したのち、薬師に押しつけた。立ちあがるや走りだし、さっき倒した死体から、新たにアサルトライフルを二丁拾う。一丁を魚崎に投げ、もう一丁は秋田自身が確保した。「銃口は手で塞ぐな。自分や味方にも向けるな。安全装置は外れてるから、もうトリガーを引くだけで弾がでる」

魚崎が激しく狼狽（ろうばい）した。「お、おい。秋田。こんなの無理だって」

「いいから落ち着け。アメリカじゃ小学生のころから狩りでライフルの使い方を習う。スーパーマーケットで銃も売ってる。撃てるようにできてるんだよ。だから敵に向けて撃て！」

秋田がいったことはすべて、結衣がふだんよく口にしている。たぶんエレベーターで上ってくるとき、結衣が秋田にいいきかせたにちがいない。魚崎と薬師は床に伏せ、心柱をまわりこんでくる敵兵に、死にものぐるいで銃撃を浴びせた。銃声に怖（お）じ気づく反応をしめしたものの、すぐに発砲へのためらいがなくなる。耳鳴りとともに聴覚が鈍り、騒音への恐れが減退するからだ。普段着の敵兵らは臆したように後退した。

結衣はまだしゃがんだまま瑠那を抱いていた。奇声とともに敵兵が突進してくる。近くに転がるトンの死体に、結衣はすばやく手を伸ばした。トンの拳銃（けんじゅう）を引き抜き、左手のみで敵兵を数発撃った。弾は脳天と心臓を確実にとらえた。即死状態の敵は勢いよくつんのめり、床を何度か前転したのち、血を噴くだけの死体と化した。

秋田は立ちあがったが、いきなり敵兵に羽交い締めにされた。背後から喉（のど）を絞めあげられる。秋田が歯を食いしばりながらもがいた。

しかし普段着の敵兵と、武装した素人の秋田とでは、そう簡単に勝敗がつかなかった。両者が揉み合うあいだに鈴山が床を這ってきた。鈴山が敵兵の足首をつかみ、力ずくで引き倒した。有沢が飛びかかり、銃を持ちあげさせまいとしがみつく。敵兵は憤怒の叫びを発し、ふたりを振りほどいたが、そのときにはもう秋田がアサルトライフルを突きつけていた。敵兵ははっとした。秋田がトリガーを引き、敵兵の頭骨が粉々に砕け散った。

秋田が唖然としながら鈴山を見下ろす。返り血を浴びた鈴山は、秋田を見かえしたが、それは一瞬にすぎなかった。鈴山はすぐに立ちあがり、エレベーター方面へ駆けていった。解放組の女子中高生らを物陰に誘導しようとしている。水いろのコスチュームの絵里香が同調し、女性たちを先導した。

植淺先生と広報の絹本が、あわてぎみに長テーブルを運んできて、床の上に横倒しにした。手ごろなバリケードになる。判断としては正しいと瑠那は思った。天板の裏側にアルミが張られている。あるていど距離があるうちは、敵の銃弾を防ぐ遮蔽の役割を果たす。秋田と魚崎、薬師がバリケードの陰に身を潜めた。上部から身を乗りだし、敵が襲来するたび反撃する。

瑠那は腕や脚が動くのを実感した。「もう行けます」

結衣が瑠那の手に拳銃を押しつけた。「閻魔棒たちとは逆方向から挟み撃ちにする」

返事をまたず結衣は立ちあがった。武器を持たず素手のまま走りだした。瑠那は結衣の大胆さに圧倒されながらも、一気に駆けだし横に並んだ。まだ全身がずきずきと痛むが、感覚にかまってはいられない。

心柱をまわりこむと、敵兵ふたりが間近から突進してきた。瑠那と結衣はほとんど同時に跳躍した。普段着の敵兵に対し、瑠那は両太股で蟹挟みにし、空中で身体をひねった。結衣も似た技で敵をねじ伏せ、アサルトライフルを奪いとった。瑠那は拳銃で敵ふたりの頭部を連続して撃ち抜いた。ぐったりした敵を蹴り、結衣がアサルトライフルを手に立ちあがる。瑠那も拳銃からアサルトライフルに持ち替えた。

行く手に白煙が漂いだした。催涙弾を放ったらしい。みるみるうちに視界が濃霧に遮られていく。

結衣は鼻をひくつかせた。「ＯＣガス？」

「ＣＮガスです」瑠那はいった。「息を吸わないほうが」

「わかってる。小さいころから慣れてる」

ふたりとも立ちどまり、姿勢を低くすると、濃霧に油断なく銃口を向けた。ほとんど間を置かず人影が飛びだしてきた。必死の形相のシャウティンだった。だが銃撃はできない。ほぼ密着しながら移動するライが、なんと夏美を抱えこんでいた。ライは拳銃を夏美に突きつけている。夏美は泣き叫び、手足をばたつかせるものの、ライの拘束から逃れられない。

「来い！」シャウティンが大声で普段着の兵士らに招集をかけた。「優莉結衣がここにいる。忌々しい妹もだ。八つ裂きにしておやり！」

シャウティンはカバンを胸に抱き、エレベーターへと駆けこんでいった。ライも夏美を盾にしながらつづく。ボタンを押すやエレベーター一基の扉が開いた。エレベーターはどれもフロア350に停まっているため、シャウティンらがすぐに乗りこめる状況にあった。

瑠那は追いかけようとしたが、白煙のなかから敵勢が繰りだしてきた。十数名の敵兵らは普段着のため、ほとんどゲリラ部隊も同然だった。階段の前に立ち塞がり、決死の防衛線を築きあげる。おそらく中華革命戦線の生き残りは、これで全員にちがいない。敵のひとりが大声でわめきつつ突進してきた。瑠那もアサルトライフルを構え直したが一瞬遅れた。このままでは敵が先にトリガーを引き絞る。

だが敵は側頭部から血飛沫をあげ、その場にくずおれた。瑠那は驚きつつも床に伏せた。

撃ったのは白煙から出現した小柄な武装兵だった。ヘルメットとマスク、ゴーグルを外し、凜香は顔を晒していた。

エレベーターの扉はもう閉じきっている。シャウティンとライは夏美を人質に、どこか別のフロアへ移動した。たぶん上へ向かったのだろう。

アサルトライフルを撃ちながら凜香が怒鳴った。「瑠那。怪我は……」

ふいに濃霧から駆けだした人影が、凜香に背後から飛びかかった。敵兵がナイフを凜香の喉もとに這わせる。凜香が表情をひきつらせた。瑠那はアサルトライフルをそちらに向けたが、敵兵は凜香の首を掻き切ろうとし、凜香は全力で抗っていた。ふたりが激しくもがくため狙いが定められない。

だが何者かが敵兵の襟の後ろをつかんだ。敵兵が泡を食ったときには、後方へ投げ技が放たれていた。白煙に包まれた人影が徐々に明瞭になる。閻魔棒のひとりが敵兵の首を絞めあげていた。

十代の男は敵の息の根を止めると、涼しい目を凜香に向けた。「油断するな」

凜香が苦々しい顔になった。「わかってるよ、瀧島。てめえこそ自分の心配をしろ」

瀧島と呼ばれた男が、奪ったアサルトライフルを手にし、ふたたび駆けだした。閻魔棒らは散開し、敵勢の銃撃から人質を遠ざけていく。

俯せた瑠那の隣で、凜香も同じく床に伏せ、アサルトライフルで敵陣を銃撃した。

「ったく世話焼きな奴らだぜ」

「いまの瀧島って人たち、閻魔棒ですよね？」

「まあな。いまは味方になってる」

「なぜ……？」

「クソ親父も結衣姉も似た者どうしだからよ。どっちに魅了されるかのちがいでしかねえんだろ」凜香がふと思いついた顔を瑠那に向けた。「そういや核弾頭は？　さっき結衣姉がここにはねえって……」

瑠那はうなずいた。「習近平ミサイルコントロールセンターの座標を知るため、富岳に暗号を解かせるのが目的だったんです。受信したデータはシャウティンのノートパソコンのなかです」

「マジか。そのデータ、もう仲間に送っちまったんじゃねえのか」

「まだでしょう。スカイタワーのあらゆる通信中継機能を停波させてるし、ジャマーまで起動させてるので、シャウティンは仲間にデータ送信できません。可能だったのは政府専用インターネット回線への割りこみだけです」

「ならあのババアはどうやってデータを持ちだす気だよ」

「もともと直接届けに行くつもりだったんです。核弾頭を輸送中の船舶にヘリで」

「じゃあもう届ける方法はないわけか」

「ゲイン塔の最頂部には緊急用のUSBポートがあるときききます。シャウティンは電波を手動で復活させ、ノートパソコンを直接接続して、船舶へデータ送信する気です」

「なに？　そんなことできるのかよ」

「もちろんです。スカイタワーだから電波の出力も強く、アンテナも途方もなく高い位置にあります。船が何十キロも離れていようと通信できます」

「ならやべえじゃねえか」

結衣が這ってきた。身体の下に直径五十センチほどの鉄製の円盤を敷いている。マンホールの蓋に似ていた。フロア内の床下点検口の蓋だった。

「援護して」結衣がいった。「エレベーターまで進む」

凜香が抗議した。「そんなもんを遮蔽代わりにしようってのかよ。自殺行為だぜ」

「自殺にはならない。あんたたちがいる」

「……あんたたちってのはわたしも含んでるのかよ」

「もちろんでしょ」結衣が真顔を凜香に向けた。「可愛くて信頼の置ける妹」

「反吐がでるぜ」

「わたしも」結衣が跳ね起きるように身体を浮かせた。「背中撃たないでよ」

円盤を盾がわりに前方に掲げ、結衣が銃弾の嵐のなかを正面突破していく。全力疾走で突進する結衣の行く手を、瑠那と凜香は絶え間なく銃撃し、敵に狙い撃ちさせまいと躍起になった。

凜香が歯軋りした。「まったく無茶苦茶だぜ、あのクソ姉はよ！」

心なしか声が弾んでいるようにもきこえる。凜香はすっかり元に戻っている、瑠那はそう確信した。洗脳後遺症の恐怖を克服できたのは、凜香自身の強い意志と、結衣の支えがあってのことだろう。なにより凜香は結衣に褒められるのを喜んでいる。前よりすなおになった証かもしれない。

血なまぐさい抗争のなかで自分らしさを取り戻していく。こんなふうにしか生きられない。それでもきょうだいの情が育つ。その実感を得ただけでも死ぬのが怖くなくなる。

結衣の掲げる円盤に跳弾の火花が散った。銃撃の威力に結衣が体勢を崩しかけたが、射手らに全身を晒すより早く、みずから円盤を敵陣に力いっぱい投げつけた。数名の兵士が円盤の直撃を受け、弾幕が乱れた。そのわずかな隙を突き結衣が跳躍した。

敵陣に躍りこんだ結衣の姿が見えなくなった。あるいは並み居る敵勢を飛び越え、エレベーターに達したのだろうか。瑠那は前進したかったが、敵兵らが猛攻で反撃してくる。閻魔棒たちが駆けつけ敵陣に応戦する。銃撃戦が苛烈さを増し、頭をあげていられなくなった。

瑠那は凜香にきいた。「結衣お姉ちゃん、エレベーターに達した？」

「死ぬ心配をするだけ無駄なこった」凜香はアサルトライフルを撃ちまくりつつ瑠那に怒鳴った。「たとえ転落死したときいたって、わたしはもう信じねぇ」

31

結衣は敵陣の真っただなかに躍りこんだ。間近な敵兵の背後に立ち、盾にしつつ左腕で首を絞めあげ、右手でエレベーターのボタンをまさぐる。上へ向かうボタンを押したとき、普段着ばかりの敵勢がいっせいに振り向き、至近距離からフルオート掃射を浴びせてきた。盾にした敵兵の肉体が被弾により細切れになる。エレベーターの扉は開いていた。弾丸が人体を貫通するより早く、結衣はエレベーターのなかへ転がりこんだ。フロア450のボタンを押す。

扉が閉じきる前に敵兵がひとり突入してきた。後続の敵勢が飛びこむ前に扉が閉まり、密室で一対一になった。敵兵がアサルトライフルを突きつけようとする。だが距離が近すぎ、結衣は銃身をつかんで逸らすと、敵の腹に膝蹴りを浴びせた。普段着の敵兵に対し渾身の攻撃がもろに入った。激痛を感じると筋肉が収縮し、敵の腕は反射的にアサルトライフルを引き寄せてしまう。敵兵はもう結衣を狙うどころではなくなった。

結衣は敵兵に片脚を絡め、瞬時に体勢を崩させた。敵兵のポケットから拳銃を抜きとる。じたばたする敵兵の額に押し当てるやトリガーを引いた。薄暗いエレベーター内に青白い閃光が走った。射出された薬莢が床に跳ね、軽い金属音を奏でる。手もとに熱さが残り、硝煙のにおいが尾を引く。

敵兵は額から流血しつつ、エレベーターの内壁に背を這わせ、床にずり落ちていった。結衣はジャケットのポケットに拳銃をおさめ、死体からアサルトライフルをひったくった。

エレベーターの減速を感じる。アサルトライフルの銃口を扉に向けた。停止とともに扉が開く。結衣はフロア４５０に駆けだした。身体ごと四方に向き直り、敵の気配を探る。ガラスの向こうに見える曇り空は、だいぶ暗くなってきていた。物音に耳を澄ます。なにもきこえない。

近くのドアを開け、非常階段へと踏みこむ。エレベーターはこの階どまりだが、螺旋階段はまだ上へつづいている。金属製の手すりに銃身を這わせてみる。誰かが階段を駆け上っていれば、このやり方で小刻みな振動を感じられる。いまは無反応だった。シャウティンはとっくに階段を上りきったのだろうか。

結衣は駆け上りだした。アサルトライフルを仰角どころか、ほぼ垂直に構える。いま敵に対し、下方に位置する結衣は、銃撃戦になれば不利だった。乱射になっても先に撃たねば活路をみいだせない。

だが依然としてシャウティンの靴音ひとつきこえない。結衣は五十メートル足らずを一気に駆け上った。階段の終点が見えてきた。四角く切りとられた曇り空がのぞく。結衣は歩を緩めた。出口へ慎重に上っていく。

ふいに強風に煽られそうになった。髪がなびくが顔に手をやったりはしない。アサルトライフルを水平に構え直し、ゆっくりと外にでる。

地上四九七メートル。天井も壁もない。吹きっさらしの円形バルコニー状で、面積はフロア450よりさらに狭かった。縁取るのは低い金属製の手すりと、隙間なく並ぶ照明器具だけだった。

足もとはグレーチングのような鉄格子状で、約四十メートル下に、天空回廊の屋根が見えている。地上をはるか遠く離れていると実感させられる。この円形バルコニーの中央にはゲイン塔が立っていた。直径は八メートルほどだろうか。スカイタワー自体よりはずっと細身だが、高さは一三七メートルもある。ここの手すり沿いにある照明器具は、どれも仰角に設置してあり、夜間ゲイン塔を照らすために用いられる。

ゲイン塔。地デジ放送局の送信用アンテナのほか、あらゆる種類の通信中継を担う。無骨な外壁に鉄梯子が取り付けてある。上るにはこれしかないのか。たしかメンテ用のゴンドラが設置してあるはずだが……。

塔の頂上を仰ぎ見ようとしたが、結衣はとっさに静止した。水平方向、ゲイン塔の陰からライが半身を乗りだしていた。握った拳銃がこちらを狙い澄ましている。銃口は正円に近かった。

すばやく横っ飛びに移動したとき、同時に銃声が轟いた。弾は結衣の耳もとをかすめ飛んだ。この風のなかでもはっきりと感じた。

結衣はとどまったりしなかった。転げまわりながらアサルトライフルをフルオート掃射した。ライはゲイン塔の向こうに身を隠した。結衣は跳ね起き、ライとの距離を詰めるべく駆けだした。

だが今度こそ発砲を控えざるをえない。ライは夏美を盾にし、手すりへと近づいていった。夏美の襟首をつかむと海老反りにさせ、手すりの向こう側へ、大きく身を乗りださせた。ライが握力を緩めれば、夏美は確実に落下してしまう。

ライが大声で警告してきた。「銃を捨てろ、結衣！　この小娘を突き落とすぞ」

夏美は顔を真っ赤にし、悲鳴さながらに泣き叫んだ。「助けて！　お願い。手を放さないで」

優位を実感したらしいライが興奮ぎみに笑った。「俺を撃ったら小娘が死ぬ。さっさと銃を捨て……」

テロリストの言いぶんに耳を傾けたことはない。いまもそうだった。結衣はアサルトライフルのトリガーを引いた。セミオートで数発がまとめて発射される。弾はライの腹部を深々と抉った。強風に血飛沫が撒き散らされた。

ライは愕然と目を剝いた。そんな馬鹿なといいたげに、茫然と結衣を眺める。握力がたちまち失われるのが見てとれた。ライの手が夏美から離れた。夏美は両手を振りかざしながら後方へ倒れていく。身体が空中に投げだされた。

だが結衣は視界の端で、手すりの上を急接近してくる人影を、とっくに認識済みだった。伊桜里は平均台のように狭い足場を猛然と駆けてきて、すかさず夏美を横抱きにした。

結衣が教育したとおり、伊桜里は高所になんの恐怖も感じず、大胆に跳躍した。円形バルコニー内に着地すると、夏美を抱いたまま前転し、下り階段へと退避した。

シャツを血に染めたライが、ただ唖然とした面持ちでたたずんでいる。信じられないとばかりに目を剝き、伊桜里の消えた階段の下り口を眺めていた。

なぜ結衣は、ライの頭部を撃ち抜かず、腹部を狙ったのか。ライが無言のうちにそう問いかけてくる。半ば答に気づいているようでもある。そのとおりだと結衣は心のなかで返事した。夏美が無事に助かるのをまのあたりにするまで、ライを生かしておいた。

恐怖のいろを浮かべたライが、なにかをいいかけたとき、結衣はトリガーを引き絞った。アサルトライフルのフルオート掃射が、ライの頭部を吹き飛ばした。首から下のみになったライが、手すりの向こうへと倒れ、あえなく落下していった。

弾を射ち尽くした。結衣はアサルトライフルを投げ捨てた。

伊桜里が階段の下り口から顔をのぞかせた。「結衣お姉ちゃん！　その塔の上」

結衣はゲイン塔を見上げた。暗雲垂れこめる天を衝く鉄塔、鉄梯子のはるか先、頂上付近に蠢く人影を見てとった。

シャウティンは鉄梯子を上っていったのではない。ビルの窓拭き用と同じ仕組みの、メンテ用ゴンドラに乗って上昇した。ベランダ状の囲いがついた小さな足場が、最頂点の傍らに見えている。

鉄梯子に飛びつくや結衣は猛然と上っていった。ゲイン塔はスカイタワーと比較すると小ぶりでも、一三七メートルもあれば充分に巨大な塔だ。風に大きく揺れているのがわかる。命綱なしで上るのは正気の沙汰とは思えない。本来なら慎重に一段ずつ上るべきなのだろう。

しかしいまはそんな暇はなかった。結衣は跳躍を繰りかえし、数段ずつ飛ばしながら上昇していった。腕と脚を効率よく動かす最適解を、常に更新しながら身体に染みこませる。あとは機械的に加速していくだけだった。鉄梯子をつかみ損ねる、あるいは足を滑らす、そんなミスは頭から追い払う。伊桜里にも教えた。恐怖という感覚は自制のためだけにある。自制を必要としないいま、恐怖など喚起されてはならない。

ゲイン塔の中腹を越えると、風による揺らぎはさらに大きくなった。塔全体が円を描くように揺れているのがわかる。ともすると振り落とされてしまいそうだ。だが結衣は減速しなかった。秒単位で上へ上へと跳躍していく。もう頂上が近くに見えている。一三七メートルを間もなく一気に上りきる。

直径約八メートルのゲイン塔だが、頂上部分はまたも手すりに囲まれた円形バルコニー状で、そこの直径は十五メートル以上に思える。あれが高さ六三四メートル、東京スカイタワー全体の最頂点でもある。

そのとき手すりから人影が身を乗りだした。シャウティンがほぼ真下に拳銃を向けてくる。銃声が轟いた。鉄梯子の近くに弾丸がめりこむ。結衣は足を滑らせた。身体が逆さまになり垂直落下が始まる。猛烈な風圧が押し寄せた。

死にものぐるいで伸ばした手が梯子をつかんだ。身体が塔に衝突する激痛とともにぶら下がった。頂点との距離は開いたが、それゆえシャウティンの銃撃がつづこうとも、弾は大きく逸れていった。

結衣は右手で梯子をつかみ、左手で拳銃を引き抜く。手すりから身を乗りだすシャウティンが、発砲の構えをとったものの、銃声はきこえなかった。弾を撃ち尽くしたらしい。あわてたように拳銃をいじっている。結衣はすかさずシャウティンを狙い、矢継ぎ早にトリガーを引いた。

銃撃は手すりに火花を散らすのみに終わった。だがシャウティンがひっこんだ。姿が見えなくなった。結衣の拳銃もスライドが後退したまま固まった。残弾ゼロの拳銃を投げだし、結衣はまたも全力で鉄梯子を上っていった。

シャウティンがふたたび手すりから乗りだした。拳銃で結衣を狙い澄ます。銃火が閃き、銃声がこだました。マガジンを入れ替えたらしい。しかし強風に弾道が逸れがちになっている。結衣は臆することなく猛然と上りつづけた。

ほどなく結衣の身体は、円形バルコニー状の最頂部、その真下三メートル以内に隠れた。鉄格子状の底面越しにシャウティンの姿がうっすら見えている。シャウティンは身を屈めていた。隙間から結衣を狙撃しようとしているが、銃口がうまく嵌まらないようだ。そのあいだに結衣は距離を稼いだ。梯子を完全に上りきると、メンテ用ゴンドラに飛び移り、梁にぶら下がり横移動した。懸垂の要領で身体を引き上げ、瞬時に手すりを乗り越える。

ついに高さ六三四メートル、直径十五メートル強の円形バルコニーのなかに立った。シャウティンが夜叉のように睨みつつ立ちあがった。手にした拳銃を結衣に向けてくる。

嵐のような横風が吹きつける。雲の流れが速かった。東京全体が地図のように微細にひろがる。結衣はハン・シャウティンとふたりきりで向かい合った。

シャウティンが醜悪な顔を歪め、さも愉快そうに笑い声をあげた。「愚かな小娘。わざわざ敗北をたしかめに上ってきたか」

「雷が落ちて転落。その上に岩まで落ちてきて絶命」

「あ？　なにをいってる」

「『白雪姫』にでてくる魔女の最期。そっくりだなと思って。そのツラも黒い服も」

「くだらない負け惜しみだねぇ」シャウティンが顎(あご)をしゃくった。「見な。座標はさっき送信を終えた」

円形バルコニー内のいたるところに金属製ボックスが設置してある。うちひとつの扉が開けられている。内部パネルのＵＳＢポートにノートパソコンが接続してあった。

シャウティンが昂(たか)ぶった声を響かせた。「ここの高出力アンテナなら、洋上はるか彼方(かなた)の密輸船とも送受信できる。音声通信すら可能でね。たった数桁(すうけた)のデータなど、〇・一秒もかからなかった」

「なにを送信したって？」

「習近平ミサイルコントロールセンターの座標だ」

「……ああ、そう。富岳にでも解析させたやつ」

「姉妹揃って勘のよさをアピールしたところで、わたしのほうからはなにもでないね。生意気なだけの減らず口がいかに無意味だったかを思い知れ。低脳な姉妹ども」

「悪いけど、あんたがなにを企(たくら)んで、政府にどんな要求をしてたか知らない。興味もない。でもやりたいことはだいたい想像がついた。だから蓮實先生に手紙を渡しておいた」

「……手紙だと?」

「いまサイモン・リドラーが難問を解けと要求してきてるなら、でたらめな答を返信してくださいって」

シャウティンの目から笑みが消えた。「はったりだ」

「ちがう」

「おまえがそんなふうに伝えたところで、日本政府は聞く耳持たん。人質の命がかかってるからな」

「わたしの意見には聞く耳を持つ。いまの総理大臣は矢幡さんだし」

沈黙が降りてきた。遠雷がきこえる。シャウティンが狼狽(ろうばい)したように目を泳がせ、曇り空を仰いだ。

「いいや」シャウティンは憎悪の籠(こ)もった表情で睨みつけてきた。「でたらめな答のはずがない」

「数字をちゃんと見なよ。ほんとに中国国内の座標になってる?」

シャウティンはノートパソコンをちらと見たが、すぐにまた結衣に目を戻した。

「わたしが確認しなくても、密輸船の同志らが確認する。数列が座標かどうかは一瞬でわかる。でたらめならその旨、返信があるはずだ」

「そう。だからまってる」

「なに……？」

「矢幡さんへの手紙に書き添えといた。停波してるはずのスカイタワーから不審な電波が発信されたのち、同じ周波数で洋上からの返信がある」

しばしの沈黙ののち、シャウティンがぎくりとした。「まさか……」

「ほしいのは返信の電波。それで発信源の位置が特定できる」

凍りついたシャウティンの顔は、一枚の写真のようだった。電子音が鳴った。ノートパソコンのスピーカーから音声通信がきこえてきた。男の声が中国語でいった。

「蛟龍（ジャオロン）から鳳凰（フンハン）へ。受信した数列は座標にあらず。繰りかえす、座標にあらず。ただちに正確な暗号解読を……」

南南西の空に赤い光が走った。曇り空が広範囲に照らしだされた。

米軍横須賀基地の空母から打ちあげられた巡航ミサイルは、厚い雲に遮られ、飛行を視認できない。しかし洋上へ飛んだのはあきらかだった。

しばし時間が過ぎた。受信する音声が切羽詰まった響きを帯びた。「蛟龍から鳳凰へ。ミサイル飛来。どういうことなんだ！　この船めがけミサイルが飛来……」

東京湾のはるか先、水平線に赤い明滅があった。ほんの一瞬にすぎなかった。音声通信は途絶えた。ノイズひとつきこえなくなった。

キノコ雲は見えない。密輸船が積んだ核弾頭は起爆せず、ただ海の藻屑と化した。乗員も同じ運命をたどった。

小雨がぱらつきだした。シャウティンの顔はさっきのままだった。愕然とした表情が彫像のごとく固まっていた。

「ありえん」シャウティンが悲哀のともなう憤怒をあらわにした。「ありえん！　おまえの助言になど誰も耳を傾けん。誰がおまえみたいな小娘の……凶悪犯罪者の次女で大量殺人魔め！　どこの世界の総理大臣が、おまえの助言をきくというんだ」

「どこの世界って。高校事変の世界でしょ」

シャウティンの皺だらけの顔は雨に濡れ、ひどくみすぼらしくなった。眼球が飛びだすほど目を剝き、歯茎をあらわにしたシャウティンが、拳銃をまっすぐ向けてきた。

「六三四メートルから深い深い奈落の底に落ちな！　この愚劣極まりない小娘！」

結衣は避けなかった。榛葉という男の腕前に興味があった。命中精度をこの目でたしかめたい。

水袋が破裂するような音とともに、シャウティンの身体を弾丸が貫いた。細切れになったブラウスの一部とともに、肉片と血飛沫が無数の粒となり宙を舞った。

シャウティンがよろめき体勢を大きく崩した。拳銃を持つ手が垂れ下がり、身体をくの字に曲げ、ふらふらと歩いてくる。断じて受けいれられないといいたげな目を結衣に向けた。

「近寄んなよ」結衣は低くささやいた。「中国をどうしようが勝手だけど、妹を傷つけやがったな。無事で地上に戻れると思ったかよ」

結衣は片脚の蹴りを縦横に疾風の速さで繰りだした。集中砲火のごとく、すべてのキックをシャウティンの顔面に命中させた。数秒後にはもう顔の骨が原形を留めているかどうか怪しかった。たしかめるすべがないほど矢継ぎ早の蹴りの連続だった。たちまちシャウティンを手すりまで追い詰める。結衣は満身の力をこめ後ろ回し蹴りを食らわせた。シャウティンの身体はボロ雑巾のように空中へと飛んだ。断末魔の絶叫がこだまする。強風が老婆をたちまち遠ざけたのち、そこから重力に引かれ、回転しながら落下していった。シャウティンはみるみるうちに小さくなり、天望デッキの屋根にぶつかるや砕け散った。粉々になった肉体の破片とともに、赤い霧が広範囲にぶちまけられたものの、そのうちすっかり見えなくなった。

風がおさまってきた。赤い陽射しが照らす。結衣は顔をあげた。西の空に雲の切れ間ができていた。ちょうど夕日が山々に差しかかっている。

鉄梯子（てつばしご）に音が響いた。最初に上ってきたのは迷彩服姿の凛香だった。息も絶えだえに、円形バルコニー内に身を投げだす。次いで日暮里高校の制服が現れた。瑠那は凛香以上にしんどそうだった。

結衣はそこに歩み寄り、瑠那に手を差し伸べた。疲れきった瑠那の顔が見上げる。安堵（あんど）のいろとともに瑠那が結衣の手をつかんだ。

ふたりを最頂点に迎えたのち、もっと軽快な足音が駆け上ってきた。伊桜里が息を弾ませながら手すりを乗り越えた。まるでピクニックにでも来たかのような余裕を漂わせている。

凛香がへたりこんだままいった。「結衣姉。下は片付いた」

「わざわざ報告しに来なくてもよかったのに」

「特殊作戦群が上ってきたんだよ。気まずいだろが。去年の担任と鉢合わせしちゃ」

瑠那が凛香に近づき、隣で腰を下ろした。「シャウティンは……？」

スカートの裾（すそ）からのぞく脚の、擦り傷や痣（あざ）が痛々しい。結衣は目を逸（そ）らしながらつぶやいた。「いい軟膏（なんこう）がある」

そのひとことだけで、ここでの結末を悟ったらしい。瑠那は微笑した。結衣もようやく顔がほころぶのを自覚した。

伊桜里がひとり脳天気にスマホで自撮りを始めた。「ねえ、あれ見て。きれい」

自撮りの背景になっている空を眺めた。いつしか大きな虹がかかっている。

凜香が鼻を鳴らした。「クソ親父の強制で、またこんな体たらく。長え一日だったな」

瑠那は澄まし顔でささやいた。「父をなんとも思ってなかったけど、いまやすっかり反抗期になりました。たぶんこれからもずっと」

ぼやく瑠那はめずらしい。それだけ妹っぽくなった気がする。結衣も腰を下ろした。

四姉妹が並んで座り、揃って夕日と虹を見つめた。

天国から望む景色はこんなに美しいだろうか。ふとそんな考えが脳裏をかすめた。どうでもいいと結衣は思った。どうせ天国なんか行きっこない。いまこの瞬間、妹たちと過ごせている。それ以上になにがあるのだろう。

32

　東京ユメマチ前の広場が夕日に赤く染まっている。自衛隊や警察の人員や車両が、依然として一帯を埋め尽くすものの、あわただしい動きはない。昼間の緊張は解かれ、どの歩調も緩慢になっている。

　蓮實はその一角にたたずんでいた。ヘルメットを脱ぐと微風が爽やかに吹きつける。額の汗を拭う。安堵はたしかにあった。ただし周りを行き交う迷彩服に笑顔はない。

　タイル張りの広場の片隅には、シーツで全身を覆われた遺体が十体、整然と横たわる。展望デッキの屋根から投げ落とされた、特殊作戦群の仲間たちだった。病院への搬送の必要もないと判断され、ここが一時安置所になっている。

　世のなかがどんどんきな臭くなる。治安は確実に悪化していた。凶悪事件の規模がエスカレートするばかりだ。

　いまならわかる。日本は平和の国ではない。幻想の国だった。数多くのテロ組織が出現し、社会を恐怖の渦に巻きこんできた。日本赤軍、東アジア反日武装戦線、連合赤軍、オウム真理教、恒星天球教、そして優莉匡太半グレ同盟。死刑に処せられたはずの優莉匡太は生きていた。あの男が暗躍しつづけるかぎり、安息の日は訪れない。

だがきょう、ハン・シャウティンと中華革命戦線の陰謀を叩き潰したのは、優莉匡太が教育した子供たちだった。抗争それ自体が騒乱であり容認できない。それでも矢幡総理はすべてを知りながら、あのきょうだいの罪を告発しない。

次男の篤志だけが二十代、あとは結衣以下の全員が十代だ。血なまぐさい殺し合いから若者を救えずにいる。教育者としての敗北だった。自衛官としての敗北でもある。優莉家の血筋がなかったら東アジアは終わっていた。すべての元凶が優莉匡太だというのに、法と秩序だけでは平和を守りきれない。

スマホの着信音が耳に届いた。蓮實のチェストリグのなかでスマホが鳴っていた。ずっと混線していたうえ、スカイタワーの真下では電波が入らなかったが、いずれも解消されたらしい。

右手のグローブを外し、スマホをとりだした。画面を見ると〝詩乃〟とあった。思わずため息が漏れる。妻だった。蓮實は応答した。「はい」

詩乃の不安げな声が問いかけてきた。「だいじょうぶなの？　いまどこ？」

「まだスカイタワーだ。心配するな。事件はもう終わった」

「いったいなにが起きてたの？」

蓮實は黙りこんだ。東京ユメマチのエントランスに動きがあった。解放された人質らがぞろぞろとでてくる。みな疲労しきった顔でうつむき、二台のバスに分乗していく。

そのなかに日暮里高校の制服がいた。二年D組の鈴山耕貴、B組の有沢兼人。いったん解放され、またなかに戻ったA組の寺園夏美。蓮實が声をかけようとしたとき、ぼろぼろのスーツの植淺教諭が目で制してきた。いまはかまわないでくれ、顔にそう書いてある。

それだけなら見過ごせたかもしれない。問題はその後ろにつづく数名だった。同じく日暮里高校の制服は杠葉瑠那と優莉凜香だった。どちらも校舎を抜けだしたときの上履きのままだ。一年生の妹、渚伊桜里までいる。

詩乃の声がスマホから呼びかける。「庄司さん？　どうしたの。もしもし」

校舎の床に穴を開けた問題児は捨て置けない。校長にどれだけ弁明を重ねたと思っている。蓮實はつかつかと歩み寄ろうとした。

ところがふいに結衣が横から現れ、蓮實の行く手を阻んだ。

蓮實は面食らって立ちどまった。結衣はワンピースにジャケットを羽織っていた。ごくありふれたカジュアルファッションだが、顔には煤がこびりついている。火薬のにおいもする。どれだけ銃器を発砲したか容易に察しがつく。

いまは教え子たちに用があった。蓮實は結衣にいった。「どいてくれ」

だが結衣は依然として立ち塞がる。いつもどおりの仏頂面で結衣がささやいた。

「いま凜香の一時保護者はわたしです。公にはできないけど瑠那や伊桜里も。だから
ほっといて」

「保護者ならきみにも話がある」

「なんの話ですか」

「いまさらとぼけるな」蓮實は苛立ちながらも声をひそめた。「どんなに凶悪な大人
がいたとしても、きみら十代は正しく生きるべきだ。殺人はそれ自体が許されない。

ましてハン・シャウティンを殺めたなら国際問題になる」

「瑠那や凜香、伊桜里を責めるにはおよびません」

「なぜだ」

結衣が黙って見かえした。その目つきに蓮實は絶句せざるをえなかった。シャウテ
ィンを殺したのは妹たちではない、結衣のまなざしがそう主張している。

蓮實は唸った。「保護者としての責任を問われる事態だ。たとえ矢幡総理が許して
も……」

「総理に許してもらおうとは思いません。でもいまのところは、警察が来ようが公安が来ようが、わたしたちは容疑者になるのを回避しつづけます。父が生きてるかぎりは」

踵をかえした結衣の後ろ姿が遠ざかる。蓮實はその背に声をかけた。「優莉匡太がきみら子供たちを、中華革命戦線にけしかけた。そういう見方もあるぞ」

「ええ」結衣は振り向かず歩きつづけた。「そんなふうに思われても仕方ないです。親子が反目しあう家庭の事情なんて、よその家の人からはわかりゃしない」

風が吹いた。結衣の長い髪がなびいた。ゴミや塵が広場に舞う。結衣はそれ以上なにもいわず、バスの乗降口へと消えていった。

蓮實は黙ってバスが動きだすのを見守った。最後の解放グループ。人質は全員無事だった。もし優莉家を抜きにして、特殊作戦群がなんらかの戦術で臨んだとしても、このような平穏な結末を迎えられたかどうか。

ひとつだけはっきりしていることがある。植淺教諭と新聞部の生徒たち、展望デッキにいた各校の教師や生徒、スカイタワーの関係者、一般客。誰もなにがあったかを、正直に語ろうとはしないだろう。フロア350の惨状を見るかぎり、優莉姉妹が暴れただけとは到底思えない。人質たちはみずからテロと戦った。

スマホから詩乃の声がきこえた。「もしもし、庄司さん。なにか揉めてない?」

「……いや」蓮實はスマホを耳にあてた。みずから覇気がないと感じるつぶやきが、蓮實の口を衝いてでた。「揉めごとがあるのは他人の家庭だよ。本当のところはなにもわからない。たとえ教師と教え子であっても」

33

揺れるバスの車内で、結衣はいちばん後ろの座席にいた。両脇は空席だった。横に誰も座りたがらないのは当然かもしれない。

窓の外には夕闇が迫っている。スカイタワーから半径一キロ圏内の立入禁止区域。街並みは暗く、すべての低層ビルがシルエット状に見えている。けれどもいずれ無数の光が彩るだろう。賑わいも戻ってくる。

すし詰めの座席に笑顔はなかった。解放に安堵する女子中高生らが抱き合い、すすり泣く声がきこえる。鮎美と沙富もそうしていた。嗚咽を漏らす夏美を、伊桜里が抱き寄せていた。

男子のほうはいたって静かだった。鈴山と有沢は疲弊しきった顔でうつむいている。

秋田はひとり興奮に身を震わせたまま、しきりに辺りを見まわす。彼は敵兵を射殺した。落ち着くまでは時間を要するだろう。魚崎や薬師は声を殺し泣いていた。

大人たちのほとんどは、もう一台のバスに乗っているが、ここには植淺先生がいた。植淺はときおり、通路を挟んだ反対側の席に、複雑なまなざしを投げかける。そこには瑠那と凜香が並んで座っていた。凜香がアイスノンを瑠那の顔に当てている。瑠那は目を閉じ、座席の背に身を預けていた。

前方の席に閻魔棒たちがいる。瀧島が立ちあがり、通路を後方へ歩いてきた。周りの視線が瀧島を追う。瀧島は結衣の近くに立ち、黙って見下ろしてきた。

「俺たちは帰る」瀧島がささやいた。「匡太さんのもとに」

結衣は座ったまま小さくため息をついた。「カノジョのことが心配だろうけど、もう父に食われてる。新しい人生を歩んだほうがいい」

「あんたは新しい人生を歩めてるのか？」

そんな問いかけには黙りこむしかない。結衣は鼻を鳴らし、窓の外に目を向けた。

瀧島がためらいがちにいった。「匡太さんの側近は一枚岩じゃない。俺みたいにいろんな思惑の奴が群れてる」

「だから？」

「あんたこそ来たらどうだ」

「……答はわかってるでしょ」

また沈黙が降りてきた。バスがひときわ強く揺れる。立入禁止区域の終わりに近づいたようだ。いくつか先の交差点沿いには商業看板のネオンがあふれる。高架線を電車が走り抜けていく。

瀧島が隣に座ってきた。「結衣。北千住(きたせんじゅ)駅前の假水(かりみず)興業を訪ねてみろ」

「そこがなに？」

「元反社の経営だから、ワケありな奴に物件を紹介してくれる。偽名での契約にも積極的だよ。瀧島からきいたといえば話が通る」

「それって……」

「匡太さんとはまったくつながりがない。たどられる心配はない」

「……お礼をいったほうがいい？」

「ああ」

「ありがとう」

瀧島の表情がようやく和んだ。「一コ上の女とつきあう男は、やりにくいだろなと勝手に思ってた。でもそうでもないかも」

それっきり瀧島は席を立ち、前方へと歩き去った。瑠那と凜香が訝しげに瀧島を目で追う。結衣も黙って瀧島の背を見送った。

カノジョに執着するかぎり、一歳上の女がどうこうとか、なんの意味もない戯言だろう。なぜ結衣にきかせたのだろうか。

今度は凜香が立ちあがり、後方へと駆けてくると、結衣の隣に座った。

凜香がきいた。「なに喋ってたんだよ」

結衣はぼんやりとつぶやいた。「家が見つかりそう」

「マジで？　めでてえじゃねえか」

本当にめでたいといえるのか。凶悪犯の日常。公安の目を避け、凜香や瑠那と三人暮らし。伊桜里は児童養護施設で生活するものの、孤立しないよう世話を焼いてやらねばならない。そういう結衣こそ大学では、またひとりぼっちだ。優莉姓は敬遠されまくって当然だった。優莉匡太の黒い影が国家を覆いつづけるかぎりは。

苗字のちがう瑠那は、たとえ素性が知れたとしても、運命は異なるのかもしれない。そう思えるのは、鈴山が席を移動し、瑠那と隣どうしになっているからだ。見つめあうふたりの横顔には、いかにも高二らしい、自然な微笑があった。

瑠那が手もとにあるなにかをいじっている。配布された救急セットを開けたらしい。

ピンセットでガーゼをつまみ、薬を染みこませ、鈴山の腫れた頬にそっとあてる。痛みが走ったらしく、鈴山が顔をしかめた。

微笑とともに瑠那がささやいた。「じっとしてて」

「うん……」鈴山が穏やかな表情で身をまかせた。

ふたりのやりとりは凜香の目にも入ったのだろう。寂しがり屋だった幼女のころと同じように、凜香が頭を結衣の肩にもたせかけてきた。「優莉姓のわたしたちだけが爪弾きかぁ」

「悪くない」結衣は思いのままを口にした。「クソ親父に反抗しながら姉妹でつるむ。どこにでもあるふつうの家庭みたい」

本書は書き下ろしです。

図版作成／片岡忠彦

高校事変19

松岡圭祐

令和6年 4月25日　初版発行

発行者●山下直久

発行●株式会社KADOKAWA
〒102-8177　東京都千代田区富士見2-13-3
電話　0570-002-301（ナビダイヤル）

角川文庫 24135

印刷所●株式会社暁印刷
製本所●本間製本株式会社

表紙画●和田三造

●お問い合わせ
https://www.kadokawa.co.jp/（「お問い合わせ」へお進みください）
※内容によっては、お答えできない場合があります。
※サポートは日本国内のみとさせていただきます。
※Japanese text only

ISBN 978-4-04-114860-0　C0193

◇◇◇

角川文庫発刊に際して

角川源義

第二次世界大戦の敗北は、軍事力の敗北であった以上に、私たちの若い文化力の敗退であった。私たちの文化が戦争に対して如何に無力であり、単なるあだ花に過ぎなかったかを、私たちは身を以て体験し痛感した。西洋近代文化の摂取にとって、明治以後八十年の歳月は決して短かすぎたとは言えない。にもかかわらず、近代文化の伝統を確立し、自由な批判と柔軟な良識に富む文化層として自らを形成することに私たちは失敗して来た。そしてこれは、各層への文化の普及滲透を任務とする出版人の責任でもあった。

一九四五年以来、私たちは再び振出しに戻り、第一歩から踏み出すことを余儀なくされた。これは大きな不幸ではあるが、反面、これまでの混沌・未熟・歪曲の中にあった我が国の文化に秩序と確たる基礎を齎らすためには絶好の機会でもある。角川書店は、このような祖国の文化的危機にあたり、微力をも顧みず再建の礎石たるべき抱負と決意とをもって出発したが、ここに創立以来の念願を果すべく角川文庫を発刊する。これまで刊行されたあらゆる全集叢書文庫類の長所と短所とを検討し、古今東西の不朽の典籍を、良心的編集のもとに、廉価に、そして書架にふさわしい美本として、多くのひとびとに提供しようとする。しかし私たちは徒らに百科全書的な知識のジレッタントを作ることを目的とせず、あくまで祖国の文化に秩序と再建への道を示し、この文庫を角川書店の栄ある事業として、今後永久に継続発展せしめ、学芸と教養との殿堂として大成せんことを期したい。多くの読書子の愛情ある忠言と支持とによって、この希望と抱負とを完遂せしめられんことを願う。

一九四九年五月三日

戦争なんて、
遠い世界の話
だと思っていた

『ウクライナにいたら戦争が始まった』

松岡圭祐

2024年5月22日発売予定

発売日は予告なく変更されることがあります。

角川文庫

好評既刊

高校事変　1～18

◆最新20巻、2024年7月25日発売予定！

／松岡圭祐